Über die Autorin:
Heike Fröhling war jahrelang als Journalistin für Frauenzeitschriften tätig. Sie veröffentlicht seit 1999 als Verlagsautorin, seit 2012 auch sehr erfolgreich als Selfpublisherin. Ihre Romane handeln oft vom Aufbrechen, Entdecken und Reisen, um zu sich selbst zu finden. Die meiste Zeit des Jahres ist Heike Fröhling unterwegs, um für eines ihrer nächsten Bücher zu recherchieren.

HEIKE FRÖHLING

Louisas Glück

Die Schwestern
vom Rosenhof

Roman

Besuchen Sie uns im Internet:
www.knaur.de

Aus Verantwortung für die Umwelt hat sich die Verlagsgruppe
Droemer Knaur zu einer nachhaltigen Buchproduktion verpflichtet.
Der bewusste Umgang mit unseren Ressourcen, der Schutz unseres
Klimas und der Natur gehören zu unseren obersten Unternehmenszielen.
Gemeinsam mit unseren Partnern und Lieferanten setzen wir uns
für eine klimaneutrale Buchproduktion ein, die den Erwerb von
Klimazertifikaten zur Kompensation des CO_2-Ausstoßes einschließt.
Weitere Informationen finden Sie unter: www.klimaneutralerverlag.de

Originalausgabe Oktober 2022
Knaur Taschenbuch
© 2022 Knaur Taschenbuch
Ein Imprint der Verlagsgruppe
Droemer Knaur GmbH & Co. KG, München
Alle Rechte vorbehalten. Das Werk darf – auch teilweise –
nur mit Genehmigung des Verlags wiedergegeben werden.
Redaktion: Marketa Görgen
Covergestaltung: Alexandra Dohse/grafikkiosk.de
Coverabbildung: Collage von Alexandra Dohse unter Verwendung von
Motiven von Alexandra Dohse, Mauritius Images und Shutterstock.com
Illustration im Innenteil: Analgin/Shutterstock.com
Satz: Sandra Hacke, Dachau
Druck und Bindung: GGP Media GmbH, Pößneck
ISBN 978-3-426-52782-5

2 4 5 3 1

1.

»Es stehen die Falschen vor dem Altar!«

Louisa tat so, als hätte sie das Flüstern in der Kirchenbank schräg hinter sich nicht gehört. Sie konzentrierte sich weiter auf das Geschehen im vorderen Teil der Dorfkirche, wo die Hochzeitszeremonie vor dem mit roten Rosen geschmückten Altar stattfand. Niemandem gönnte sie dieses Glück mehr als Clara.

Ihre Schwester wirkte mit ihrer eleganten Hochsteckfrisur, dem schulterfreien Hochzeitskleid aus weißer Spitze und dem dezenten Make-up wie eine völlig andere Person als die Clara, die ungeschminkt und voller Moskitostiche, mit löchriger Cargo-Wanderhose und raspelkurzem Pixieschnitt vor etwas über einem Jahr von ihrer Weltreise zurückgekommen war.

Die Sommersonne schien durch die bunten Kirchenfenster und warf schimmernde, farbige Lichtkegel auf die Wände. Dicht gedrängt saßen und standen über neunzig Menschen in der kleinen Dorfkirche mit ihren sechzig Sitzplätzen. Bei den meisten Gottesdiensten war das Kirchenschiff ungefähr zur Hälfte gefüllt, doch bei Hochzeiten, wenn zum gesamten Dorf auch noch einige Auswärtige kamen, wurde es eng. Clara und Manuels Gedanke, auf eine größere Kirche auszuweichen, war auf so viel Widerstand gestoßen, dass sie diese Möglichkeit schnell verworfen hatten.

Die Wärme des Spätsommers, die auch im Innern der Kirche zu spüren war, intensivierte den Blütenduft der Sonnenblumen, die die Kirchenbänke schmückten.

Louisa wollte die Fassung bewahren, aber nun kamen ihr doch die Tränen. Ihre ein Jahr jüngere Schwester heiratete! Am liebsten wäre Louisa aufgestanden und nach vorn gegangen, um Clara zu umarmen. Mit Manuel hatte sie einen Partner an ihrer Seite, der sie immer unterstützen würde, wohin die Stürme des Lebens die beiden auch noch trieben, da war sich Louisa sicher. Sie konnte sich keinen besseren Mann für Clara vorstellen.

»Eine Zumutung, diese Show«, flüsterte Anton nun von schräg hinten, dabei lehnte er sich so weit vor, dass Louisa seinen Atem am Hals spürte. »Wie kannst du nur so still dasitzen und zusehen? Wir beide hätten da vorn stehen, vor allen die Ringe tauschen und uns lebenslange Treue versprechen sollen …«

Louisa war es gewohnt, die Nerven zu bewahren, anders könnte sie ihre Arbeitstage vor einer Horde Grundschulkinder, die manchmal unruhiger waren als ein Sack voller Flöhe, nicht überstehen. Auch wenn es noch so turbulent zuging im Klassenzimmer – Louisa blieb ruhig. Nun stellte sie sich vor, sich umzudrehen und Anton eine Ohrfeige zu versetzen. Ihre Beziehung zu ihm war beendet, doch auch nach all den Monaten weigerte er sich, diese Tatsache anzuerkennen. Er war der Ansicht, sie müsste nur zur Vernunft kommen, um zu begreifen, dass er ihr Traummann war. Manchmal konnte sie darüber lachen, manchmal fand sie es tragisch. Doch nun gelang es ihr nur mit Mühe, ihre Wut beiseitezuschieben.

»Geh einfach raus, wenn du es nicht schaffst, dich mit den beiden zu freuen«, sagte jemand aus den hinteren Bänken zu Anton. »Du hättest gar nicht kommen sollen!«

»Schon gut, schon gut!«

Anton lehnte sich wieder zurück, sodass der kühle Atemzug aus ihrem Nacken verschwand, doch noch immer spürte Louisa, wie sein Blick auf sie gerichtet war, wie er sich in ihren Rücken bohrte. Wenigstens war Anton nun still.

Bei den Liedern, die sie gemeinsam sangen, war seine Stimme nicht zu hören. Louisa schob das Bild beiseite, wie er während des Singens mit verkniffenem Mund hinter ihr stand und sich bemühte, seine Enttäuschung unter Kontrolle zu bringen. Sicher wäre es besser gewesen, er hätte keine Einladung bekommen oder hätte sich zumindest ans andere Ende des Kirchenschiffs gesetzt. Doch so gut man sich in einer Großstadt aus dem Weg gehen konnte – in einem kleinen Eifeldorf funktionierte das nicht. Niemand wurde ausgeschlossen, das war ein ungeschriebenes Gesetz.

Louisa schloss für einen Moment die Augen. Den Text von *I Won't Give Up* kannte sie auswendig, liebte diesen Song genauso wie ihre Schwester, sodass sie nicht auf den Liedzettel schauen musste. Sie sog den Duft der Sonnenblumen und der Rosen tief ein, spürte die Wärme des Sonnenlichts, die von der Seite kam und die im Kirchenschiff selbst an den heißesten Sommertagen nie unangenehm wurde. Langsam traten die Gedanken an Anton in den Hintergrund, sodass sie seine Anwesenheit gar nicht mehr wahrnahm.

Hier ging es auch nicht um sie und ihn, sondern um Clara und Manuel. Mochten die beiden gemeinsam glücklich werden! Nichts wünschte sich Louisa mehr.

Neben Manuel, der knapp über zwei Meter maß und durch seine schlanke Statur und in seinem schwarzen Anzug noch größer wirkte, erschien Clara klein, obwohl sie in der Abiturklasse damals das größte aller Mädchen gewesen war. Der Fotograf aus der Stadt hielt sich im Hintergrund, er verwendete kein störendes Blitzlicht, doch immer wieder war ein leises Klacken von verschiedenen Standpunkten aus zu hören.

Beim Schlusslied *Dir gehört mein Herz,* das Manuel ausgesucht hatte, schienen alle Stimmen in der kleinen Kirche zu einer Einheit zu verschmelzen. Sogar Anton sang mit. Louisa stellte sich vor, wie der Klang sich auch außerhalb des Kirchenschiffs ausbreitete, wie er vom Wind über das Dorf, über Wiesen, Äcker und Wälder getragen wurde, über die Maare hinweg, wie die Melodie zwar für menschliche Ohren unhörbar wurde, aber noch immer vorhanden war.

Als der letzte Ton verklungen war, blieben alle still auf ihren Plätzen sitzen. Es war so ruhig – niemand räusperte sich, niemand flüsterte etwas, sodass Louisa ihren eigenen Atem hörte.

Erst als der Organist mit einer klassischen Fuge von Bach begann, diese aber dann immer moderner interpretierte und mit der linken Hand einen Beat entstehen ließ, der an ein Schlagzeug erinnerte, als die Töne die Rückenlehne hinter Louisa in Schwingungen versetzten und sie die Musik als Kribbeln am Rücken spürte, standen alle um sie herum auf. Doch Louisa blieb sitzen. Clara war so umringt von Gratulanten, dass es eine Unmöglichkeit war, zu ihr vorzudringen. So wartete Louisa, bis sich die Kirche geleert hatte, um noch einmal innezuhalten und ein paar Minuten allein zu sein, um den wundervollen Moment noch einmal in sich nachklingen zu lassen, bevor sie zur Feier am Rosenhof dazustieß.

Sie mochte die Stille in diesem Kirchenraum, der durch die vielen bunten Fenster und das weiche Licht immer etwas Freundliches hatte. Es gab keine gruselig-grausamen Heiligenfiguren wie in den Kirchen der Nachbardörfer, keinen Jesus, der gequält am Kreuz hing, sondern nur ein schlichtes Holzkreuz über dem Altar.

»Louisa?«

Louisa zuckte von der Stimme direkt neben ihr zusammen. Erst jetzt bemerkte sie ihren ehemaligen Klassenkameraden Hannes, der sich zu ihr gesetzt hatte. Nun trug er nicht mehr das festliche Messgewand, das er sich für die Trauung übergezogen hatte, sondern saß in schwarzer Jeans und weißem T-Shirt neben ihr.

»Du hast mich erschreckt!« Sie lachte über sich selbst und ihre heftige Reaktion.

»Willst du nicht mit zur Feier auf den Rosenhof kommen?« Er legte eine Hand auf ihren Rücken.

»Natürlich feiere ich mit! Was denkst du denn?« Sie lächelte Hannes an. »Jetzt mach nicht so ein sorgenvolles Gesicht. Mir geht es gut!«

Er musterte sie weiterhin so intensiv, dass Louisa den Kopf schüttelte.

»Wirklich!«, sagte sie. »Ich brauche keinen Seelsorger. Und die Sache mit Anton, die wird sich erledigen. Irgendwann muss er ja merken, dass ich mit der Beziehung abgeschlossen habe. Du kennst ihn doch, weißt, wie stur er sein kann. Er verträgt es nun mal nicht, wenn es einmal nicht nach seinem Kopf geht.«

»Auch wenn du keinen Seelsorger brauchst – vielleicht tut es dir gerade gut, wenn dir einfach jemand zuhört, ein Freund.«

»Ich weiß gar nicht, warum mich alle wie ein rohes Ei behandeln.« Louisa verschränkte die Arme vor dem Körper. »Anton ist derjenige, der mit der Trennung nicht klarkommt. Er saß schräg hinter mir, konnte sich seine bissigen Kommentare nicht verkneifen. Klar, noch vor einem Jahr haben alle damit gerechnet, dass er und ich heiraten. Aber manchmal glaubt man, dass etwas Liebe ist, dabei sind es nur ganz andere Bedürfnisse, die erfüllt werden wollen. Ich muss erst wieder meine eigene Basis finden. Weißt du, was ich meine?«

Hannes nickte.

»Clara hat es in der Hinsicht einfacher. Sie wusste immer, was sie wollte, und hat ihr Ding durchgezogen. Die Weltreise. Dann die Renovierung des Rosenhofs. Jetzt die Heirat mit Manuel. Sie geht ihren Weg. Ich dagegen … Zwei Jahre lang bin ich nur für meine Großeltern da gewesen. Anton hat mir sehr geholfen, das stimmt. Aber zum Heiraten … Es wäre ein Fehler gewesen. Erst mal freue ich mich noch immer jeden Tag, dass ich wieder unterrichte. Mit all den Kids um mich herum ist keine Zeit für Grübeleien!« Louisa fiel auf, dass sie sich nun doch einiges von der Seele geredet hatte. Hannes hatte recht gehabt: Es tat gut, über all das zu sprechen, was sich bei ihr angestaut hatte. »Aber jetzt genug der tiefschürfenden Gespräche. Auf zum Rosenhof, zu den anderen. Lass uns feiern gehen!«

Bevor sich Louisa im Rosenhof in den Trubel stürzte, in das Getümmel im Garten, ging sie zuerst die Treppe hoch in den zweiten Stock. Hier war ihr Reich. Die zwei Zimmer mit Bad waren ihre Schutzzone. Jedes Mal, wenn sie die Stufen nach oben lief, war sie wie von einem schützenden Kokon umgeben. Besonders liebte sie das ehemalige Schlafzimmer ihrer Großeltern, das dank Clara einen neuen Parkettboden bekommen hatte und zusätzlich ein großes Panoramafenster, das einen Blick über das Dorf, die Felder und Wiesen der Umgebung bis zum Maar bot. Jeden Morgen, wenn sie die Vorhänge zurückzog, hatte sie einen Anblick vor sich, der es mit jedem Foto aus einer Urlaubs-Hochglanzbroschüre aufnehmen konnte. Im Winter konnte sie durch das große Fenster beobachten, wie die Landschaft erst immer grauer wurde und alle Farben verlor, dann mit einer pudrig weißen Schicht überzogen wurde, wie der Schnee in der Sonne glänzte, als wäre die Natur mit Diamanten bestäubt. Im Frühling war es das sich ausbreitende Grün, das jeden Tag mehr wurde und sie in den Bann zog.

Obwohl es draußen noch hochsommerlich heiß war, zeigten sich nun die ersten Tupfen von Gelb und Orange in den Bäumen, erste Vorboten des Herbstes. Von unten drang fröhliche Popmusik herauf, dazu Stimmengewirr, durchzogen mit lautem Lachen. Zügig ersetzte Louisa ihre weiße Bluse durch eine bunte, tauschte ihren hellen Chiffonrock gegen einen unempfindlicheren Rock, um sich auch ins Gras setzen zu können und beim Essen nicht ständig achtgeben zu müssen. Dann ging sie wieder nach unten.

Den ersten Stock, in dem sich neben zwei weiteren Zimmern das große Badezimmer befand, hatten Clara und Manuel für sich hergerichtet. Im Vorbeigehen schloss Louisa die Türen – eine Angewohnheit, über die Clara und Manuel regelmäßig schmunzelten. Dann gab sich Louisa einen Ruck und stürzte sich mit einem Lächeln ins Getümmel. Es war Jahre her, dass der Rosenhof so viele Menschen beherbergt hatte. Dass Clara und Manuel alle Dorfbewohner eingeladen hatten, war eine Selbstverständlichkeit, zusätzlich waren die meisten ehemaligen Mitschüler aus Claras Abiturjahrgang gekommen, dazu noch Freundinnen aus der Berufsschule und der Meisterklasse. Der Rosenhof war groß genug für alle, bot mit der Scheune und dem Garten so viel Platz, dass es kaum möglich war, das lebendige Treiben zu überblicken.

Ihre Schwester entdeckte Louisa nirgends, daher ging sie zuerst zum Büfett. Es war in der Scheune aufgebaut, in der sich üblicherweise Claras Schreinerwerkstatt und der Verkaufsraum für ihre Rosenspezialitäten befanden. Louisa hoffte so sehr, dass niemand das Thema Trennung zwischen Anton und ihr noch einmal aufwarf, wusste sie doch, dass gerade die Älteren im Dorf in Anton und ihr das zukünftige Traumpaar gesehen hatten. Der Bürgermeister und die Lehrerin. Die nächste Generation, die dafür sorgen würde, dass die Dorfgemeinschaft weiterbestand und zusammenhielt.

Das Dröhnen eines Lastwagens ließ sie innehalten. Louisa warf noch einen kurzen Blick auf die Leckereien, die auf den Tischen aufgebaut waren, dann trat sie auf die Straße. Ein Betonmischer kämpfte sich die enge Gasse zum Rosenhof den Berg hinauf. Es war ein Wunder, dass er weder in den Graben rutschte noch eins der Häuser schrammte. Dann versuchte er, mit lautem Warnpiepen durch das schmale Tor auf den Rosenhof zu gelangen. Die beiden Flügel des Metalltores standen wegen der Gäste bereits offen, doch es war klar, dass die Einfahrt viel zu eng für die Breite des Gefährtes war.

Luisa streifte im Laufen ihre Pumps von den Füßen, um schneller vorwärtszukommen, und eilte zum Tor, um sich dem Laster entgegenzustellen. Mit ausladendem Winken versuchte sie, den Fahrer zum Anhalten zu bewegen, doch der reagierte nicht, sondern bewegte sich langsam weiter, sodass Louisa zurücktreten musste, um nicht überrollt zu werden. Sie schrie und klopfte gegen das Metall des Lasters, aber der Fahrer schien sie noch immer nicht zu bemerken. Er fuhr einfach weiter rückwärts, bis ein lautes Knirschen, Rumpeln und ein Schleifgeräusch ertönten.

Das Tor und die Pfosten waren auf den ersten Blick unbeschädigt, doch der Seitenspiegel auf der Beifahrerseite des Lasters hing herab, die Fahrerseite war mit tiefen Kratzern übersät. Hinter dem Laster erklang ein Hupen.

Erst jetzt erkannte Louisa, dass noch zwei weitere Baufahrzeuge folgten, die aber zwangsläufig auf der Straße stehen geblieben waren und nun auch nicht mehr vorwärtskamen.

Der Fahrer des Betonmischers kurbelte die Scheibe herunter und stöhnte auf beim Blick auf die Schäden am Fahrzeug, die deutlich mehr als oberflächliche Lackschäden waren. Fluchend wegen der Enge der Straße und der Einfahrt kam er auf Louisa zu.

»Hier ist doch die Nummer acht?«, rief der Fahrer. »Oder etwa nicht?«

2.

Langsam kamen immer mehr Feiernde hinzu, um zu sehen, was vor sich ging. Inzwischen waren auch die Fahrer der beiden hinteren Baustellenlaster ausgestiegen und diskutierten, was wegen des Schadens zu tun sei, ob sie jetzt schon den Chef des Bauunternehmens anrufen sollten oder später. Die drei Männer wurden immer aufgebrachter. Schließlich trat der Fahrer des ersten Wagens etwas zurück, hielt sich kurz die Augen zu, dann wandte er sich wieder an Louisa.

»Das ist hier doch die Nummer acht?«, fragte er noch einmal, obwohl Louisa die Frage bereits beantwortet hatte, aber anscheinend hatte er ihr gar nicht zugehört.

»Nein, das ist es nicht. Sie sind bei der Nummer vierundzwanzig. Das hier ist der Rosenhof.« Louisa zuckte mit den Schultern. »Wenn Sie zur Nummer acht wollen, müssen Sie zurück auf die Hauptstraße, dann rechts abbiegen. Die Nummer acht ist der zweite Hof auf der rechten Seite.«

»Aber der Nachbarhof direkt unter Ihnen hat die Nummer sechs. Deswegen müssen hier doch noch die sieben und die acht kommen.«

»Die Häuser sind nach dem Erbauungsdatum nummeriert.«

»Und wie soll ich jetzt wieder zurückkommen?« Er stöhnte auf, drehte sich dann zu seinen Kollegen. »Macht ihr erst mal Platz. Wir haben keine andere Wahl. Rückwärtsgang.«

Unter weiteren Diskussionen stiegen die zwei Fahrer ein. Das Piepen, als beide den Rückwärtsgang einlegten, übertönte die

Hochzeitsmusik im Hintergrund. Staub bildete eine Wolke um die Laster, die immer wieder halb in den Graben fuhren und die ausgetrocknete Erde aufwirbelten. Der Fahrer des vorderen Lasters stieg nun auch in sein Fahrerhaus. Die Gäste traten beiseite, die ersten kehrten in den hinteren Teil des Gartens zurück. Der Fahrer hatte versucht, rückwärts einzuparken. Nun konnte er vorwärts wieder auf die Straße zurückkehren, doch er hatte sich rechts und links zugleich festgefahren. Der lockere Seitenspiegel fiel ab und krachte auf den Boden, wo das Plastik auseinanderbrach. Das Vorderrad rollte mit einem Knirschen über das Spiegelglas.

Fluchend lehnte der Fahrer sich aus dem Fenster, dann fuhr er unter erneuten Schleifgeräuschen an der Karosserie auf die gegenüberliegende Weide. Dort stand das Gras mannshoch. Eigentlich hätte es längst abgeerntet sein sollen, getrocknet und zu Ballen gepresst. Doch weil es in den letzten zwei Wochen immer wieder stark geregnet hatte, sich Nässe und Hitze so schnell abgewechselt hatten, dass das Gras nie hatte durchtrocknen können, war es noch nicht gemäht worden.

»Halt!«, rief Anton, »meine Weide! Sie fahren in meine Weide!« Er kam herangestürmt, um den Fahrer davon abzuhalten, das hohe Gras weiter platt zu fahren, doch für den gab es keine andere Möglichkeit zum Wenden, wenn er Tor und Fahrzeug nicht noch stärker beschädigen wollte.

Mehrfach setzte der Fahrer vor und zurück, während die beiden anderen Fahrzeuge bereits die Hauptstraße erreicht hatten.

Nach einigem Rangieren lag Antons Gras platt am Boden, und auch der dritte Laster fuhr in Richtung Müllershof, der die Nummer acht hatte.

»Ich bringe diesen eingebildeten Hansel aus der Stadt um, der den Müllershof gekauft hat!«, rief Anton. Er trat weiter auf die Straße hinaus, sodass er die Ortschaft vollständig überblicken konnte, und schaute den drei Baulastern nach. »Wenn es jetzt noch regnet, kann ich die Heuernte vergessen, dann liegt alles platt am Boden. Dafür wird er zahlen. Ich wusste, dass es Ärger gibt, wenn hier irgendein Auswärtiger einzieht. Das war doch abzusehen.«

»Geld scheint für den Anwalt aus der Stadt ja keine große Rolle zu spielen«, sagte irgendjemand und hatte damit die Lacher auf seiner Seite. Der Käufer des Müllershofs hatte dreimal so viel für das Gebäude geboten wie Anton. Ansonsten hatte es keine Kaufinteressenten gegeben.

»Ich kläre das. Und zwar sofort. Wenn die Baufahrzeuge jetzt beim Müllershof ankommen, wird der Anwalt ja wohl anzutreffen sein.« Fluchend wandte Anton sich um und eilte den Baulastern hinterher.

Mit einem Schulterzucken begutachtete Louisa das Tor, das mit seinen fest im Mauerwerk verankerten, massiven metallenen Flügeltüren so stabil gebaut war, dass es kaum Beschädigungen aufwies. Sie sammelte die Reste des Seitenspiegels auf, warf sie in die Mülltonne und kehrte zum Büfett zurück. So ärgerlich der Vorfall für Anton war, so erleichtert war Louisa darüber, dass für ihn nun das Thema ihrer Trennung in den Hintergrund gerückt war.

Zum ersten Mal an diesem Tag konnte sich Louisa entspannen, sich mit Clara über die gelungene Hochzeit und das Fest freuen und den Trubel um sich herum genießen.

Bald hatten alle Gäste mit gefüllten Tellern an den Tischen im Garten Platz genommen. Die Gespräche wurden leiser, während alle aßen. Die Spatzen tschilpten so laut, dass sie die Menschen übertönten. Immer mutiger und tollkühner näherten sich die Spatzen. Einige trippelten über die Wiese, andere beobachteten von den Rosenstöcken aus, ob Brotreste auf den Boden fielen. Geschickt pickten sie schnell Krümel auf, wagten sich dabei auf wenige Zentimeter an die Menschen heran, um sich genauso zügig wieder in den Rosenhecken zu verstecken. Nur manchmal war von der Baustelle in der Dorfmitte ein Donnern, Knallen oder Zischen zu hören, doch das störte niemanden.

Louisa füllte sich einen zweiten Teller, dann setzte sie sich neben Hannes.

Kurz darauf gesellte sich der ehemalige Hufschmied Peter zu ihnen. Er lächelte in Louisas Richtung. »Was sagst du denn zu diesem Rechtsanwalt aus der Stadt, der um sich herum nichts als Chaos verbreitet?«, fragte er.

Louisa grüßte Peter freundlich und versuchte vergeblich, das Thema zu wechseln, indem sie über Claras Brautkleid sprach, wie es unter Verwendung des alten Brautkleides ihrer Großmutter neu geschneidert worden war.

»Du musst doch eine Meinung haben«, hakte Peter nach. Er rieb sich über den Bart, seine Stirn legte sich in Falten.

»Ich kenne ihn ja gar nicht.«

»Anton wollte den Müllershof zur Erweiterung der Pferdepension kaufen. Auch wenn Anton und du euch vorübergehend getrennt habt, kann dir das doch nicht egal sein.«

Sie überhörte bewusst sein *vorübergehend*. »So ist es nun mal: Wer mehr bietet, bekommt den Zuschlag.«

»Trotzdem.« Wieder rieb sich Peter über den Bart. »Um selbst anzupacken, ist er sich zu schön. Was sollen wir mit solchen Leuten anfangen, die im Zweifelsfall nach Hilfe schreien und warten, bis jemand ihnen alles nachträgt?«

»Er ist Rechtsanwalt. Da wird er etwas anderes zu tun haben, als auf der Baustelle zu helfen.«

»Er hat keine Frau«, mischte sich Erna von der schräg gegenüberliegenden Seite des Tisches ein. Es fiel ihr sichtbar schwer, aufzustehen und zwischen all den Stühlen um den Tisch herumzugehen, um sich neben Peter zu setzen. Mit einem Stöhnen nahm sie Platz und lächelte, als Peter ihr über den Rücken strich.

»Er heißt Dr. Matthias Lehmann. Hat zwei Kinder, vier und neun Jahre alt. Wusstest du das?«, fragte Erna, die in der Ortsmitte wohnte, dazu die meiste Zeit des Tages aus dem Fenster blickte und daher mehr mitbekam als alle anderen.

Nun gesellte sich Anton zu ihnen. Auf seiner Stirn glänzten Schweißtropfen, er hielt ein Bier in der Hand. Da Louisa sitzen blieb, rückten Peter und Erna beiseite, um ihm Platz zu machen, damit er sich auch setzen konnte.

»Und nennt sich Matt«, sagte Anton. »Matt, englisch ausgesprochen.« Anton war außer Atem, das Sprechen fiel ihm schwer. »Ich wollte ihn zur Rede stellen wegen der Wiese. Aber der feine Herr ist nicht anwesend. Es reicht ja, dass andere sich für ihn abrackern, während er sich schön im Hintergrund hält. Dass er sich Matt nennt, sagt doch alles. Matt wie die US-Schauspieler Matt Damon und Matt Dillon. Warum nicht einfach Matti, was naheliegend wäre?«

»Wer soll denn das sein? Matt Damon? Und wer ist der andere?«, fragte Erna. Sie nahm Peters Hand.

»Das sind Schauspieler«, sagte Peter und strich Erna mit seiner freien Hand wieder über den Rücken.

»Kenne ich nicht.«

»Das macht nichts. Ich weiß es auch nur, weil Anton es gesagt hat.«

»Was hat Anton gesagt?«

Anton seufzte.

»Warum hat er niemanden von uns aus dem Dorf um Hilfe gebeten?«, fragte Peter. »Warum bezahlt er Unternehmen aus der Stadt? Meint er etwa, die können besser arbeiten, bloß weil sie aus der Stadt kommen? Oder glaubt er, wir haben hier im Dorf keine Fachkräfte?«

»Jetzt hört aber auf!« Louisa blickte von einem zum anderen. Sie dachte an den Gesprächstermin, den sie wegen der Schulanmeldung seines älteren Kindes mit dem Dorfneuling in zwei Tagen vereinbart hatte. Am Telefon hatte sie nur mit seiner Sekretärin gesprochen, die so kurz angebunden gewesen war, dass Louisa noch immer nicht wusste, ob es sich um ein Mädchen oder einen Jungen handelte. Sie hätte sich gern mit ihm persönlich unterhalten, doch die Sekretärin hatte Louisa nicht durchgestellt, und auf ihre Rückrufbitte hatte der Anwalt nicht reagiert. Trotzdem wollte Louisa kein Urteil über ihn fällen, bevor sie ihn kennengelernt hatte.

»Wir können froh sein über jeden, der hier ins Dorf zieht«, sagte Louisa. »Wenn immer nur die Jungen wegziehen und niemand neu hinzukommt, können wir hier dichtmachen.«

Erna nickte.

Peter schaute noch immer skeptisch.

»Ich habe seinen Namen durch eine Internet-Suchmaschine laufen lassen.« Verschwörerisch blickte Anton von einem zum anderen.

»Lass gut sein.« Louisa schüttelte den Kopf.

»Es steht etwas im Internet über ihn?«, fragte Erna.

»Natürlich. Über dich findet man dort sicher nichts, aber über die meisten Menschen gibt es im Internet Interessantes zu erfahren. Auf vielen Bildern ist er auf Partys und Wohltätigkeitsbällen zu sehen.« Anton sprach noch leiser, sodass Peter und Erna sich näher zu ihm beugten. »Seine Frau ist ums Leben gekommen, das habt ihr bestimmt schon gehört. Ein tragischer Unfall, so heißt es offiziell in den Zeitungsartikeln. Aber wie man schnell herausfinden kann, war seine Frau diejenige, die das Geld mit in die Ehe gebracht hat. Dass er reich ist, ist nicht sein Verdienst. Er hat das Geld nicht erarbeitet, sondern nur nach dem Tod seiner Frau geerbt. Somit ist es im Grunde ihr Geld, das er gerade verschleudert, indem er dieses Bauunternehmen beauftragt hat. Ihr müsst euch mal vorstellen, was das bedeutet. Wer sagt, dass er nicht froh über das ›Unglück‹ ist? Männer wie der, die sich für die wichtigsten der Welt halten, sind auch nicht treu, sie haben Geliebte. Und ein Schlingel ist, wer ...«

»Kannst du mal eben mitkommen?«, fragte Louisa und nickte Anton zu.

»Für dich doch immer.« Er folgte ihr bis zur Birke, die am Rande des Gartengrundstücks stand.

Louisa zog ihn noch ein Stück weiter beiseite, sodass sie sicher sein konnte, dass ihnen niemand zuhörte. Sie schüttelte den Kopf. »Das klingt ja wie in einer schlechten Fernsehserie. Die Geschichte ist so voller Klischees, merkst du nicht, was für einen Mist du da verzapfst? Hast du dir mal überlegt, dass Peter und Erna das für bare Münze nehmen?«

»Ich sage nur, was ich denke. Oder ist das nun auch schon verboten?« Er wandte sich ab und wollte wieder auf den Tisch zugehen, auf dem noch sein Bier stand.

Doch Louisa stellte sich ihm in den Weg. »Du kannst sagen, was du willst. Aber nicht hier«, sagte Louisa. »Du hast die Wahl. Entweder hörst du auf, hier Gift zu verspritzen, oder du gehst nach Hause.«

»Ich bin Gast deiner Schwester. Das ist Claras Entscheidung.«

»Du stehst auf Grund und Boden, der zur Hälfte mir gehört. Wir können das auch gern mit Clara gemeinsam klären.«

»Schon gut. Du verstehst ja überhaupt keinen Spaß mehr!« Anton wandte sich ab und murmelte etwas, das Louisa nicht verstand, nur das Wort »Meinungsfreiheit« hörte sie heraus. Doch sie ignorierte ihn und wartete, bis er außer Sicht- und Hörweite war. Sie war froh, dass er sich nicht wieder zu Peter und Erna setzte. Nun war Louisa diejenige, die zwischen ihnen Platz nahm.

»Du hast recht, Louisa«, sagte Peter. »Es ist gut, dass jemand den Müllershof auf Vordermann bringt. Es ist eine Schande, wie das wunderbare Gebäude in den letzten Jahren so verkommen ist.

So viel Geld hat Anton gar nicht, dass er sich das hätte leisten können.« Peter grinste. »Wenn er schon den Kaufpreis nicht aufbringen konnte.«

Erna lachte.

»Aber jetzt ist Schluss mit dem Dorfklatsch.« Louisa stand auf, nahm ein leeres Glas und schlug mit einem Löffel dagegen, bis alle anderen sich ihr zuwandten.

»Heute ist ein Freudentag«, begann sie. »Auf Clara und auf Manuel.« Sie legte den Löffel weg und hob das Glas, woraufhin auch die anderen ihre Gläser hoben und dem Brautpaar zuprosteten. »Ihr wisst, wie sehr es mich freut, dass wir uns heute auf dem Rosenhof treffen können. Vor einem Jahr hatten wir alle doch damit gerechnet, dass er jetzt längst verkauft wäre. Wer konnte ahnen, wie wunderbar sich die Dinge entwickeln? Der Rosenhof ist aus seinem Winterschlaf erwacht, und ich hoffe, wir werden hier noch viele Feste gemeinsam feiern. Auf das Brautpaar!«

Louisa nickte Clara und Manuel zu. Worte schafften es nicht, ihrer Begeisterung Ausdruck zu verleihen. Sie freute sich so darüber, dass Clara glücklich war, dass auch Louisa das Gefühl hatte, die ganze Welt umarmen zu können. Gerade heute hatte sie wieder gemerkt, wie richtig die Entscheidung gewesen war, sich von Anton zu trennen. Sie brauchte in erster Linie Zeit für sich, um sich in ihren Beruf als Grundschullehrerin einzufinden, um nach all dem Müssen einmal zu spüren, was sie selbst eigentlich wollte.

Sie feierten die ganze Nacht durch, ließen sich auch von dem Regenschauer nicht verschrecken, der alle Gäste kurz nach Mitternacht ins Wohnzimmer und in die Scheune trieb. Doch schon eine Viertelstunde später klarte es wieder auf. Die Temperatur war nicht gefallen, noch immer herrschten deutlich über zwanzig Grad. Die Wiese war durch den Schauer nass und rutschig geworden, aber daran störte sich niemand. Männer wie auch Frauen zogen die Schuhe aus, um auf ihren glatten Ledersohlen nicht auszurutschen, dann tanzten sie barfuß weiter. Nur einige der Älteren nahmen die Unterbrechung durch den kurzen Regenschauer zum Anlass, sich zu verabschieden, um ins Bett zu gehen.

Im Morgengrauen war die Stimmung am ausgelassensten, noch immer fühlte auch Louisa kein Anzeichen von Müdigkeit. Ein sanfter Nebel legte sich über die Hügel und Wälder in der Ferne und ließ die Umgebung wie ein Märchenland erscheinen. Wenig später strahlte die Sonne vom tiefblauen Himmel, an dem nur ein paar Schäfchenwolken vorbeizogen.

Die Dorfbewohner frühstückten gemeinsam, um anschließend erschöpft, aber glücklich, mit vom Tanz und vom Alkohol geröteten Wangen in ihre Betten zu kriechen.

3.

Louisa schloss das Gemeindehaus auf, in dem sich die provisorischen Unterrichtsräume befanden, nachdem ein Feuer im vergangenen Sommer das Gebäude samt Lehrerwohnung zerstört hatte. Sie hatte gehofft, dass man in den Sommerferien mit dem Bau des neuen Schulgebäudes beginnen würde, doch noch immer gab es keine konkreten Pläne und keine bewilligten Mittel. Jedes Mal, wenn sie auf dem Bauamt oder beim Schulamt nachfragte, wurde sie vertröstet.

Warme, stickige Luft empfing sie. Zuerst öffnete Louisa alle Fenster, um den abgestandenen Geruch zu entfernen. Noch immer war sie in Gedanken bei der Hochzeit, dachte an das Tanzen bis zum Morgengrauen, daran, wie wunderschön es gewesen war, das gemeinsame Sitzen im Garten zwischen den Rosenstöcken, die in diesem Jahr austrieben und blühten wie nie zuvor.

Dass in der nächsten Woche die Sommerferien bereits endeten und damit die Schule wieder begann, konnte sich Louisa kaum vorstellen – zu sehr hatte sie sich an das lange Ausschlafen gewöhnt, an das ausgiebige Frühstück und die vielen Stunden im Garten, in denen sie abwechselnd las, die Gedanken schweifen ließ und es sich auch gönnte, hin und wieder einfach einzunicken.

Warme Sommerluft, die süß und schwer von Blütenduft war, breitete sich nach und nach im Raum aus. Louisa schloss kurz die Augen, um sich zu sammeln, bis ein Motorengeräusch sie aufhorchen ließ. Der Wagen bremste ruckartig ab, sodass der Schotter vom Parkplatz gegen die Karosserie knallte. Es klang wie unzählige Pistolenschüsse, die innerhalb kürzester Zeit abgegeben wurden.

Louisa verbat sich ein Kopfschütteln, schien doch seine Ankunft das zu bestätigen, was über Dr. Matthias Lehmann erzählt wurde: dass er ein Draufgänger war, der nicht gerade an Selbstzweifeln litt. »Hier bin ich«, schien sein Fahrstil auszudrücken. Aber vielleicht hatte er auch zu spät bemerkt, dass der Asphalt unvermittelt in Schotter überging, überlegte Louisa und schloss die Fenster wieder, damit sie mehr Privatsphäre hatten und nicht jeder, der draußen vorbeilief, mitbekam, was gesprochen wurde.

Sie ging ihm entgegen, um die Tür zu öffnen.

»Guten Tag. Sie sind hier also die Lehrerin«, sagte Dr. Lehmann und musterte Louisa.

»Guten Tag, Herr Dr. Lehmann. Folgen Sie mir bitte.« Sie ging voraus durch den Gang in den Saal, der nun, ohne die Kinder und all das Gewusel, viel größer wirkte. In der Ferienzeit war der Saal aufgeräumt und erschien Louisa ungewohnt und fremd.

Louisa nahm zwei Stühle von den Tischen einer Sitzgruppe herunter und stellte sie auf den Boden. Mit einer Handbewegung bedeutete sie dem Anwalt, sich zu setzen.

»Noch ist der Umbau des Hauses nicht fertig, wie Sie sicher wissen, deshalb haben wir auch den Umzug nach hinten schieben müssen«, begann Dr. Lehmann. »Aber da mein Ältester sich mit allem Neuen schwertut, dachte ich, es ist besser, wenn der Schulwechsel jetzt schon, zu Anfang der dritten Klasse, stattfindet. So braucht er sich nicht mitten im Schuljahr umzugewöhnen, und es bleiben ihm noch zwei Jahre in dieser Schule.«

»Ihr Sohn ...« Louisa versuchte, sich an den Namen zu erinnern, doch je angestrengter sie sich konzentrierte, umso mehr blockierte ihr Gedächtnis, bis ihr einfiel, dass sie ja bis jetzt nicht einmal gewusst hatte, ob es sich um einen Jungen oder ein Mädchen handelte.

»Justus.«

»Auf dem Hochzeitsfest meiner Schwester habe ich gehört, dass er neun Jahre alt ist. Geht er dann nicht in die vierte Klasse?« Sie überlegte kurz, dann war sie sich sicher, dass sie diesmal die Erinnerung nicht täuschte.

»Wir haben ihn ein Jahr später eingeschult, diesen Entschluss auch nicht leichtfertig getroffen. Er war noch so verspielt und ein Träumer, sollte noch Zeit bekommen, Kind zu sein. Und dann wurden alle unsere Pläne über den Haufen geworfen. Meine Frau ist vor drei Jahren bei einem Autounfall ums Leben gekommen, Sie können sich kaum vorstellen, was das für die Kinder und die Familie bedeutet.«

»Auch meine Eltern sind bei einem Autounfall gestorben, als meine Schwester und ich noch zur Grundschule gingen.« Normalerweise erwähnte Louisa diese Tragödie nie, doch nun konnte sie sich nicht mehr beherrschen. »Also brauchen Sie mir kaum zu erklären, was das bedeutet.« Sie erschrak selbst, mit welcher Heftigkeit die Worte aus ihr heraussprudelten. Ihre geballten Fäuste schob sie in die Hosentasche und unterdrückte den Kommentar, dass sie vielleicht jung war und noch nicht viel Unterrichtserfahrung hatte, aber gewiss keine Idiotin war.

»Das wusste ich nicht. Es tut mir leid.«

Louisa nahm die Hände wieder aus den Hosentaschen und legte sie auf die Oberschenkel. »Aber bleiben wir bei Ihrem Sohn. Er wird dann mit den anderen Drittklässlern lernen.«

»Wobei ich noch unbedingt auf Justus' Besonderheiten hinweisen und Sie vorwarnen muss. Er ist ein Junge, der mehr Aufmerksamkeit benötigt als andere Kinder. Er ist sehr sensibel. Nimmt Reize intensiver wahr. Ist schnell irritierbar. In seiner bisherigen Klasse ...«

Vergeblich versuchte Louisa, den Redefluss zu unterbrechen, der belegen sollte, was für ein schwieriges Kind Justus doch sei.

Louisa las bewusst niemals die Schulakten der Kinder, die sie neu übernahm. Auch von den vorausgegangenen Zeugnissen und Bewertungen wollte sie nichts wissen, weil sie sich lieber selbst eine Meinung bildete. Während ihres Referendariats in der Stadt hatte sie oft erlebt, dass diejenigen, die angeblich »Problemschüler« waren, sich als völlig unkompliziert und zugänglich entpuppten, wenn sie ihnen ohne Vorurteile entgegentrat.

»Es ist wichtig, dass Sie ihn in erster Linie bei der Selbstorganisation unterstützen«, sagte Dr. Lehmann, »und zum Beispiel immer ein Auge darauf haben, dass er auch zügig seine Arbeitsmaterialien auspackt. Und vor allem, dass er die Hausaufgaben notiert, und zwar vollständig. Mit der vorherigen Lehrerin habe ich nach anfänglichen Problemen abgesprochen, dass Justus jeden Tag das Hausaufgabenheft von ihr gegenzeichnen lässt. Dass sie seine Aufzeichnungen entweder ergänzt, wenn etwas fehlt, oder mit Haken und Unterschrift versieht. Denn wie sollen wir zu Hause mit ihm arbeiten, wie die Aufgaben erledigen, wenn die Aufgabenstellung schon fehlerhaft notiert ist?«

»Herr Dr. Lehmann ...« Er schien gar nicht mehr zu bemerken, dass auch sie sich im Raum befand, stattdessen fuhr er in seiner Rede fort, die er wahrscheinlich schon vor einigen ihrer Kolleginnen und Kollegen gehalten hatte. Er wirkte so selbstsicher in dem, was er sagte, dass sie gewettet hätte, dass ihn bisher niemand dabei unterbrochen hatte.

»Sicher ist mir bewusst, dass das für Sie einiges an Extraarbeit bedeutet, aber manche Kinder lassen sich eben nicht in vorgefertigte Schemata pressen. Justus ist verträumt. Seine Schwester Amanda steht, obwohl sie fünf Jahre jünger ist, fester mit beiden Beinen im Leben. Das ist eine Tatsache, was natürlich auch dadurch begründet ist, dass Amanda beim Tod meiner Frau erst ein Jahr alt gewesen ist und sich an ihre Mutter gar nicht mehr erinnern kann. Es wäre manchmal einfacher, wenn ich Amanda die

Hausaufgaben erledigen ließe als Justus selbst. Insofern ist es wichtig, dass auch Sie sich darauf einstellen können, dass Justus besonderer Aufmerksamkeit bedarf. Wobei ...« Dr. Lehmann blickte sich um. »Ich habe ja nur Gutes über diese Schule gehört, ansonsten hätte ich nie einen Wechsel anvisiert. Aber wenn ich mir den Raum anschaue – er ist doch deutlich kleiner, als ich ihn mir vorgestellt habe. Funktioniert das überhaupt, vier Klassen in diesem einzigen Raum zu unterrichten?«

Louisa verzichtete darauf, von den Regalen auf Rollen zu erzählen, die als flexible Raumteiler verwendet wurden, von Lerngruppen oder davon, dass der Unterricht ja längst nicht mehr von einem Lehrer gehalten wurde, der vorn dozierte, während die Kinder stumm zuhörten. Welches Kind störte sich daran, wenn sein Sitznachbar mit anderem Arbeitsmaterial beschäftigt war als es selbst? Doch sie ahnte, dass in seinen Ohren jede Erklärung wie eine Rechtfertigung klänge.

»Ja«, sagte Louisa. »Das ist kein Problem, ist nie eins gewesen, das kann ich auch aus meiner Erfahrung als Schülerin sagen. Ich habe es immer genossen, mal den Jüngeren zu helfen oder mit den Älteren zu arbeiten. Gern können Sie hospitieren kommen, um sich selbst ein Bild zu machen. Wir freuen uns über Eltern, die vorbeikommen und sich dafür interessieren, wie es ihrem Kind in der Schule geht.«

Dr. Lehmanns Körperhaltung entspannte sich kurz, dann richtete er den Oberkörper wieder auf, reckte das Kinn nach vorn.

Zum ersten Mal musterte sie ihn genauer – seine dunkle Hornbrille, die er regelmäßig mit dem rechten Zeigefinger zurechtrückte, seine Föhnfrisur mit Seitenscheitel, seinen Dreitagebart, der ihm etwas Verwegenes verlieh. Auch wenn sie es hasste, wie er ununterbrochen redete und das anscheinend als Gespräch auffasste, musste sie ihm zugestehen, dass seine Stimme angenehm tief und sonor klang, sodass er wahrscheinlich problemlos ein Engagement als Schauspieler für eine Kaffeewerbung fände. Trotz der Wärme trug er eine schwarze Jeans aus dickerem Stoff und ein Jackett über dem Hemd. Sie würde an seiner Stelle zumindest das Jackett ausziehen, doch er schien nicht zu schwitzen.

»Das wird nicht notwendig sein, vor allem lässt es sich zeitlich nicht einrichten. Wichtiger ist, dass das Konzept, das zusammen mit der Ergotherapeutin und der ehemaligen Klassenlehrerin ausgearbeitet wurde, weiter konsequent umgesetzt wird. Damit hat Justus bereits enorme Fortschritte erzielt. Dazu gehört auch die ergonomische Greifhilfe ...« Er sprach schnell und gehetzt, erzählte von »aggressivem Problemverhalten«, von »besonderem Unterstützungsbedarf«. Doch Louisa fand, dass all das, was er über seinen Sohn berichtete, mehr über Dr. Lehmann als über Justus aussagte. Justus schien keinen leichten Stand beim Vater zu haben, der neben den Schwierigkeiten mit Justus immer wieder betonte, wie begabt doch die kleine Schwester sei. Louisa wehrte sich gegen den Gedanken, aber das Gespräch mit Dr. Lehmann schien alle Vorurteile zu bestätigen, die über ihn erzählt wurden. Er meinte, alles besser zu wissen, und hielt anscheinend die Dorfbewohner, Louisa als junge Lehrerin eingeschlossen, für minderbemittelt. Stattdessen betonte er die Kompetenz der »Fachleute« aus der Stadt. Louisa war nah dran, Dr. Lehmann vorzuschlagen, Justus bei all den Zweifeln, die er wegen des Schulwechsels hatte, am besten auf seiner bisherigen Schule zu belassen, um sich nicht weiter mit dem Anwalt herumärgern zu müssen. Einzurichten wäre das bestimmt, fuhr Dr. Lehmann doch sowieso täglich zur Arbeit in die Stadt.

»... Vor allem ist es wichtig, dass Sie mich frühzeitig informieren, wenn eine Klassenarbeit oder ein Test ansteht. Es darf keine Hektik aufkommen, wenn ich mit Justus den Stoff noch einmal durchgehe.«

Louisa straffte die Schultern und lehnte sich vor. Nun hatte sie wirklich genug. Am liebsten hätte sie ihrem Ärger laut Luft gemacht. Stattdessen zwang sie sich, höflich zu bleiben, nahm sich aber vor, einfach weiterzusprechen, egal, wie oft er dazwischenredete. »Sie brauchen mit Justus nicht gesondert zu lernen. Wir legen besonderen Wert auf Selbstständigkeit, anders würde unser Konzept gar nicht funktionieren. Auch können wir Lehrer – zum nächsten Schuljahr wird noch ein Referendar dazukommen – die Kinder so betreuen, dass aufkommende Fragen hier in der Schule geklärt werden können.« Sie zählte in Gedanken mit. Zwei seiner Einwürfe hatte sie schon ignoriert. »Die Eltern wissen es zu schätzen, dass wir sie nicht als Hilfslehrer einspannen. So sehr ich auch nachvollziehen kann, dass Sie sich um Ihren Sohn sorgen – Sie tun ihm den größten Gefallen, wenn Sie ihm vertrauen, dass er sich gut einlebt und zurechtkommt. Wenn Sie erst einmal vom Positiven ausgehen. Sollten Probleme auftreten, werde ich mich natürlich zügig mit Ihnen in Verbindung setzen.« Drei weitere Einwürfe von ihm hatte sie durch Weitersprechen unterbrochen. Nun kam sie sich vor, als wäre sie einen Marathon gelaufen, so anstrengend war es, in Dr. Lehmanns Gegenwart nur einen einzigen Gedanken in Ruhe auszuführen.

»Jetzt ist es ja schon fast vier. Und ich habe noch einen Termin auf der Baustelle«, sagte der Anwalt. Er stand auf und schaute aus dem Fenster. »Wo sind denn meine Kinder wieder geblieben? Ich hatte ihnen doch gesagt, sie sollen im Auto warten! Und jetzt ist der Rücksitz leer.«

Louisa hörte ein Kinderlachen von der anderen Seite des Gebäudes. »Auf dem Hof, wenn Sie um das Gebäude herumgehen, gibt es einige Spielgeräte. Wahrscheinlich sind sie dort.«

»Wie gesagt, die Zeit drängt leider. Es war nett, Sie kennenzulernen.« Eilig verabschiedete sich Dr. Lehmann.

Bald war von draußen ein Schreien und Kreischen zu hören, dann war wieder alles ruhig. Wenig später stieg Dr. Lehmann allein in seinen Wagen, anstatt die paar Meter zur Baustelle zu

Fuß zurückzulegen. Sie seufzte beim Gedanken an das vergangene Elterngespräch. Doch zugleich musste sie ihm zugutehalten, dass er die Kinder nach ihrem Protest weiter unbeaufsichtigt mit den anderen Kindern aus dem Dorf auf dem Hof spielen ließ. Eine Gefahr drohte ihnen dort nicht, trotzdem hätte sie Dr. Lehmann so eingeschätzt, dass er die beiden keine Sekunde aus den Augen lassen würde.

Auf dem Weg nach Hause zum Rosenhof musste Louisa zwangsläufig den Hof des Gemeindehauses überqueren. Dort entdeckte sie auch zwei ihr unbekannte Kinder, die mit den anderen Kindern Fangen spielten. Ihre Gesichter waren gerötet, die T-Shirts am Rücken durchgeschwitzt. Trotz des Übermuts im Spiel passten sie auf, Louisa nicht umzurennen. Die Lerchen über den Feldern und Wiesen rund um das Dorf herum sangen an diesem Tag so laut, dass sie immer wieder das Toben der Kinder übertönten.

»In die Büsche rennen gilt nicht, Justus«, rief das kleine Mädchen mit den hellblonden Haaren. Das musste Amanda sein. »Und verstecken gilt auch nicht.«

Louisa schmunzelte. Zumindest bei der Beschreibung seiner Tochter hatte Dr. Lehmann nicht übertrieben. Mit ihrer lauten Stimme übertönte Amanda alle anderen. Sie gab den Größeren Anweisungen, stellte Spielregeln auf. Obwohl die acht Mädchen und Jungs, die mit ihr auf dem Hof herumtollten, älter waren, gelang es Amanda nicht nur, mit ihnen mitzuhalten, sondern sie bestimmte über den Fortgang des Spiels, als wäre sie offiziell zur Anführerin gewählt worden.

Nun wurde sie abgeschlagen und musste fangen. Mit ihrer geringen Körpergröße und den kurzen Beinen hatte sie keine Chance, zu gewinnen. Sie lief halbherzig ihrem Bruder nach, blieb aber nach wenigen Sekunden stehen und schaute sich um. Die anderen Kinder hielten sich viel zu weit entfernt, als dass sie sie hätte abschlagen können. Amandas Mundwinkel senkten sich, dann strahlte ein verschmitztes Lächeln auf ihrem Gesicht. Sie rannte in Richtung der Fahrradständer und prüfte den Luftdruck der abgestellten Räder.

»Das hier hat ja einen Platten«, sagte sie.

Nun näherten sich die anderen Kinder. Justus kam am dichtesten an sie heran und wähnte sich in Sicherheit, weil sich der Zaun zwischen ihnen befand, oder er hatte bereits vergessen, dass sie Abschlagen spielten.

Doch Amanda bückte sich blitzschnell, berührte durch die Gitterstäbe des Zauns hindurch Justus' Fuß und lachte laut auf. »Hab dich! Gefangen!« Sie sprang hoch, rannte wieder auf den Hof und tanzte über die Asphaltfläche.

Alle anderen bis auf Justus stimmten in ihr Lachen mit ein.

Der versuchte, sich zu revanchieren, rannte auf seine kleine Schwester zu, die sich nun auf einen Baum rettete. Sie kletterte, als hätte sie nie etwas anderes getan. Durch ihr geringes Körpergewicht konnte sie auch so weit nach oben klettern, dass die anderen keine Chance hatten, sie zu erreichen.

»Komm doch, wenn du dich traust«, sagte sie. »Fang mich!«

Justus sprang einmal an den Zweigen hoch, dann war ihm klar, dass er zu schwer für die dünnen Äste war, dass er keine Chance hatte, über Amanda zu triumphieren. Er wandte sich mit einem Schulterzucken ab, sagte: »Ist mir doch egal.«

Louisa begriff, dass er die Gleichgültigkeit nur spielte. Bei jedem Schritt stampfte er auf den Boden. Er kickte einen Stein vor sich her, was deutlich zeigte, wie sehr er seine Wut beherrschen musste. Er tat ihr leid. So gewitzt Amanda auch war, so amüsant es war, ihr zuzuschauen – kein anderes Geschwisterkind an ihrer Seite hätte es leicht.

Justus blieb mit Blick auf Louisa stehen. Er schien sie erst jetzt zu bemerken. »Du bist …«, begann Justus.

»… die Lehrerin!«, beendete Amanda mit ihrer hohen, lauten Stimme den Satz, kletterte vom Baum, rannte los und lief auf Louisa zu.

»Leider kann ich noch nicht in die Schule kommen, weil ich erst vier bin.«

Nun, als Louisa die Geschwister nebeneinander sah, war es kaum zu glauben, dass die beiden ein Altersabstand von fünf Jahren trennte. Vom Verhalten her war Amanda so weit entwickelt, dass man sie für eine Erst- oder Zweitklässlerin halten konnte. Ihr Selbstvertrauen war so groß, dass sie damit sogar ihren Vater in den Schatten stellte. Justus wirkte dagegen mit seinen hellbraunen Haaren, den hängenden Schultern und der Schüchternheit, mit der er den Blickkontakt vermied, unscheinbar. Was in ihm steckte, hielt er verborgen, auch was er dachte und fühlte, während Amanda munter weiterplapperte, was sie an diesem Tag mit ihrer Kindergartengruppe erlebt hatte. Justus trug eine Cargohose, wie man sie üblicherweise zum Wandern nutzte, mit unzähligen Taschen, die sich allesamt nach außen ausbeulten.

Louisa bückte sich zu ihm. »Und du musst Justus sein«, sagte sie und zeigte auf seine Hosentaschen. »Was hast du denn alles dabei? Du hast ja eine solche Menge eingepackt, als hättest du einen Schatz geplündert.«

Ein Lächeln breitete sich auf seinem Gesicht aus. Er öffnete die Tasche auf dem rechten Oberschenkel und zog eine kleine Ente und zwei Katzen aus Holz heraus, dann wickelte er eine weitere Katze und eine Hundefigur aus Wachs aus einem Polster aus Küchenkrepp.

»Die hast du selbst gemacht?«, fragte Louisa.

»Ich muss immer aufpassen, dass die Wachsfiguren in der großen Tasche sind. Und dass ich sie gut einwickele. Wenn ich sie in die kleinen Taschen tue, brechen die Beine schnell ab. Wachs ist nicht stabil.«

Er beugte sich zu ihr und flüsterte: »Ich habe das Messer auch mitgenommen, aber das lasse ich im Versteck.« Er zeigte auf seine Seitentasche. »Ich hole es nur raus, wenn mich keiner sieht. Papa hat verboten, dass ich es mit nach draußen nehme. Aber ich brauche es doch, wenn ich mal Holz finde. Du verrätst mich nicht, oder?«

»Du hast die Tiere selbst geschnitzt? Und die Wachsfiguren geformt?«, fragte Louisa noch einmal. Sie dachte an ihre Schwester, die als Kind auch viel geschnitzt hatte, deren frühere Holzarbeiten sich aber mit denen von Justus nicht messen konnten. Nun erschien es ihr wie ein Hohn, dass Dr. Lehmann von Ergotherapie und einer Greifhilfe beim Schreiben geredet hatte. Wer solche Figürchen schnitzte, dem fehlte es garantiert nicht an motorischen Fertigkeiten. Clara wäre beim Anblick der geschnitzten Tiere begeistert. Und für Justus wäre die Werkstatt, die Clara sich im hinteren Teil der Scheune eingerichtet hatte, mit ihren Schreinerwerkzeugen und den gelagerten Holzmengen ein wahres Paradies.

Justus reichte Louisa eine der Katzen aus Holz. »Ein Geschenk. Die Pfoten sind nicht so gut. Ich wollte Krallen schnitzen. Aber ein Stück ist abgebrochen.«

»Danke! Die Katze stelle ich mir zu Hause neben meinen Wecker, dann sehe ich sie als Erstes, wenn ich morgens aufwache!«

Justus steckte die anderen Holztiere wieder in eine der Taschen, wickelte die Wachsfigürchen sorgsam ein und verstaute sie auch in seiner Hose, schloss sich dann erneut dem Spiel der anderen Kinder an.

Louisa verabschiedete sich von Amanda, winkte den anderen Kindern und trat auf die Straße. Wegen des Messers müsste sie später einmal in einem ruhigen Moment mit Justus sprechen. Wahrscheinlich handelte es sich um ein kleines Taschenmesser, denn eine größere, offene Klinge passte nicht in seine Hosentaschen. Sicherlich würde er sein Messer versteckt halten, trotzdem war es eine potenzielle Gefahr. Um ein Unglück hervorzurufen, reichte es, dass er das Messer verlor und ein anderes Kind sich bei dem Versuch, es zu öffnen, schnitt. Doch von alldem, was der Anwalt ihr über Justus erzählt hatte, war nichts zu spüren. Zwar war er etwas schüchtern und zurückhaltend, aber das würde sich ihrer Erfahrung nach schnell geben. Wenn sie an den Ausdruck »aggressives Problemverhalten« dachte, wie Dr. Lehmann sich ausgedrückt hatte, konnte sie nur den Kopf schütteln. Davon konnte sie nichts feststellen, im Gegenteil. Auch die angeblichen Schwierigkeiten mit der Stifthaltung konnte sie sich nicht vorstellen, wenn jemand in dem jungen Alter detaillierte Figuren schnitzte – manche so klein, dass sie in eine Streichholzschachtel passten. Es war, als hätten sie über zwei unterschiedliche Jungen gesprochen.

4.

*E*s war ein Ritual an der Grundschule, das Louisa während der Zeit kennengelernt hatte, als sie selbst noch ein kleines Mädchen und Schülerin in der Dorfschule gewesen war: Vor den Weihnachtsferien fand eine gemeinsame Theateraufführung statt. Louisa war bei ihrer ersten Aufführung als »i-Dötzchen«, wie die Erstklässler genannt wurden, der König gewesen. Ein kleines, zierliches Mädchen, das kurz zuvor versucht hatte, sich selbst die Haare zu schneiden, sodass der Friseur, um noch zu retten, was zu retten war, zu einem Kurzhaarschnitt gezwungen gewesen war und die restlichen langen Strähnen abgeschnitten hatte. Wie ein Junge hatte sie damals ausgesehen und ihr Äußeres gehasst, bis sie im Märchen *Der gestiefelte Kater* der König hatte sein dürfen. Eine Hauptrolle! An den Applaus des Publikums und die Bewunderung aller anderen Schüler konnte sie sich noch genau erinnern.

Dabei ging es gar nicht darum, dass jedes Kind eine große Rolle mit viel Text bekam, auch wenn die meisten Eltern sich dies für ihre Kinder wünschten. Doch aus Kindersicht stellte sich die Rollenverteilung anders dar: Gerade die kleinen Rollen – sei es ein Hund, eine Katze, ein Baum, eine Blume oder der Wind – boten die Möglichkeit, alle Zweifel und Unsicherheiten zu vergessen.

In diesem Jahr hatte Louisa sich für *Die Bremer Stadtmusikanten* entschieden. Schon den dritten Schultag nach den Sommerferien nutzte Louisa für die Rollenverteilung und die erste Planung, denn um solch ein großes Projekt neben dem regulären Unterricht umzusetzen, brauchte sie mehrere Monate. Um alle Kinder einzubeziehen und niemanden außen vor zu lassen, erhöhte sie die Anzahl der Räuber, auch gab es acht Tiere, nicht wie im Märchen nur einen Esel, einen Hund, eine Katze und einen Hahn. Hinzu kamen in diesem Jahr ein Löwe, ein Meerschweinchen, eine Ziege und ein Affe.

Justus spielte den Löwen. Bei der ersten Probe, bei der sie im Kreis saßen und den Inhalt des Märchens besprachen, war sein Brüllen so leise, dass es mehr nach einem Räuspern klang, doch schon am Ende der Stunde ging Justus vollständig in seiner Rolle auf, und sein Brüllen war so laut, dass es bestimmt bis auf die Straße hinaus zu hören war.

Am Ende des Unterrichtstages gab Louisa allen Kindern Anmeldezettel für die Eltern und weitere Zuschauer mit, damit sie abschätzen konnte, ob das Gemeindehaus als Aufführungsort genügte oder ob sie sich um eine der größeren Hallen in einem Nachbardorf bemühen musste.

Tag für Tag mehrten sich die Anmeldezettel, die Louisa in einer Box auf ihrem Lehrerpult sammelte.

»Habt ihr alle eure Zettel abgegeben?«, fragte sie am Freitagmittag der zweiten Schulwoche, bevor sie die Schüler ins Wochenende entließ.

Ein allseitiges »Ja« schallte ihr entgegen.

Sie wartete, bis alle Kinder hinausgestürmt waren und sie allein im Raum saß. Dann zählte sie die Zettel durch, wunderte sich, wiederholte die Zählung, zählte noch ein drittes Mal und kam wieder zu dem gleichen Ergebnis: Ein Zettel war nicht zurückgegeben worden. Kurz danach bestätigte sich ihre Vermutung: Justus hatte die Rückmeldung anscheinend vergessen. Dabei konnte

Louisa sich genau an sein lauthals gerufenes »Ja« und sein Nicken erinnern, als er auf ihre Frage geantwortet hatte.

Eilig stand Louisa vom Lehrerpult auf und ging zum Fenster, um hinauszusehen. Sie hatte Glück: Noch hatten die Kinder sich nicht zerstreut, sondern plauderten vor dem Gebäude, rannten auf dem Hof des Gemeindehauses herum, spielten Fangen und mit einem Ball. Direkt auf den ersten Blick entdeckte sie Justus. Er stand mitten auf dem Hof in einer Gruppe von Jungs, sein Vater hatte ihn noch nicht abgeholt, um mit ihm zurück in die Stadt zu fahren. Louisa drehte sich weg vom Fenster und eilte hinaus. Gerade als sie vor die Tür trat, näherte sich ein dunkler BMW auf der Hauptstraße, hielt vor dem Schultor und hupte. Als Justus nicht reagierte, stieg Dr. Lehmann aus. Mit einem Winken rief er seinen Sohn zu sich.

Louisa eilte zum Wagen und erreichte ihn noch vor Justus. »Guten Tag, Herr Dr. Lehmann«, sagte sie.

»Es tut mir leid, jetzt ist es schlecht. Ich muss Amanda vom Kindergarten abholen, bevor die Einrichtung schließt.«

»Es geht um den Zettel zur Schulaufführung im Dezember. Mit wie vielen Personen wollen Sie denn teilnehmen? Justus hat die Mitteilung noch nicht abgegeben.«

Er räusperte sich, blickte zur Seite, um sie dann wieder anzusehen. »Gar nicht.« Er schaute Justus an, der unruhig von einem Bein auf das andere trippelte. Es war ihm deutlich anzumerken, wie unangenehm ihm die Situation war. Mit einem Ruck drehte er sich weg und lief noch einmal auf den Hof zu den anderen Kindern, so schnell, als müsste er fliehen.

Louisa glaubte kurz, dass sie sich verhört hatte, doch Justus' Reaktion zeigte, dass es stimmte. Sie schüttelte den Kopf. »Gar nicht?«, wiederholte sie. Mit diesen zwei knappen Worten, ohne Erklärung würde sie sich nicht einfach abspeisen lassen.

»Ich will ehrlich zu Ihnen sein«, sagte Dr. Lehmann. »All dieser

Dorfklüngel, von dem ich schon gehört habe, dass er wohl üblich ist auf den Eifeldörfern … Ja, wir werden in den Herbstferien hierher umziehen, aber das hat pragmatische Gründe. Für so etwas habe ich keine Zeit. Freiwillige Feuerwehr. Gesangsverein. Pfadfinder. All diese Traditionen, damit haben wir nichts am Hut. Abgesehen davon: Sie können sich vorstellen, welches Chaos in diesem alten Haus herrschen wird, wenn wir erst umgezogen sind. Sie glauben nicht, wie viel ich schon jetzt zu tun habe, die Handwerker so zu koordinieren, damit beim Einzugstermin alles steht und wir nicht auf einer Baustelle wohnen müssen.«

»Das können Sie nicht machen. Ihr Sohn braucht Sie!« Louisa war froh, dass Justus wieder mit anderen Jungs auf dem Hof des Gemeindehauses stand und munter plauderte, sodass er von dieser Diskussion nichts mitbekam.

»Justus hat mir von Ihren Plänen berichtet. *Die Bremer Stadtmusikanten* sollen es also werden.« Dr. Lehmann zog die Augenbrauen hoch. »Er spielt einen Löwen. Seit wann tauchen in diesem altdeutschen Märchen Löwen auf? Wie er es mir erzählt hat, ist es nicht einmal eine Sprechrolle, die er bekommen hat, sondern er taucht hin und wieder brüllend auf der Bühne auf, wie ich ihn verstanden habe. Mehr hat er nicht beizutragen. Ich wollte mich mit meiner Meinung zurückhalten, weil sie bei Ihrer Entscheidungsfindung sicherlich irrelevant ist. Aber da Sie mich nun darauf ansprechen, muss ich gestehen, dass ich Ihr Konzept mehr als irritierend finde. Dass Sie mit den Kindern ein Märchen aufführen, ist lobenswert, so etwas mag den Zusammenhalt stärken. Aber das Märchen so zu verfremden, dass es nicht wiederzuerkennen ist, und daraus ein solches Spektakel zu veranstalten, zu dem alle Eltern und noch das ganze Dorf antanzen …« Er räusperte sich.

Louisa musterte ihn. Kein Zeichen von Unsicherheit war zu erkennen. Die Lippen waren verschlossen, die Arme verschränkt.

Sie wusste, dass es wenig Zweck hatte, ihn vom Gegenteil zu überzeugen. Trotzdem musste sie es noch einmal versuchen.

»Ist es Ihnen denn vollkommen egal, welches Signal Sie damit an Justus senden? Dass es für ihn so scheinen muss, als interessierten Sie sich nicht für ihn? Dass er der Einzige sein wird, der niemanden im Publikum hat, der mit ihm mitfiebert, während alle anderen Eltern Anteil nehmen? Wirklich alle anderen ohne Ausnahme?«

»Justus hat keine ›Eltern‹, wie Sie wissen. Er hat nur mich, und ich habe einen Job, zwei Kinder, eine Hausrenovierung als Großprojekt und einen anstehenden Umzug. Ich muss Kompromisse eingehen, das gilt auch für Justus und Amanda. Nicht alle Kinder wachsen wie bei Ihnen im Dorf in heilen Familien auf, wo sich alle umeinander kümmern, füreinander einspringen. Ich habe keine Möglichkeit, mich zurückzulehnen und zu entspannen. Stattdessen muss ich nach den Herbstferien bis zum Jahresende doppelt arbeiten, um die Zeit für die Renovierung und den Umzug nachzuarbeiten. Und Sie kommen mit Ihrer Theateraufführung!« Er funkelte sie wütend an. Zum ersten Mal hatte sie das Gefühl, hinter die Fassade des perfekten Anwalts zu blicken. Sie sah ganz viel Wut, aber zugleich etwas, was ihn menschlich und verletzlich scheinen ließ.

»Auch hier herrscht keine durchgehend heile Welt, mit Ihrer Betrachtungsweise zeichnen Sie schwarz-weiß«, sagte Louisa. »Es gibt Alleinerziehende, und Schicksalsschläge machen vor dem Dorf nicht halt.« Sie schaffte es gerade noch, den Kommentar zu unterdrücken, dass der Tod seiner Frau tragisch war, dass es aber nicht immer nur um ihn ging, sondern am Tag der Aufführung konkret um Justus.

Er blickte zu seinem Sohn, rief ihn jedoch so leise, dass Justus seinen Namen bei dem Lärmpegel, der um sie herum herrschte, gar nicht hören konnte.

Mit einem Mal tat Louisa der Anwalt leid. Seine Gesichtszüge wurden schlaff, als wäre er innerhalb weniger Minuten um Jahre gealtert, er ließ die Arme hängen, als wären sie sinnlose Anhängsel. Er trat einen Schritt zurück, um sich an der Karosserie anzulehnen. Sein Blick schweifte ab und ging zu einem Punkt ein paar Meter hinter ihr, den er so intensiv ansah, dass Louisa sich umdrehte. Es war, als würde sie jemand beobachten. Doch als sie sich umschaute, war niemand zu sehen.

»Ihre Frau ...«, begann Louisa und schwieg. Sie wusste, dass er an sie dachte. Nach all den Gerüchten, die sie gehört hatte, hatte sie selbst im Internet recherchiert und einen Artikel gefunden, der den Unfallhergang ausführlich beschrieben hatte. Bei dem Gedanken daran war all ihr Ärger auf ihn verschwunden. Der Unfall war nachts bei Regen und Nebel geschehen. Die Familie war auf der Landstraße unterwegs gewesen, er hatte am Steuer gesessen. Louisa konnte sich den Stress gut vorstellen, der im Auto geherrscht haben musste. Amanda als Einjährige in der Babyschale, der sechsjährige Justus in seinem Kindersitz daneben. Dunkelheit. Dann die schlechten Wetterverhältnisse. Quengelnde Kinder und die unvermeidliche Frage vom Rücksitz: »Wann sind wir da?«

Alle Kinder wurden unruhig, wenn eine Fahrt einmal länger dauerte als geplant, vor allem wenn dann noch Hunger und Durst hinzukamen.

An dem verhängnisvollen Tag war ein Laster in einer Kurve von der Spur abgekommen und den Lehmanns auf der eigenen Fahrspur entgegengekommen. Ein Ausweichen war nicht möglich gewesen, zu schnell hatte sich die Situation zugespitzt. Dr. Lehmann hatte gebremst, das Lenkrad herumgerissen und auszuweichen versucht, doch anstatt zum Stillstand zu kommen, hatte sich der Wagen um die eigene Achse gedreht und die vordere rechte Seite unter den Laster geschoben. Rational gesehen konnte er sich nichts vorwerfen, kein Richter der Welt würde ihn jemals verurteilen.

Doch Louisa wusste nur zu gut, dass Gewissen und Schuldgefühle auf der einen Seite und Logik auf der anderen Seite nicht unbedingt in Relation standen. Sie ahnte seine Gedankengänge, die das Geschehen vereinfacht reproduzierten: Er war gefahren. Seine Frau war tot, und er lebte. Wie oft mochte er sich danach gesehnt haben, mit ihr die Rollen zu tauschen? An ihrer Stelle gestorben zu sein?

»Es gibt kein Argument, mit dem ich Sie überzeugen kann, doch zur Aufführung zu kommen?«, fragte Louisa.

Seine Gesichtszüge erschlafften noch weiter, und sie erkannte hinter der perfekten Fassade Überforderung und eine endlose Müdigkeit, bevor er sich wieder kontrollierte, mit den Schultern zuckte und ein Lächeln aufsetzte. »Ich muss mich vor Ihnen wegen meiner Entscheidungen nicht rechtfertigen«, sagte er, wandte sich dann zu den spielenden Kindern um und hob eine Hand. »Und Sie werden das akzeptieren müssen.« Dann drehte er sich um. »Justus!«, rief er, diesmal lauter, und winkte.

Justus verabschiedete sich mit einem Abklatschen von seinen Klassenkameraden und stürmte auf seinen Vater zu.

»Wo hast du denn deinen Ranzen?«, fragte Dr. Lehmann.

»Oh. Stimmt. Vergessen. Sorry.« Justus blickte sich um, rannte dann zur Tischtennisplatte und kehrte mit seinem Ranzen in der Hand zurück.

Dr. Lehmann half Justus, den Ranzen in den Kofferraum zu werfen, anschließend auf den Kindersitz zu steigen und sich anzuschnallen. Aus einer Einkaufstüte packte er ein Puddingteilchen aus und reichte es Justus, dann warf er die Hintertür mit einem Knall zu, stieg selbst ein und fuhr los.

5.

Louisa verharrte nach ihrer Rückkehr aus der Schule auf ihrem Bett im Obergeschoss des Rosenhofs und blickte über die Landschaft. Nervös drehte sie den Brief vom Schulamt von einer Seite zur anderen, ohne ihn zu öffnen. »An die Schulleitung« stand oben, darunter die Adresse des Gemeindehauses. Wie sie diese grünlich braunen Umschläge hasste, die selten etwas Gutes verhießen. Eine offizielle Schulleitung gab es schon seit Jahrzehnten nicht mehr, zu sehr waren die Schülerzahlen geschrumpft. Die wenigen Verwaltungsaufgaben, die anfielen, hatte Louisa übernommen – nicht wirklich freiwillig, sondern weil sonst niemand da war, der sich darum kümmern konnte. Es gab auch kein Büro, seit dem Brand besaßen sie nur noch den provisorisch hergerichteten Raum im Gemeindehaus und nebenan einen Lagerraum für Unterrichtsmaterialien, der eher eine Rumpelkammer war als ein richtiges Zimmer.

Louisa gab sich innerlich einen Ruck, dann schob sie ihren Zeigefinger in die Lücke, wo der Briefumschlag nicht vollständig geschlossen war, und riss den Falz auf. Ein scharfer Schmerz schoss durch ihre Fingerkuppe, so intensiv, dass sie aufschrie und den Finger sofort wieder herauszog. Es fühlte sich an, als hätte sie in eine Glasscherbe gefasst, auch wenn es nur das Papier war, das ihr in die Haut geschnitten hatte. Reflexartig steckte Louisa den Finger in den Mund und saugte daran, bis sie kein Blut mehr schmeckte. Dann öffnete sie den Umschlag mithilfe eines Bleistifts und zog das Papier heraus, auf dem sich nun Blutflecken befanden.

Louisa überflog die einleitenden Sätze, die ihr den Atem nahmen. Sie schnappte nach Luft, stand auf, ging im Zimmer umher und las noch einmal.

Hiermit teilen wir Ihnen mit, dass die Dorfschule aufgrund mangelnder Schülerzahlen mit Ablauf dieses Schuljahres geschlossen wird. Ein Wiederaufbau nach dem Brand wird als nicht rentabel erachtet. Für die vierzehn Schüler wird ein Schulbus eingerichtet, der sie regelmäßig …

Der Brief rutschte Louisa zwischen den Fingern hindurch und glitt auf den Boden. Sie brauchte gar nicht weiterzulesen, weil sie bereits wusste, was dort stand. Nun war eingetreten, was seit Jahrzehnten immer wieder im Raum gestanden hatte: Die Schule wurde geschlossen, die Schüler sollten folglich in einer größeren Schule aufgenommen werden. Und Louisa, ihre Kollegin und der neue Referendar würden irgendwohin versetzt werden.

Doch einen kleinen Fehler hatte die Überlegung des Schulamts, dachte Louisa trübsinnig: Es waren nicht mehr vierzehn, sondern fünfzehn Schüler, da Justus ins Dorf ziehen würde. Und im nächsten Sommer würden sogar elf zusätzliche Kinder eingeschult werden, aber nur zwei Viertklässler auf weiterführende Schulen wechseln. Dann wären sie vierundzwanzig und hätten wieder eine Größe erreicht, wo es sich lohnte, die Schüler zu teilen und in zwei Räumen zu unterrichten. Da Louisa und ihre Kollegin Sabine auch noch Unterstützung durch einen Referendar bekommen hatten, wäre das auch problemlos möglich. Es stimmte, dass die Schülerzahlen niedriger als zuvor waren, doch das berücksichtigte nicht die enormen Schwankungen. In einer so kleinen Ortschaft wurden manchmal nur zwei oder drei Kinder eingeschult, in anderen Jahren zehn.

Louisa stellte sich ans Fenster und blickte über das Dorf. Noch immer standen die schwarzen Grundmauern des abgebrannten Schulhauses wie ein Mahnmal in der Ortsmitte an der Hauptstraße. Blätterlos und verkohlt ragten die ehemals prachtvollen Buchen neben dem Gebäude auf. Sie ließ ihren Blick weiter schweifen bis zu den Maaren im Hintergrund. Dann zog sie ihr Handy aus der Hosentasche, öffnete die Telefon-App und begann, die Nummer einzutippen, die sie inzwischen auswendig kannte. Doch noch bevor sie die letzte Ziffer gedrückt hatte, wurde ihr klar, dass sie im Schulamt wegen der Mittagspause sowieso niemanden erreichen würde.

Sie legte das Smartphone weg und setzte sich an ihren Schreibtisch. Gerüche von gebratenen Zwiebeln und zerlaufenem Käse ließen ihren Magen knurren. Von unten hörte sie Teller klappern. Louisa stützte die Ellbogen auf den Tisch, lehnte sich vor und vergrub den Kopf in den Händen. Bewusst konzentrierte sie sich auf ihren Atem, bis er langsamer wurde und das Ausatmen länger als das Einatmen dauerte. Noch mehrfach las sie den Brief.

War es wirklich zielführend, mit dem Schulamt darüber zu diskutieren, was die Zusammenlegung der Schulen für die Grundschüler des Dorfes bedeutete? Dass dann schon die Sechsjährigen allmorgendlich einen einstündigen Schulweg vor sich hatten, wenn man den Weg zum Bus mitrechnete? Wie wäre es im Winter, wenn Schnee fiel? Während der Zeit der Herbststürme, wenn umgestürzte Bäume die Straßen manchmal für Tage unpassierbar machten?

Sicher waren solche Naturgewalten die Ausnahme, aber sie traten zu regelmäßig auf, als dass irgendjemand sie außen vor lassen konnte.

Louisas Schultern verspannten sich. Wieder hielt sie den Atem an, als ihr ein ganz neuer Gedanke kam.

Warum sollte sie den Dienstweg einhalten, wo sie doch wusste, dass ihre Protestschreiben zwischen den einzelnen Personen des Amtes im besten Fall von Schreibtisch zu Schreibtisch gereicht und dann abgeheftet wurden, um in der Versenkung zu verschwinden? Warum nicht gleich die Presse einschalten und an die Öffentlichkeit gehen? Vielleicht würde sogar jemand von der Zeitung vorbeikommen und einen ausführlichen Bericht über die Unterrichtssituation nach dem Brand verfassen? Oder was wäre, wenn sie selbst eine Pressemitteilung verfasste, dazu Fotos vom Unterricht und von den Proben zum Theaterstück anfertigte und die Einwilligung der Eltern zur Veröffentlichung der Bilder einholte?

Diese Idee schien ihr am vielversprechendsten. Das hieß ja nicht, dass nicht trotzdem noch ein Journalist vorbeikommen konnte. Gleichzeitig schenkte sie der Redaktion so die Möglichkeit, ohne großen Aufwand zu berichten.

Eigentlich hatte Louisa geplant, mit Manuel und Clara ins Kino zu gehen. Stattdessen öffnete sie ihre Zimmertür. Die Stimmen der beiden waren leise zu hören, bestimmt saßen sie schon am Tisch.

»Clara?«, rief Louisa und wartete darauf, dass ihre Schwester antwortete.

»Kommst du?«

»Haltet mir das Essen warm, bei mir wird es später. Ich habe noch etwas zu tun.« Der Hunger, den sie anfangs beim Essensgeruch verspürt hatte, war verschwunden. Solange sie nicht getan hatte, was sie tun musste, konnte sie nicht ans Essen denken. »Und mit dem Kino – können wir die Abendvorstellung nehmen?«

»Okay«, rief Manuel.

Louisa schloss ihre Zimmertür wieder, dann packte sie ihren Laptop aus, schaltete wegen der aufziehenden Regenwolken auch das Licht am Schreibtisch ein und begann, einen Zeitungsartikel zu verfassen. Zögernd tippte sie ein paar Worte, löschte sie, startete neu, wieder und wieder.

Ein Klopfen riss sie aus ihren Gedanken. Die Tür wurde geöffnet.

»Ich will dich nicht aufhalten«, sagte Clara, »bringe dir nur dein Essen hoch.«

Louisa schob den Brief unter den Laptop, den sie zuklappte. Sie wusste, wie sehr sich Clara über diese Neuigkeiten aufregen würde. Das hätte zur Folge, dass sie als die Ältere, die »Vernünftigere«, die sie immer gewesen war, ihre Schwester beruhigen müsste. Dabei kam sie selbst kaum mit der Nachricht klar.

Clara stellte einen Teller mit Auflauf auf den Schreibtisch, umarmte Louisa und strich ihr kurz über den Rücken. »Du arbeitest zu viel«, sagte Clara. »Das Kino verschieben wir auf die Abendvorstellung, aber dann musst du mitkommen. Versprochen?«

Leise verließ Clara das Zimmer. Louisa klappte den Laptop wieder auf und zog das Amtsschreiben hervor. Während sie über die richtigen Formulierungen grübelte, aß sie vom Auflauf. Und dann, plötzlich, nach vielem Stocken und Überlegen, nach unzähligen aufgeschriebenen und gelöschten Sätzen, begannen die Worte aus ihr herauszufließen, ohne dass sie darüber nachdenken musste.

Draußen hörte sie das Stimmengewirr von spielenden Kindern. Die Kids trafen sich wie üblich nach dem Mittagessen irgendwo im Dorf auf der Straße, um gemeinsam den Nachmittag zu verbringen, bis es dunkel wurde oder der Regen sie zurück in die Häuser trieb. An diesem Tag war anscheinend der Treffpunkt auf der Straße vor dem Rosenhof.

Während sie dem Lachen und Rufen lauschte, den hohen Mädchenstimmen, die sich mit den tieferen Stimmen der älteren Jungs mischten, flogen Louisas Finger über die Tastatur. Viel schneller als gedacht entstand ein Text, den Louisa anschließend noch einmal durchlas. Ob er zu emotional geraten war? Es war ihr nicht gelungen, ihre eigene Wut und ihr Entsetzen zu verbergen. Es war keine objektive Reportage, sondern ein persönlicher Bericht, der in jedem Satz davon kündete, wie sehr sie ihre Arbeit an genau dieser Schule liebte. Gerade diese Unterrichtssituation, die viele als provisorisch bezeichneten, das Unterrichten von mehreren Klassen gleichzeitig, war für sie ein Grund gewesen, ihren Beruf zu ergreifen. Sie wollte gar nicht, dass die Kinder »richtig« auf die Klassenstufen aufgeteilt wurden. Dieses Gewusel im Unterricht, das von außen wie Chaos erscheinen mochte und doch unzähligen Gesetzen folgte, war genau das, wofür sie morgens aufstand, wofür sie brannte.

Sie schob alle Bedenken beiseite, kopierte den Text vom Schreibprogramm in eine Mail und sandte sie an unterschiedliche Zeitungsredaktionen. Ihre vor Anspannung und Stress nassen Hände wischte sie an ihrer Jeans ab. Sogar die Tastatur glänzte. Mit einem Taschentuch trocknete sie die Tasten ab. Früher einmal hatte es im Dorf einen Kinderarzt und einen Internisten gegeben, einen Tante-Emma-Laden und eine größere Autowerkstatt. Inzwischen gab es keinen Arzt mehr im Ort, außer dem pensionierten, der in Notfällen aushalf. Seine noch eingerichtete Praxis war ungenutzt. Manuel plante, sich nach seiner Facharztausbildung dort niederzulassen. Doch einen Tante-Emma-Laden würde es wahrscheinlich nie mehr geben, und die Autowerkstatt war provisorisch an die Tankstelle angeschlossen. Was würde vom Dorf übrig bleiben, wenn nun auch noch die Grundschule geschlossen würde?

Tagelang wartete Louisa auf eine Reaktion auf ihre Mails mit dem Bericht über die geplante Schulschließung. Doch niemand antwortete. Während der Schulzeit, während sie sich aufs Unterrichten konzentrierte, gelang es ihr besser, das drohende Unheil auszublenden. Nach Schulschluss hingegen stiegen die trüben Gedanken regelmäßig wieder auf. Da half es nicht, wenn sie im Garten arbeitete, auch auf ein Buch konnte sie sich nicht konzentrieren.

Die einzige Möglichkeit, um sich dann abzulenken, waren große Wanderungen. Die Berganstiege brachten sie ins Schwitzen, und wenn sie die schmalen Pfade hinunterkraxelte, musste sie aufpassen, um auf dem unbefestigten Grund nicht zu stürzen. Wenn sie am frühen Nachmittag aufbrach, kam sie schnell ins Schwitzen. Die Sonne brannte vom Himmel, während sich die Blätter an den Bäumen bereits lichteten und weniger Schatten boten. Gegen Abend wurde es inzwischen schon feuchtkalt, Dunst legte sich über die Landschaft, einer der ersten Vorboten des Herbstes. Überall auf den verwilderten Wiesen in der Nähe des Bachlaufs wuchsen Brombeeren, sodass die Umgebung in einen schweren, süßen Duft von Beeren und Blumen getaucht wurde. Louisa liebte den Spätsommer am meisten von allen Jahreszeiten, denn dann war es, als würde der Sommer mit all seinem Blühen und Reifen noch einmal seine gesamte Kraft aufbieten.

Erschöpft erreichte Louisa auch an diesem Abend den Rosenhof. Ihre Schuhe waren staubig, das T-Shirt verschwitzt, ihre Gesichtshaut prickelte von der Sonne.

»Noch fünf Minuten, dann ist das Essen fertig«, rief ihr Manuel durch das geöffnete Fenster aus der Küche zu. Die Haustür war nur angelehnt, so brauchte Louisa nicht nach ihrem Schlüssel zu suchen. Wieder dachte sie daran, was für ein Luxus es doch war, dass Manuel wegen seines Schichtdienstes so häufig nicht nur beim gemeinsamen Essen dabei sein konnte, sondern für sie alle drei kochte – und das noch dazu gern tat.

Sie drückte die Tür auf, wusch sich im kleinen Bad Hände und Gesicht, zog die Schuhe aus und ging weiter ins Innere des Hauses. Noch immer hatte Louisa mit niemandem aus dem Dorf, nicht einmal mit Clara, über die drohende Schulschließung gesprochen.

Vom Tisch her klang Geschirr- und Besteckklappern.

»Ihr glaubt nicht, was passiert ist«, sagte Clara. »Ich platze gleich, wenn ich es euch nicht erzählen kann. Setz dich, Louisa.«

»Bin sofort so weit.« Louisa wandte sich zur Treppe, um sich in ihrem Zimmer ein frisches T-Shirt anzuziehen, doch beim Blick auf den Fußboden stutzte sie. Prospekte über Asien bedeckten nicht nur den kleinen Tisch im Wohnzimmer, sondern auch den Teppich und die Dielen. Louisa hielt die Luft an. Für einen Moment schloss sie die Augen, um sich zu sammeln. So sehr hatte sie gehofft, dass sich nach Claras Heirat mit Manuel das Thema »Weltreise« erledigt hatte. Doch die Prospekte kündeten vom Gegenteil.

Louisa entdeckte am Treppenaufgang einen Korb mit frisch gewaschener und getrockneter Wäsche. Schnell zog sie ihr verschwitztes Shirt aus und nahm sich ein neues zum Wechseln aus dem Korb. Louisa musterte Clara. Bedeuteten diese Prospekte, dass Clara erneut allein und für längere Zeit aufbrechen würde? Niemals würde Manuel vom Krankenhaus aus lang genug Urlaub bekommen, um mitzureisen.

»Du willst nach Asien fahren?«, fragte Louisa. Sie verstand die Welt nicht mehr. Louisa hatte die Beziehung der beiden als durchweg harmonisch eingeschätzt: Nach einer Abwesenheit begrüßten sie sich liebevoll mit Küssen, und es war deutlich, wie sehr sie sich vermissten, wenn einer von beiden auch nur für ein paar Stunden wegging. Clara und Manuel konnten stundenlang miteinander reden. Wenn sie sich stritten, versöhnten sie sich schnell wieder. »Warum denkst du jetzt plötzlich an Asien?«

»Japan.« Clara stellte den letzten Teller ab und hob die Broschüre eines Supermarktes hoch. »Ich habe heute lange mit Jennifer telefoniert.«

»Jennifer.« Louisa schüttelte den Kopf, blickte zu Manuel, der so entspannt weiterkochte, als beträfen ihn diese Pläne gar nicht. Sie bewunderte ihn, wie er so ruhig bleiben konnte! Wenn Louisa nur an Jennifer dachte, wurde sie wütend. Jennifer, die Clara damals nach ihrer abgeschlossenen Meisterprüfung als Schreinerin überzeugt hatte, mit dem Van gemeinsam auf Weltreise zu gehen, anstatt eine eigene Werkstatt zu eröffnen. Die – soweit Louisa wusste – ihre Schwester noch immer nicht ausgezahlt hatte, obwohl sie den Camper behalten hatte, der zum Großteil von Claras Ersparnissen bezahlt worden war.

»Hat sie dir inzwischen gesagt, wann sie dir endlich das Geld für den Van zurückzahlt?«, fragte Louisa. »Du solltest ihr das nicht durchgehen lassen, dass sie dich so lange auf dein Geld warten lässt.«

»Jetzt sei nicht so kleinlich.« Clara strahlte über das ganze Gesicht. »Hör mir doch erst einmal zu. Manuel weiß es schon: Jennifer reist gerade durch Asien, und sie hat natürlich von meinem Onlineshop mit den Rosenspezialitäten erfahren. Anfangs hat sie nicht daran geglaubt, aber inzwischen kann es ja niemand mehr leugnen: Besser kann es nicht laufen mit meinem Geschäft.«

»Jetzt setzt euch erst einmal hin.« Manuel stellte zwei Töpfe auf den Tisch, auf dem bereits eine Schüssel mit Salat stand. Nun kamen noch gebratener Fisch und überbackene Nudeln hinzu.

Das Essen roch verführerisch, doch Louisa war der Appetit jetzt endgültig vergangen. *Japan. Jennifer.* Louisa wünschte sich, Clara zu schütteln und zur Vernunft zu bringen. Immer wenn Jennifer in Claras Leben auftauchte, bedeutete das Chaos, jedenfalls war es in der Vergangenheit so gewesen.

»Jetzt guck doch nicht so«, sagte Clara und füllte alle Teller mit Essen. »Ich bin einfach nur überglücklich.«

»Das merke ich.« Louisa stellte sich vor, alle Broschüren, Zettel und Kataloge einzusammeln und in die Altpapiertonne zu werfen. »Was ist denn dein Plan? Wann willst du los?«

Clara zuckte mit den Schultern. »Heute lässt sich ja vieles über Videokonferenzen erledigen. Vielleicht kriegt Jennifer es auch allein geregelt, wenn ich mich bei den Verhandlungen zuschalte. Die Verträge muss ich sowieso noch von einem Anwalt prüfen lassen, am besten von jemandem, der sich mit deutschem und zusätzlich mit japanischem Recht auskennt.«

Nun begriff Louisa gar nichts mehr. »Langsam. Es geht gar nicht um eine Reise? Du willst nicht nach Japan aufbrechen?« Louisa setzte sich.

»Doch, schon. Oder auch nicht.« Clara aß etwas Salat. »Es ist noch nicht ganz klar, wir sind ja erst in der Planungsphase.«

»Noch einmal ganz von vorn.« Louisa sah abwechselnd zu Manuel und zu Clara.

»Warum sollten wir nicht Jennifers neue Kontakte nutzen, um die Rosenspezialitäten an diese Supermarktkette in Japan zu liefern?«, fragte Manuel.

Louisa wurde es erst kalt und dann warm, als sie begriff: Es ging nicht um eine Fortsetzung der Weltreise, sondern darum, eine Geschäftsidee von Jennifer umzusetzen. Die Erleichterung fühlte sich an, als würde sie nach einer langen Winterwanderung unter eine warme Dusche steigen. Wieder ließ Louisa ihren Blick über die Prospekte schweifen. Doch sie traute dem Plan nicht. Irgendetwas, was sie nicht konkret fassen konnte, ließ von Anfang an die Alarmglocken bei ihr schrillen.

»Sicher tut Jennifer das nicht allein mir zuliebe«, sagte Clara. »Wir müssen uns noch über den genauen Prozentsatz einigen, aber sie bekommt natürlich eine Gewinnbeteiligung. Für sie bedeutet das dann finanzielle Unabhängigkeit. Jennifer wäre durch dieses Geschäft dauerhaft abgesichert, sie bräuchte nicht mehr irgendwelche Knochenjobs anzunehmen, um sich die Weiterreise zu finanzieren. Und ich profitiere auch davon, denn ich hätte eine zusätzliche Nebeneinnahme. Klar, am Anfang stehen viele Organisationsaufgaben an, aber wenn es einmal läuft, kann ich mich zurücklehnen. Jennifer meint, wir können in Japan auch ganz andere Preise für die Rosensüßigkeiten nehmen, die Japaner zahlen für so etwas enorm viel.« Clara aß vom Fisch, dann seufzte sie.

»Jetzt guck doch nicht so skeptisch! Mensch, Louisa! Das Risiko liegt bei Jennifer. Sie investiert all die Arbeitszeit, knüpft die Kontakte. Es kann sogar sein, dass wir damit richtig reich werden!«

»Seit wann bedeutet dir Reichtum etwas? Das ist mir ja völlig neu. Geld hat bei deinen Überlegungen nie eine Rolle gespielt.«

»Was ist denn nur mit dir los? Du bist so … pessimistisch. Jetzt freu dich doch einfach mal mit mir!«

Louisa versuchte, Claras Begeisterung zu teilen, aber es gelang ihr nicht. »Ich weiß nicht.«

»Hey, sag schon, was mit dir los ist. Ich merke doch, dass du etwas mit dir rumschleppst – und nicht erst seit gestern.«

»Vielleicht habe ich auch nur einen schlechten Tag und kann mich deswegen nicht richtig mitfreuen.«

Clara zog die Augenbrauen hoch und schüttelte den Kopf.

Louisa seufzte. »Du hast recht. Da ist wirklich etwas, seit zwei Wochen schon, und ich kann an nichts anderes mehr denken.« Eigentlich hatte sie geplant, selbst eine Lösung zu finden, doch nun konnte sie die Sorgen nicht länger für sich behalten. Sie hatte das Gefühl, als würde es in ihrem Inneren brodeln, viel zu lang hatte sie geschwiegen.

»Sie wollen unsere Dorfschule schließen«, begann Louisa. Dann platzten die Worte aus ihr heraus, die sich über zwei Wochen in ihr angestaut hatten.

6.

Louisa merkte, wie ihre Gedanken während des Unterrichtens immer wieder abschweiften. *Welche Möglichkeiten zusätzlich zur Presse gibt es, die Schulschließung aufzuhalten?* So sehr hatte sie gehofft, auf ihre Mails bald eine Antwort – oder besser noch mehrere Antworten – zu erhalten, was nicht geschehen war. Auch an diesem Tag öffnete sie voller Erwartung immer wieder ihr Mailpostfach. Und jedes Mal wurde sie erneut enttäuscht.

Langsam ging sie von einem Tisch zum anderen. Auf den ersten Blick wirkten die Schüler konzentriert, doch nun, um zwanzig nach elf, wurden gerade die Jüngeren schon müde. Justus schob schnell seine Holz- und Wachsfigürchen in die Hosentasche, als sie sich neben ihn setzte, um zu schauen, wie weit er mit den Rechenaufgaben gekommen war. Auch Tim ließ verdächtig schnell etwas in seinen Taschen verschwinden; wahrscheinlich hatte Justus ihm einige der Figürchen geschenkt. Zwei Mädchen zeichneten bunte Kreismuster, anstatt an ihren Aufsätzen zu schreiben. Andere wippten unruhig mit den Beinen. Noch war alles ruhig, niemand sprach.

»Pause«, sagte Louisa, obwohl sie eigentlich noch zehn Minuten abwarten wollte. Doch es gab keine Schulglocke, und es war frustrierend, die Kinder im Raum zu behalten, wenn Leerlauf eintrat.

»Raus mit euch auf den Hof«, sagte sie, obwohl keins der Kinder dafür eine Aufforderung brauchte.

Gerade wollte Louisa auf dem Handy wieder kurz nach den

Mails sehen, als ein Kreischen sie aufmerken ließ. Von einer Sekunde auf die andere entwickelte sich ein Gerangel neben der Tür. Louisa rannte quer durch den Raum, trennte die Streithähne Justus und Svenja, stellte sich mitten in den Tumult und fragte: »Was ist hier los?«

»Hey!« Sie schob Justus noch weiter beiseite, der gerade ausholen wollte, um Svenja einen Fausthieb zu versetzen. Nur knapp gelang es ihr, sich mit ihrem Körper als Trennwand aufzubauen.

»Wo liegt das Problem?«, fragte sie noch einmal und zwang sich, ruhig zu bleiben. Es reichte, wenn zwei sich aufregten. Und um sie herum hatte sich bereits eine Traube aus Zuschauern gebildet.

»Sie hat meinen Radiergummi«, rief Justus.

»Der gehört ihm gar nicht. Es ist meiner! Er hat ihn einfach genommen!«

Nun ergriffen die Umstehenden Partei – die Jungs für Justus, die Mädchen für Svenja. Längst ging es nicht mehr darum, rationale Argumente auszutauschen, dafür war die Stimmung zu aufgeladen, sondern die Fürsprecher agierten nur nach dem Prinzip, wessen Freundschaft sie sich versichern wollten.

»Wer hat den Radiergummi jetzt?«, fragte Louisa.

Langsam zog Justus den Radierer aus seiner Hosentasche und reichte ihn Louisa. Er war neu, groß und quadratisch, hatte keinerlei private Markierungen.

»Was schlagt ihr vor?«, fragte Louisa.

»Er gehört mir!« Justus wollte danach greifen, doch Louisa zog ihn weg.

»Wir könnten ihn teilen. Er ist groß. Dann könnt ihr beide radieren. Oder wir kaufen vom Geld der Klassenkasse einen zweiten Radierer.«

Nun protestierten die anderen Kinder. Das Geld der Klassenkasse war ihnen heilig.

»Okay«, sagte Louisa und überlegte. Die Stimmung war zu aufgeladen, um in diesem Moment eine Lösung zu finden. »Nach der Pause, wenn sich alle Gemüter wieder beruhigt haben, finden wir einen Weg. Ich behalte den Radiergummi solange bei mir. Und jetzt raus mit euch.«

Svenja folgte ihrer Anweisung sofort, während Justus kurz verharrte, als hoffte er, Louisa würde sich doch noch auf seine Seite stellen. Als letztes der Kinder verließ auch er unter »Ungerecht«-Rufen den Raum.

Louisa atmete tief durch und wartete im Klassenraum, bis sie allein war, dann fluchte sie laut. Warum hatte sich ihre Kollegin Sabine gerade heute krankgemeldet, und warum war der Referendar selten greifbar, wenn sie ihn wirklich brauchte? Wo war er überhaupt?

Während des Unterrichts hatte er still im hinteren Bereich des Raums gesessen, Louisas Tafelbild abgezeichnet und mit Anmerkungen versehen. Anscheinend war er bei Beginn des Streites zügig auf den Hof gegangen, um sich nicht einmischen zu müssen. Sie schaute aus dem Fenster und fand ihre Vermutung bestätigt. Zumindest patrouillierte er nun zwischen den Schülern und verhinderte so allein durch seine Anwesenheit, dass der Streit erneut ausbrach oder sich sogar verschärfte.

Frustriert, weil sie den Streit nicht hatte beilegen können und weil es immer noch keine Antworten auf ihre Mails gab, zwang sie sich, ihren Missmut beiseitezuschieben und sich darauf zu konzentrieren, was sie jetzt in diesem Moment tun konnte. Zuerst einen Kaffee trinken. Kurz durchatmen. Ihr Handy für den heutigen Tag ausschalten, die Mails erst am nächsten Tag wieder kontrollieren. Dann nach draußen gehen und Frank ablösen, sodass er auch ein paar freie Minuten hatte. Die Pause beenden. Schließlich über den Radiergummi diskutieren. Weiter unterrichten, falls die Radiergummidiskussion dies überhaupt zuließe.

Mit einem bedenklichen Knacken reagierte die Kaffeemaschine auf Louisas Anschalten. Alle Lichter blinkten und meldeten damit mehrere Fehlermeldungen zugleich. Nach einem Ausschalten und nochmaligen Einschalten zeigte die Maschine endlich an, dass sie funktionsbereit war. Louisa drückte auf das Symbol mit den zwei Tassen. Sie brauchte viel Kaffee, um an diesem Tag die Konzentration zu behalten. Das Mahlwerk rasselte und knirschte, dann zischte es, und der Kaffee floss duftend in die Tasse. Sie liebte diesen Geruch, der sich nun im Raum ausbreitete.

Ein lautes Schreien aus Richtung Hof, als würde jemand sterben, ließ Louisa erstarren, dann rannte sie los, durch die Tür in den Gang und weiter nach draußen. Inzwischen konnte sie die Stimmlagen der Kinder gut unterscheiden, sie wusste, ob ein Schreien nur dazu diente, um Aufmerksamkeit zu heischen, es wie bei einer Drohgebärde darum ging, jemand anderen auf Abstand zu halten, oder ob es wirklich ernst war. Dieses Schreien bedeutete einen Notfall, da gab es keinen Zweifel. Eine Mädchenstimme schrie hochfrequent und so schrill, dass Louisa auf den Unterarmen Gänsehaut bekam und sich alle Härchen aufstellten.

Schon vom Flur aus erkannte sie, was gerade geschah. Justus kniete auf Svenja und presste sie auf den Boden, die Faust erhoben, das Gesicht verzerrt. Svenjas Wange war blutverschmiert. Keins der anderen Kinder griff ein, alle standen wie erstarrt in einem Halbkreis drum herum. Frank war nirgends zu sehen.

Louisa schrie vor Schreck auf. »Stopp!« Sie stürzte auf Justus zu, packte ihn am Arm und zog ihn weg.

Er trat und biss um sich wie ein wildes Tier, erwischte Louisas Hand, und seine Zähne gruben sich in ihr Fleisch, während ein Tritt ihr Schienbein erreichte. Er war völlig außer Rand und Band, hatte jede Selbstkontrolle verloren. Louisa überlegte nicht, redete nicht, sondern handelte. Mit ihrem Gewicht warf sie sich auf ihn, sodass er zu Boden ging und sie mit ihm. Sie packte seine Arme und drehte sie nach hinten, wie sie es in Fernsehkrimis immer gesehen hatte. Justus schrie auf. Durch ihre Arme waren sein Kopf und auch seine Arme fixiert. Justus konnte sich nicht mehr bewegen und damit auch nicht beißen, obwohl er wieder und wieder versuchte, sich aus ihrem Griff zu lösen.

»Frank!«, schrie Louisa. »Hilfe!«

Panisch sah sie sich um, doch Frank war noch immer nirgends zu sehen.

Ihr Herz raste. Ihre Bluse war verschwitzt und klebte am Körper. Lange würde sie es nicht mehr durchhalten, Justus zu kontrollieren. Er kämpfte wie eine verletzte Raubkatze. Sie konnte ihn nicht loslassen, weil er sonst sofort wieder außer Kontrolle geriete, sie konnte nicht einmal ihren Griff lockern, geschweige denn, sich um die blutende Svenja kümmern.

»Justus, beruhige dich«, sagte Louisa.

Als Antwort wehrte er sich stärker.

Ihr Herz raste. Wieder blickte sich Louisa nach dem Referendar um, dann fiel ihr Blick auf Andi, der sich erschrocken die Hand vor den Mund hielt. Andi war der Besonnenste von allen, obwohl er erst sieben Jahre alt war.

»Andi, hör zu«, brachte sie mühsam hervor. »Du läufst zu einem der Nachbarhäuser und ...«

»Ich höre auf«, sagte Justus. »Ich höre ja schon auf.«

Seine Gegenwehr erschlaffte.

Louisa zögerte. Niemals zuvor hatte sie sich so sehr in einem Kind getäuscht. Als zurückhaltend, vorsichtig und eher verträumt hatte sie Justus eingeschätzt, nie mit einem solchen Ausbruch gerechnet. Sie dachte an Dr. Lehmanns Worte beim ersten Elterngespräch, der von »aggressivem Problemverhalten« gesprochen hatte, von »Störung der Impulskontrolle«. Die ganze Zeit über hatte sie davon nichts bemerkt, im Gegenteil: Selten hatte sie erlebt, dass sich jemand so schnell einfügte und einlebte wie Justus.

»Ich muss mich auf dich verlassen können. Du schlägst nicht. Du trittst nicht. Du versuchst nicht mehr, mich zu beißen. Dann lasse ich dich los.« Louisas Worte kamen stoßweise, sie war von dem Kampf außer Atem, als hätte sie einen Marathonlauf absolviert. Ihre Arme und Beine zitterten. Sie war nass geschwitzt, der Puls hämmerte ihr bis in die Stirn.

Justus nickte. Seine Kiefermuskeln, die wie kleine Bälle an den Seiten des Gesichts hervorgetreten waren, waren nun nicht mehr sichtbar. Er schloss die Augen. Tränen traten ihm aus den Augenwinkeln. Alle Aggressivität war aus seinem Blick gewichen. Er wirkte nur noch erschöpft.

»Okay, ich lasse los.« Louisa war darauf gefasst, jeden Moment wieder fest zuzupacken, falls Justus sich nicht an sein Versprechen hielte. Doch er bewegte sich wie in Zeitlupe, rollte sich auf die Seite und richtete sich mithilfe seiner Hände auf, wie jemand, der gerade nach einer langen Nacht aufwachte. Dann blieb er sitzen, vergrub den Kopf zwischen den Knien und begann, laut zu schluchzen. Sein Körper wurde vom Weinen geschüttelt.

Endlich tauchte Frank auf. »Was ist denn hier los?«, fragte er.

»Kümmere dich um Svenja!« Louisa presste die Lippen zusammen, um ihn nicht anzuschreien. Wie hatte er sich nur vom Hof entfernen können, ohne Bescheid zu geben? Wo war er nur gewesen? Doch eine Streiterei zwischen ihr und Frank war das Letzte, was sie nun gebrauchen konnte. Das würde die Stimmung auch bei den Schülern nur wieder bis kurz vor die Explosion bringen. Sie würde später mit ihm reden.

»Komm mal her. Was ist denn mit dir passiert?«, fragte Frank. »Du blutest ja. Dein Gesicht …« Ihm verschlug es die Sprache. Er beugte sich zu Svenja und stützte sie auf dem Weg ins Gebäude.

»Du schickst mich jetzt weg«, sagte Justus. »Ich muss gehen. In eine Schule für Gestörte.«

»Wer hat dir denn so etwas erzählt?«, fragte Louisa. »Wir schicken hier niemanden weg.« Sie zog ihn hoch und hielt ihn fest, weil sie Angst hatte, er würde direkt wieder in sich zusammensacken. Seine Beine zitterten noch mehr als Louisas. »Warum bist du so auf Svenja losgegangen?«, fragte sie.

Justus zuckte mit den Schultern. »Ich wollte doch nur ... ich habe doch gar nicht ...«

»Warum, Justus? Es muss doch einen Grund gehabt haben!« Mit einem Schulterzucken würde sie sich nicht abspeisen lassen, das schwor sie sich.

»Es ging um den Radiergummi. Um diesen blöden Radiergummi. Svenja hat gesagt, dass ich ein Lügner bin. Aber das stimmt nicht. Es ist wirklich meiner.«

»Und dann haben sich die anderen Mädchen Svenja angeschlossen, und dir ist niemand zur Seite gesprungen.«

Louisa sah daran, wie er die Augen niederschlug, dass sie recht hatte. Sie machte sich Vorwürfe, dass sie das nicht vorausgesehen hatte, kannte sie doch die Dynamik, die sich entwickeln konnte. Die Mädchen hielten zusammen, viel mehr als die Jungs.

»Meinst du, das war es wert?«, fragte Louisa. »Hat es sich gelohnt?« Sie zwang sich, innezuhalten und ihre Wut unter Kontrolle zu bringen, die in ihr aufstieg. Sie ließ seinen Arm los, woraufhin er fast stürzte. Justus konnte sich kaum auf den Beinen halten, wankte wie ein Betrunkener.

»Ich komme auf eine Sonderschule. Papa hat es mir schon gesagt«, flüsterte Justus. »Ich wollte das alles nicht. Aber es ist wirklich mein Radiergummi. Svenja lügt. Trotzdem: Sie kann ihn haben. Auch wenn es meiner ist. Ich will den Radiergummi nicht mehr.«

»Zeig mal deine Hand.« Sie zog seine Hand zu sich, und nun entdeckte sie den tiefen Riss in der Handinnenfläche, der noch immer blutete.

»Du bist verletzt!«

Er betrachtete seine Hand und schien die Wunde zum ersten Mal zu bemerken. Wieder geriet er ins Wanken. Gerade noch konnte sie ihn abstützen, bevor er in sich zusammensackte.

»Am besten setzt du dich hin. Jetzt hier direkt.« Sie half ihm, sich hinzusetzen. »Das muss wahrscheinlich genäht werden!« Louisa blickte sich um, dann schickte sie zwei Kinder los, um dem pensionierten Arzt Bescheid zu geben, damit er kam. Manuel war schon früh am Morgen ins Krankenhaus aufgebrochen, er war nicht erreichbar. Nun entdeckte sie auch das Blut, das sich auf dem Asphalt befand, wo Justus gelegen hatte.

»Tut es sehr weh?«, fragte sie ihn.

Er schüttelte den Kopf.

Frank trat mit Svenja wieder hinaus. Svenjas Gesicht war gesäubert, nur an ihrem T-Shirt befanden sich noch Blutflecken.

»Svenja ist unverletzt. Ihr geht es gut«, sagte Frank. Er schwieg mit Blick auf Justus' Hand, die Louisa nun hochhielt, damit die Blutung abebbte.

»Verdammt!« Frank öffnete den Mund und schloss ihn wieder. »Das heißt ...« Er blickte abwechselnd zu Svenja und zu Justus und begriff langsam, wer hier wen verletzt hatte.

»Es tut mir leid«, sagte Svenja. »Das wollte ich nicht. Ich habe doch gar nichts gemacht. Justus wollte mir eine scheuern. Ich habe den Kopf weggezogen. Dann ist er über meinen Haarreifen geschrammt.« Sie nahm ihn vom Kopf. Es war ein rosafarbener Reifen aus Plastik mit vielen großen durchsichtigen Steinen darauf, die wie Diamanten glitzerten, aber wahrscheinlich auch aus Kunststoff hergestellt waren und so scharf, dass dieser Haarreif als Waffe dienen konnte. Einige Steine waren rot vom Blut.

Svenja funkelte Justus wütend an. »Es war mein Radiergummi. Aber Justus kann ihn haben. Ich will ihn nicht mehr.«

Louisa musste trotz der angespannten Situation grinsen, weil Svenjas Worte denen von Justus so sehr ähnelten.

»Wir halbieren den Radiergummi«, entschied Louisa. »Auf dass er euch immer daran erinnert, wie sinnlos es ist, wegen einer solchen Kleinigkeit einen so großen Streit vom Zaun zu brechen.« Louisa musterte Svenja. Sie war wirklich unverletzt. Es gab nur eine einzige Wunde – die von Justus, die durch einen unglücklichen Zufall entstanden war.

»Bitte, sag es nicht Papa«, flüsterte Justus. Er zitterte. »Er darf das nicht wissen. Er schickt mich sonst auf eine Sonderschule. Das tut er wirklich.«

»Er muss es erfahren. Wie willst du ihm denn die Verletzung an deiner Hand erklären?«

»Doch, er schickt mich weg. Das hat er gesagt. Weil ich nur Ärger mache und mich nicht an Regeln halte. Und es stimmt auch. Ich bin fürchterlich.« Er schluchzte.

»Das bist du nicht.« Louisa schaffte es nicht, ihn anzusehen, ohne selbst zu weinen, so leid tat er ihr in diesem Augenblick. Deshalb wandte sie kurz den Blick ab, um sich wieder zu sammeln. »Aber ich muss mit deinem Vater reden, damit er dich abholen kommt.«

»Alle hacken nur auf mir rum. Und Svenja hat gesagt ...« Er sah Svenja an, die daraufhin den Blick abwandte. »Sie hat gesagt, dass Papa froh ist, dass Mama tot ist, dass der Unfall ...« Seine weiteren Worte gingen in einem Schluchzen unter.

Langsam begriff Louisa. Sie kannte die Gerüchte, die sie zuerst aus Antons Mund gehört hatte. Alle anderen Kinder blickten nun auch zu Boden. Louisa sah in die Runde, aber niemand erwiderte ihren Blick.

»Ihr solltet euch was schämen!«, sagte Louisa. Nur zu gut konnte sie sich vorstellen, wie hilflos Justus sich gefühlt haben musste, während all die Gehässigkeiten auf ihn eingeprasselt waren, die die Dorfbewohner sich hinter vorgehaltener Hand erzählten. Der Streit um den Radiergummi war nur der letzte Tropfen gewesen, der das Fass zum Überlaufen gebracht hatte. Doch es war auch nicht Svenjas Schuld, denn sie gab nur wieder, was sie wahrscheinlich unzählige Male gehört hatte, wobei sich niemand traute, das in ihrer oder Dr. Lehmanns Gegenwart offen auszusprechen.

»Aus dem Weg!«, rief eine tiefe Männerstimme.

Die Kinder stoben auseinander, um dem ankommenden pensionierten Dorfarzt Platz zu machen. Dr. Müller näherte sich, stellte seine Tasche neben Justus ab und begann, die Wunde zu säubern.

»Rein mit euch«, sagte Louisa mit einer ausladenden Handbewegung in Richtung der Schüler. Sie nickte Frank zu. »Die Pause ist beendet. Frank, kümmere dich bitte um den Chaoshaufen, bis ich dazukomme. Alle dürfen jetzt schon mit den Hausaufgaben beginnen.«

Nur unter Murren ließen sich die Schüler von Frank ins Gebäude drängen.

Louisa blieb auf dem Hof und hielt Justus' unverletzte Hand, während der Arzt die andere Handinnenfläche erst betäubte, dann mit drei Stichen nähte und anschließend verband. Noch immer war Louisa schockiert, welche Verletzung durch die spitzen Zierelemente des Haarreifs entstanden war.

»Papa darf das nicht wissen«, sagte Justus.

Dr. Müller verabschiedete sich nach getaner Arbeit und klopfte Justus aufmunternd auf den Rücken. »Ist doch nichts Schlimmes passiert, Junge. Das heilt ganz schnell. Du glaubst gar nicht, in was für Prügeleien ich als kleiner Junge alles verwickelt war, wie oft wir ...«

Louisa brachte Dr. Müller mit einem wütenden Blick zum Schweigen. Es war nicht der richtige Moment, um von den alten Auseinandersetzungen zwischen Oberdorf und Unterdorf zu beginnen, von Kämpfen zwischen Jugendlichen mit Stöcken, die im wahrsten Sinne des Wortes schon mal ins Auge gegangen waren.

Sie war froh, dass es in ihrer Jugend diese Tradition schon nicht mehr gegeben hatte.

»Wie auch immer«, sagte der alte Arzt. »Es war mir eine Ehre, dich kennenzulernen.«

Dr. Müller verabschiedete sich mit einer Verbeugung, die ihr Ziel erreichte: Justus lachte wieder.

7.

Die auf den Streit um den Radiergummi folgenden drei Tage fehlte Justus im Unterricht, ohne dass Dr. Lehmann sich meldete. Stattdessen hatte er über seine Sekretärin einen Gesprächstermin vereinbaren lassen. Der sollte nun in einigen Minuten stattfinden. Louisa blickte aus dem Fenster des Gemeindehauses und beobachtete den Trubel auf der Hauptstraße. Autos hupten. Ein Umzugslaster versuchte, auf der engen Dorfstraße zu wenden. Kurz überlegte sie, hinauszugehen, um ihm den Weg zu Dr. Lehmanns Hof zu zeigen, doch dem anschwellenden Stimmengewirr nach zu urteilen, gab es bereits genügend Helfer, die sich darum kümmerten. Mit einem lauten, piependen Signalton fuhr der Laster rückwärts in eine Einfahrt. In mehreren Anläufen gelang dem Umzugslaster die Wende. Louisa war froh, dass der Unterricht seit einer Stunde beendet war, denn bei diesem Tohuwabohu konnte sich niemand konzentrieren.

Sie schaute auf die Uhr: Noch fünf Minuten blieben bis zum verabredeten Elterngespräch. Seine Sekretärin hatte den Termin zwar am Vorabend mit einer kurzen Mail bestätigt, doch nach dem, was Louisa draußen beobachtete, glaubte sie nicht, dass Dr. Lehmann erscheinen würde. Wahrscheinlich hatte er den Termin durch sein Umzugschaos vergessen.

Louisa ging zum Pult, um ihren Laptop und die Hefte mit den Deutschaufsätzen der Dritt- und Viertklässler in ihre Tasche zu packen. Dann hielt sie inne. Die schwere Eingangstür des Gemeindehauses mit ihren Metallbeschlägen war ins Schloss gefallen. Es erklangen Schritte, die sich zügig näherten. Die Tür zum Klassenraum ging auf.

»Ich habe nicht viel Zeit«, sagte Dr. Lehmann anstelle einer Begrüßung. »Wir ziehen jetzt schon um, zumindest mit den wichtigsten Dingen, denn aus der Ferne lassen sich all die Handwerker nicht koordinieren. Feste Termine vereinbaren und sie dann auch einhalten, das scheint ein Ding der Unmöglichkeit für sie zu sein. Uns wird nichts anderes übrig bleiben, als einige Zeit auf einer Baustelle zu verbringen.«

»Falls Sie sich lieber um den Umzug kümmern möchten, kein Problem. Wir können gern an einem der nächsten Tage reden, wenn bei Ihnen Ruhe eingekehrt ist. Wie geht es Justus denn?«

»Jetzt bin ich schon da, dann lassen Sie uns die Angelegenheit auch klären.«

Louisa zuckte mit den Schultern. Mit einer Handbewegung bot sie ihm an, sich zu setzen, während sie am Pult Platz nahm.

Er blieb stehen, dann ging er zum Fenster, schaute hinaus und rief: »Die Umzugshelfer wissen, was ihre Aufgabe ist, alle Kisten sind beschriftet. So schwer kann es ja nicht sein, diese Arbeit zu verrichten! Was machen die da bloß?«

Kurz dachte Louisa, er würde sich doch entscheiden, sich um den Umzug zu kümmern, dann nahm er ihr gegenüber Platz. »Es gibt hier wohl nicht mehr viel zu besprechen. Das Kind ist ja bereits in den Brunnen gefallen, bildlich ausgedrückt«, sagte Dr. Lehmann. »Interessant ist bei dem Vorfall allerdings die rechtliche Betrachtung.«

»Möchten Sie etwas trinken?«, fragte Louisa, um die Spannung zwischen ihnen zu mildern. »Einen Kaffee? Wasser?« Sie nickte in Richtung Kaffeemaschine.

Mit einem »Pffff« stieß Dr. Lehmann die Luft aus. »Ihnen ist sicher klar, dass hier ganz eindeutig eine Aufsichtspflichtverletzung vorliegt. Ich hatte vor, noch am gleichen Tag eine Dienstaufsichtsbeschwerde gegen Sie einzuleiten und zusätzlich Strafanzeige bei der Polizei zu stellen.« Er hob das Kinn und musterte sie von oben herab.

Louisa stand auf und ging zum Fenster, um mehr Distanz zwischen sich und ihn zu bringen. Sie lehnte sich an die Fensterbank und wartete darauf, dass er weitersprach, doch er blickte sie nur weiter an und beobachtete ihre Reaktion.

Louisa zuckte mit den Schultern. Sie fragte sich, ob er dachte, sie würde versuchen, sich herauszureden oder ihn zu beschwichtigen. Doch den Gefallen würde sie ihm nicht tun, das schwor sie sich. Sie würde ihm nicht auch noch den Triumph der Gewissheit lassen, dass sie im Grunde machtlos war und bei ihm kaum auf Nachsicht hoffen konnte. »Das steht Ihnen frei«, sagte sie. Sie wusste, dass einiges schiefgelaufen war, sogar mehr als das. Doch sie würde nicht bitten und betteln, sich nicht erklären und rechtfertigen. Wenn sie Fehler beging, stand sie dafür gerade, gleichgültig, wie die Konsequenzen aussahen.

Er zog die Augenbrauen hoch, ohne etwas zu antworten oder seine Pläne zu erläutern. Doch das war auch nicht nötig, offenbar war er von Anfang an auf eine Konfrontation aus gewesen.

Louisa nahm ihre Schultasche und hängte sie sich über die Schulter. »Dann werde ich ja demnächst Post bekommen«, sagte sie. »Wir beide verfassen unsere Stellungnahmen und brauchen hier die Zeit nicht zu verschwenden.« Sie war wütend – auf ihn, aber noch mehr auf sich, dass der Streit der Schüler so hatte eskalieren können. Und sie gab sich keine Mühe, ihren Ärger zu verbergen.

»Ihnen einen schönen Tag.« Sie wandte sich zum Gehen und wartete darauf, dass auch er aufstand, doch er blieb sitzen und verschränkte die Arme.

Louisa hielt im Türrahmen inne, kehrte dann wieder einige Schritte in den Raum zurück. »Was mich nur wundert«, sagte sie,

»dass Sie sich noch nicht an Schulamt und Polizei gewandt haben. So etwas erledigt man doch besser zügig.«

»Das hätte ich auch getan, wenn es möglich wäre, aus Justus irgendetwas Vernünftiges herauszubekommen. Ich habe noch keine detaillierte Schilderung des Unfallhergangs, damit fehlt mir die Grundvoraussetzung. Das Einzige, was Justus immer wieder betont, ist, dass es nicht so schlimm sei. Inzwischen ist die Verletzung schon fast verheilt, was ein Wunder ist. Ich wollte Justus nach dem Vorfall erneut an seiner alten Schule anmelden, um einen Schlussstrich zu ziehen. Kurz hatte ich sogar überlegt, den Umzug abzubrechen, der mich sowieso schon zur Verzweiflung treibt. Aber Justus ist nach meiner Ankündigung, in der Stadt wohnen zu bleiben, mehr oder weniger in einen Hungerstreik getreten und nicht mehr aus seinem Zimmer herausgekommen. Er boykottiert alle Schritte, die ich in diesem Fall unternehmen möchte, und macht klar, was seine Position ist. Er will hier zur Schule gehen. Nur hier.« Dr. Lehmann seufzte. »Stur kann er sein. Warum er unbedingt hier in diesem Dorf bleiben will? Dafür konnte er keine konkrete Begründung nennen. Aber irgendeinen Grund muss es ja haben, dass er sich hier so wohlfühlt. All die Jahre zuvor musste ich abwechselnd Druck ausüben oder ihn bestechen, damit er morgens überhaupt aus den Federn kam, sich anzog und in den Wagen einstieg. Inzwischen geht er gern in die Schule. Das haben wir wahrscheinlich ebenso Ihnen zu verdanken wie auch diese Schlägerei auf dem Pausenhof.«

Louisa stellte ihre Tasche ab. Dann ging sie zur Kaffeemaschine, um sie anzuschalten. Sie fragte Dr. Lehmann erst gar nicht, sondern nahm zwei Tassen aus dem Schrank und brühte für ihn und auch für sich einen Kaffee auf. Sie stellte die gefüllten Tassen zusammen mit Milch und Zucker auf den Tisch und setzte sich ihm gegenüber.

»Danke, ich trinke ihn schwarz«, sagte er und nippte an dem

Kaffee. »Ich will offen zu Ihnen sein.« Kurz schloss er die Augen, dann öffnete er sie.

Die Luft zwischen ihnen schien zu flirren, als wäre sie elektrisch geladen.

Er trank noch einmal einen Schluck, dann wandte er sich wieder Louisa zu. »Wie soll ich eine Beschwerde verfassen«, fragte er, »wenn Justus Sie ununterbrochen in den höchsten Tönen lobt, alle Schuld auf sich nimmt und betont, es sei nicht so schlimm?« Er hielt inne. »Der Sachverhalt ist generell problematisch und nicht einfach zu bewerten mit der Vorgeschichte. Bestimmt haben Sie in der Schulakte gelesen, dass es bereits seit dem ersten Schuljahr sowohl von der Ergotherapeutin als auch vonseiten der Schulleitung und des Schulpsychologen die Empfehlung gab, Justus wegen seiner unkontrollierten Aggressivität von der Regelschule zu nehmen und ihn dort unterrichten zu lassen, wo man besser auf seine ›Besonderheiten‹ eingehen kann, wie man das heutzutage so schön ausdrückt. Insofern weiß ich, dass mir zumindest eine Mitschuld angerechnet werden muss ...«

»Hier geht es doch nicht um Schuld!« Louisa rieb sich über Augen und Stirn. Sie ging zum Fenster und öffnete es, dann setzte sie sich wieder. Auch der kühle Wind, der von draußen hereinwehte, änderte nichts daran, dass es sich anfühlte, als würde sich die Luft verdicken und immer schwerer in ihre Lunge einströmen. »Abgesehen davon habe ich die Schulakte nicht gelesen«, sagte sie.

Dr. Lehmanns Gesichtszüge entspannten sich, seine Schultern senkten sich. Er lachte so, dass seine Augen wie Sonnen schienen, die Falten darum herum wie unzählige Sonnenstrahlen.

»Das nenne ich Konsequenz«, sagte er. »Wobei ich von Ihnen kaum etwas anderes erwartet hatte. Das passt zu Ihnen. Irgendwie spiegelt es dieses ganze chaotische Dorf.« Er sammelte sich. Dann wurde er wieder ernst. »Was genau ist an diesem Tag eigentlich vorgefallen?«, fragte er.

Louisa zögerte. Falls er wirklich ein Verfahren anstrebte, war es unklug, Fehler zuzugeben, die nicht offensichtlich waren. Auch wollte sie Frank beschützen, der mindestens so erschrocken gewesen war wie sie selbst. Jeder Anwalt würde ihr wahrscheinlich raten, auf diese Frage gar nicht zu antworten, sondern es als glückliche Fügung zu betrachten, dass Justus über die Abläufe geschwiegen hatte. Sie zuckte mit den Schultern. Doch in Dr. Lehmanns Gesicht erkannte sie nichts Feindseliges, sondern nur ehrliches Interesse. Auch war durch das Lachen die Anspannung zwischen ihnen verschwunden.

Louisa gab sich einen Ruck. »Schon zu Beginn der ersten Stunde lagen an diesem Tag Spannungen in der Luft«, begann sie. »Es gibt solche Tage, ohne dass dafür eine äußere Ursache erkennbar wäre. Justus hat sich geweigert, mit anderen zusammenzuarbeiten. Er wollte den Platz wechseln, weg von Tim, obwohl die beiden inzwischen unzertrennlich geworden sind. Justus wollte allein sitzen und für sein Schmetterlingsprojekt recherchieren. Doch anstatt im Buch zu lesen, hat er nur gemalt, irgendwelche Strichmännchen. Ich habe ihn gelassen, wollte ihm Zeit geben, sich zu sammeln und seine Gedanken zu ordnen. Dann kam kurz vor der zweiten Pause ein Streit auf zwischen Svenja und Justus, wem ein Radiergummi gehörte. Beide sind nach wie vor überzeugt, die Besitzer zu sein, Svenja wie auch Justus. Wahrscheinlich besaßen beide die gleichen Radierer, einer davon war verschwunden. Auf dem Pausenhof ist es eskaliert: Justus wollte Svenja schlagen, hat nicht wie geplant den Kopf erwischt, sondern ist mit seiner Hand über Svenjas Haarreifen geschrammt, eins dieser Plastikteile, die hübsch aussehen, aber mit all dem Zierrat sehr spitz sein können.« Louisa seufzte. »Es tut mir leid, dass die Situation so außer Kontrolle geraten ist. Das hätte nicht passieren dürfen. Ich bedaure es sehr, aber das ändert natürlich auch nichts.« Sie erschrak vor ihren eigenen Worten. Wäre ein Zeuge dabei gewesen, hätte man das als Schuldeingeständnis verwenden können.

Dr. Lehmann schwieg. Er trank noch einmal von seinem Kaffee, nahm seine Brille ab, putzte sie und setzte sie wieder auf, dann blickte er ihr direkt in die Augen.

»Ich weiß Ihre Offenheit zu schätzen«, sagte er. »Als Anwalt bin ich es gewohnt, tagaus, tagein belogen zu werden. Straftatbestände werden schöngeredet, verharmlost und auf ›die Umstände‹ geschoben. Eine Entschuldigung gegenüber Geschädigten gibt es nie, und wenn, dann in einer lächerlichen Form, selten ernst gemeint, sondern nur geäußert, um das Strafmaß zu mildern oder sich selbst Erleichterung zu verschaffen. Bei Ihnen ist das anders.« Er presste die Lippen aufeinander. »Aber das gehört nicht hierher. Angeklagte betrachten sich meist als unschuldig, und meine Aufgabe besteht darin, dafür Belege zu suchen.« Er zögerte, dann sprach er weiter: »Zurück zu meinem Sohn, der mir wirklich Sorgen macht: Wie sehen Sie denn die Chancen für Justus, dass er sich in dieser Schule integriert, dass er Freunde findet?«

Louisa rückte sich noch einmal einen Stuhl zurecht. »Freunde hat er bereits gefunden. Tim und er, das ist ein fantastisches Team.«

»Das war ehrlich gesagt auch der Grund, warum wir hierhergezogen sind: Nie habe ich Justus so friedlich und in sich versunken erlebt wie bei unserer Besichtigung des Müllershofs.« Dr. Lehmann blickte nach draußen, seine Gesichtszüge wurden weich.

Louisa dachte daran, dass die Veränderung nicht nur den Sohn betraf, sondern auch den Vater. Er war gelöst, ihr zugewandt – mit einem sympathischen Lächeln, das nie gespielt war, sondern jedes Mal auch seine Augen erfasste. Ein attraktiver Mann, dachte Louisa, schob den Gedanken aber schnell beiseite, um sich wieder auf seine Worte zu konzentrieren.

»Er war wie ausgewechselt«, fuhr Dr. Lehmann fort. »All das

Nervöse, Aggressive, dieses Ringen mit sich selbst und der Umwelt war weg. Er saß in dem überwucherten Garten, betrachtete Holzstücke, die er gesammelt hatte. Dann hat er sich den Schmetterlingen zugewandt. Sicher, das Gebäude war verfallen, und es war klar, dass ich viel mehr würde reinstecken müssen, als ich schlussendlich bei einem späteren Verkauf wiederbekäme. Ein Minusgeschäft vom finanziellen Standpunkt aus. Meine Bankberater haben auf mich eingeredet, die Finger von diesem Objekt zu lassen, aber ich hatte immer das Bild von Justus in dem Garten vor Augen, wie er versuchte, auf den rosafarbenen und violetten Fliederbüschen mit einem Marmeladenglas eins der Pfauenaugen zu fangen, wie er aus den abgebrochenen Ästen einen Unterstand für sich und Amanda gebaut hat. Wie zum ersten Mal in all den Jahren die Geschwisterrivalität verschwunden war. Ich habe ihn kaum wiedererkannt. Das sollte dasselbe Kind sein, das sonst nur Ärger machte?« Seine Stimme wurde immer weicher, hatte alle Aggressivität und Anklage verloren. Mit einem Mal wirkte er viel jünger, als erinnerte er sich daran, selbst einmal ein Kind gewesen zu sein.

Louisa wunderte sich über die Verwandlung, die ihr eine Ahnung vermittelte, dass die Fassade des erfolgreichen, abgeklärten Mannes, die der Anwalt nach außen zeigte, längst nicht mit dem übereinstimmte, was ihn innerlich bewegte.

»Das sollte der Justus sein, der sich keine fünf Minuten auf ein Aufgabenblatt konzentrieren kann?«, fragte er. »Der selbst im Sportunterricht alle Regeln bricht und nur Ruhe gibt, wenn er mit seinem Kopfhörer auf den Ohren vor dem Computer sitzt und Spiele spielt, die noch lange nicht für sein Alter geeignet sind? Sicher weiß ich, dass es für kein Kind förderlich ist, wenn es sich in der virtuellen Welt verliert. Aber wie soll ich etwas verbieten, was alle seine Klassenkameraden dürfen? Hinzu kommt, dass die Zeit vor dem Computer bisher die einzige Möglichkeit war, mir eine Auszeit zu verschaffen. Seit er hier in der Schule Tim als Freund gefunden hat, ist er wie verwandelt. Ich kann mir bis heute nicht erklären, was genau diese Veränderung ausgelöst hat, ob Tim der Auslöser war, aber der Eindruck hat sich bestätigt: Für Justus ist das Leben im Dorf wie ein Ankommen. Und die positive Veränderung hat sich ja auch in den schulischen Bereich übertragen, jedenfalls war ich mir sicher – bis eben zu diesem Vorfall. Und mit einem Mal schien seine Wandlung doch nur eine Illusion gewesen zu sein. So extrem hat er sich nie geprügelt. Klar, es gab Rangeleien, Geschubse, Wortgefechte, aber eine Prügelei bis aufs Blut – noch dazu mit einem Mädchen –, das geht zu weit. Vielleicht war der Umzug ein Fehler.« Er massierte sich die Stirn. »Jetzt rede ich ununterbrochen, ungeachtet der Zeit. Möglicherweise eine Berufskrankheit. Wie beurteilen Sie denn den Vorfall? Wie sehen Sie Justus' Zukunft in dieser Schule?«

Louisa dachte an Anton, der liebend gern den Müllershof aufkaufen würde, falls Dr. Lehmann dort wieder auszöge. Für Anton wäre es das Geschäft des Jahrhunderts, noch dazu hätte jemand anderes für ihn die Renovierung mit den dazugehörigen Kosten übernommen. Sie schüttelte den Kopf.

»Geben Sie Justus und sich selbst Zeit, anzukommen«, sagte Louisa. »Ich glaube nicht, dass es hilft, diese einzelne Streitigkeit immer weiter zu sezieren und zu analysieren. Für Justus ist die Umstellung groß, er hat sein gesamtes Umfeld verloren, er muss sich erst einfinden.«

»Sie brauchen ihn nicht zu verteidigen.«

»Das tue ich nicht. Wir reden ununterbrochen von einigen Minuten, in denen ein Streit eskaliert ist. Aber dabei dürfen wir doch das große Ganze nicht aus den Augen lassen. Sicher, das ist in unseren Genen programmiert: Wir Menschen neigen dazu, uns auf die eine Katastrophe zu fokussieren. Es hat uns über die Jahrtausende das Überleben gesichert, dass wir uns eher auf das

Raubtier konzentrieren, das uns belauert, anstatt weiter Brombeeren zu pflücken und die Sonne zu genießen. Aber in der heutigen Zeit werden wir mit diesem Muster in erster Linie unglücklich. Wegen einer Streitigkeit von ein paar Minuten dürfen wir die Wochen von den Sommerferien bis fast zu den Herbstferien in unserer Wahrnehmung nicht schrumpfen lassen. Denn ich stimme Ihnen zu: Justus hat sich verändert – und zwar zum Positiven. Er ist kein Problemkind.«

Dr. Lehmann nickte. »Manchmal ist es nicht leicht, die richtigen Entscheidungen zu treffen, vor allem, weil es kaum jemanden gibt, der Justus vielleicht einmal in einem anderen Licht sieht.«

Ihr Hals fühlte sich eng an, auch wenn sie wusste, dass er nicht von ihr sprach, sondern von der fehlenden Frau an seiner Seite.

»Ich denke, Sie haben recht«, sagte er. »Wir sollten nichts überstürzen, erst einmal abwarten. Sie können beruhigt sein: Ich werde keine rechtlichen Schritte veranlassen. Was ein Vertrauensvorschuss Ihnen und Ihren Kollegen gegenüber ist. Und in einer anderen Sache haben Sie ebenfalls recht: Ich sollte es einrichten, zur Schulaufführung zu kommen, als Zeichen für Justus und vielleicht auch an die anderen Eltern.«

Louisa jubilierte still. Sie hatte mehr erreicht, als sie je für möglich gehalten hatte. Trotzdem musste sie es probieren. Sie nahm all ihren Mut zusammen und fragte: »Ich weiß, dass Sie in Ihrer Kanzlei genug Arbeit haben, dennoch will ich Sie zur nächsten Schulwanderung einladen. Ein oder zwei Elternteile begleiten meine Kollegin und mich immer. Es gibt für die Eltern auf den Ausflügen zwar nicht viel zu tun. Hilfe beim Schleifebinden anbieten, mal die Trödler antreiben, solche Kleinigkeiten eben. Aber dann hätten auch die anderen Kinder die Möglichkeit, Sie kennenzulernen. Das ist hier in dieser kleinen Gemeinschaft wichtig. Hier im Dorf kennt man sich, jedes Kind hat die Eltern der Klassenkameraden kennengelernt.« Sie war sich sicher, dass das Gerede der Schüler über Dr. Lehmann damit gestoppt würde. Nach einem gemeinsamen Ausflug wäre der Anwalt kein Fremder mehr, keine Fantasiefigur, über die nur geredet wird, sondern die Kinder hätten einen Menschen aus Fleisch und Blut vor sich.

Er zögerte. Zuckte mit den Schultern.

»Ja«, sagte er, als sie schon mit einer Ablehnung rechnete. »Das lässt sich vielleicht sogar einrichten, wenn ich ein paar Termine umorganisiere.«

8.

*L*ouisa konnte es nicht erwarten, ihrer Schwester von der unerwarteten Wendung beim Elterngespräch zu erzählen. Doch als sie am Rosenhof ankam, standen zwei fremde Wagen – einer davon ein Transporter – in der Einfahrt. Aus der Scheune drang leises Stimmengewirr. Holz schabte über den Boden. Louisa lächelte. Clara war mit einem Kunden in ihrer Schreinerwerkstatt beschäftigt, wahrscheinlich konnte sie sogar ein Möbelstück verkaufen, da wollte Louisa nicht stören. Manuel würde erst am späten Nachmittag von seiner Arbeit in der Klinik zurückkommen, so hatte sie das Haus für sich allein.

Louisa schloss die Haustür auf, trat ins Innere und gönnte sich zuerst eine ausgiebige Dusche. Dann schob sie sich eine Tiefkühlpizza in den Ofen, aß, entspannte sich im Wohnzimmer auf dem Sofa. Als ihr langweilig wurde, begann sie damit, im Garten eine Feuerstelle für einen gemütlichen Tagesausklang herzurichten. Heute würde sie keine Aufsätze korrigieren, kein Lernmaterial erstellen. Und auch Clara und Manuel konnten es gebrauchen, einmal abzuspannen. Mit ihrem Verkauf von Rosenspezialitäten und ihren zusätzlichen Restaurationsarbeiten arbeitete Clara für drei, dazu kam noch die Buchhaltung. So hatten Louisa, Clara und Manuel abgesehen von gemeinsamen Mahlzeiten in den letzten Monaten wenig Zeit miteinander verbracht. Jeder war seiner Arbeit nachgegangen und war mehr und mehr von alltäglichen Notwendigkeiten gefangen genommen worden.

Inzwischen wurde es früher dunkel und auch kühler, wenn die

Sonne hinter den Kuppen verschwand, daher wollte Louisa sich beeilen, um die Arbeiten noch bei Tageslicht erledigen zu können. Sie zupfte die lange nicht mehr benutzte Feuerstelle in der Mitte des Gartens frei von Unkraut, mähte darum herum den Rasen und suchte Feuerholz unter den Obstbäumen zusammen. Von den umliegenden Heuwiesen drang der Geruch nach abgemähtem Gras herüber, die Bauern nutzten die trockenen, warmen und sonnigen Tage dieses Jahres für den zweiten und letzten Schnitt. Louisa verharrte mit einem Bündel Holz auf dem Arm, sog den würzigen Geruch der Umgebung tief in sich ein und genoss die Strahlen der tief liegenden Sonne auf Gesicht und Armen. Dann fuhr sie mit ihren Vorbereitungen fort, stellte Stühle und einen Tisch auf, entzündete das Feuer, putzte Kartoffeln und wickelte sie in Alufolie. Für das Stockbrot setzte sie einen Hefeteig an.

Gerade als der Tisch im Garten gedeckt war und sie die Fackeln in die Erde gesteckt hatte, kamen Clara und Manuel kurz nacheinander durch die Haustür, als hätte sie die beiden gerufen.

»Gibt es etwas zu feiern?«, fragte Manuel.

»Und ob!« Den Grund würde Louisa später erklären. Noch immer fühlte sie sich leicht und beflügelt, wenn sie an das Gespräch mit Dr. Lehmann zurückdachte. Alle ihre Ängste, die sie nachts hatten wach liegen lassen, hatten sich nicht bestätigt. Was für eine Erleichterung, dass die Angelegenheit sich nicht in einen langen Rechtsstreit und möglicherweise in ein Disziplinarverfahren ausgeweitet hatte! Hätten sich alle Vorurteile, die sie anfangs über den Rechtsanwalt gehört hatte, bewahrheitet, hätte sie damit rechnen müssen.

Ein paar Minuten später saßen die beiden Schwestern und Manuel am Klapptisch nahe am Feuer und streckten die Beine in Richtung der wärmenden Flammen aus. Die Grillen zirpten laut. Die Sonne war bereits untergegangen, und der Himmel leuchtete am Horizont erst orange, dann in einem dunklen Rot, bis sich ein violetter Schein zwischen entfernten Schäfchenwolken verteilte. Bald war das Feuer die einzige noch vorhandene Lichtquelle, die sie zusätzlich angenehm wärmte. Mehr und mehr Sterne strahlten am Himmel auf, in der Ferne war ein Käuzchen zu hören, irgendwo in der Nachbarschaft maunzte eine Katze.

Das Holz knisterte und sank immer wieder funkensprühend in sich zusammen, sodass die eingewickelten Kartoffeln kaum noch zu sehen waren. Nur zu zweit und mit mehreren Stöcken gelang es ihnen, die Alupäckchen aus den Flammen zu fischen.

Gemeinsam aßen sie, ohne viel zu reden. Nun stellte sich eine angenehme Ruhe ein, eine Zufriedenheit, die keine Worte brauchte. Sie waren zusammen, konnten nach getaner Arbeit im Garten sitzen, die beginnende Nacht genießen. Jeder wusste, dass er sich im Zweifelsfall auf den anderen verlassen konnte. Mehr benötigte keiner von ihnen, um glücklich zu sein.

Das waren die Abende, an denen Louisa spürte, dass ihre Entscheidung, in ihrem Dorf zu bleiben, richtig gewesen war. Sie hatte nicht wie Clara die Welt bereist, war nur auf Klassenfahrten und mit ihren Großeltern zusammen bis in die Nachbarländer gekommen, hatte Europa nicht verlassen. Trotzdem hatte sie nie etwas vermisst, nie wie Clara den Drang gespürt, all das in der Realität zu entdecken, was sie in Fernsehdokumentationen gesehen hatte. Auch jetzt war es, als würde sich die ganze Welt in ihrer Vielfalt in den Kleinigkeiten spiegeln, die sie umfingen: in den Sternen, die strahlten, als würden sie um die Wette leuchten, in dem Wind, der langsam aufkam, sodass sie sich Decken über die Schultern legten. Beim Blick über die Häuser im Tal, in denen nacheinander die Lichter ausgingen, spürte Louisa eine umfassende Einheit und eine Zugehörigkeit, die nicht nur das Dorf, sondern die gesamte Erde umspannte.

»Du hast noch immer nichts von deinem Gespräch mit diesem Anwalt aus der Stadt erzählt«, sagte Clara.

Louisa wunderte sich über sich selbst. Erst hatte sie es gar nicht erwarten können, mit der Nachricht herauszuplatzen, dann war sie so sehr von der Entspannung gefangen genommen worden, die sich zwischen ihnen ausgebreitet hatte, dass die Zukunft und auch die Vergangenheit ganz weit weggerückt waren.

»Dr. Lehmann«, sagte Louisa. »Ich denke, wir alle haben uns in ihm getäuscht.« Sie nahm ihr Glas vom Tisch und trank einen Schluck Wein, den sie mit Wasser verdünnt hatte, damit ihr der Alkohol nicht in den Kopf stieg.

»Er ist nicht allein der toughe Anwalt, der sich nur für sich selbst interessiert, im Gegenteil.« Louisa blickte zu Manuel und Clara, deren Gesichter vom Schein des Feuers in ein ungleichmäßiges, warmes Licht getaucht wurden. »Er ist auch nicht der überhebliche Städter, wie Anton ihn darstellt. Wie er sich für seine Kinder einsetzt, davon können sich viele Väter hier im Dorf eine Scheibe abschneiden. Okay, anfangs habe ich ihn auch für überheblich und abweisend gehalten. Aber wenn ihr ihn erst mal näher kennenlernt ...« Louisa berichtete von der anfänglichen Konfrontation, und wie sich die Spannung zwischen ihr und Dr. Lehmann nach und nach aufgelöst hatte. Sie musste sich zurückhalten, damit ihr Bericht nicht zu schwärmerisch klang. »Er will nicht nur zur Schulaufführung kommen, sondern ist auch beim nächsten Schulausflug die Betreuungsperson.«

Manuel und Clara sahen sich an und zogen die Augenbrauen hoch.

»Ja, was denn?«, fragte Louisa. »Ich bin einfach superglücklich! Und nicht nur darüber, dass das Gespräch so gut gelaufen ist, sondern insgesamt. Gerade heute habe ich wieder einmal gemerkt, wie sehr mir doch das Unterrichten gefehlt hat, als ich mich nur um Oma und Opa gekümmert habe. Was heißt ›nur‹? Arbeit gab es mehr als genug. Zurück in der Schule zu sein und vor einer Klasse zu stehen – das ist etwas ganz anderes.« Sie hielt kurz inne.

»Was sagt ihr denn dazu? Ist das nicht fantastisch, wie es gelaufen ist?« Wieder blickte sie abwechselnd zu Clara und Manuel. Louisa begriff nicht, warum die beiden sich so sehr zurückhielten. »Jetzt freut euch doch mal mit mir! Was ist denn mit euch los?«

Clara räusperte sich. »Ich weiß nicht.«

»Was soll das heißen?« Louisa stieß die Luft aus. Sie wickelte ihre Decke enger um ihren Oberkörper. »Hast du überhaupt zugehört, was ich gerade erzählt habe? Weißt du, was es bedeutet hätte, wenn Dr. Lehmann als Anwalt die Angelegenheit an die große Glocke gehängt hätte?«

»Ich weiß nicht«, sagte Clara noch einmal. »Sicher ist er kein absoluter Idiot, das ist niemand auf der Welt. Aber wie du dich für ihn einsetzt ...« Sie kicherte. »Gib es zu, er gefällt dir!«

»Du bist betrunken!«

»Bin ich nicht. Im Gegenteil. Ich hätte es mit dem Handy aufnehmen sollen, wie du über ihn redest, um es dir dann vorzuspielen. Du schwärmst ja richtig von ihm!«

»Clara, lass gut sein«, versuchte Manuel, Clara zu bremsen.

»Du bist wirklich betrunken. Mit dir kann man ja nicht mehr reden. Ich gehe ins Bett!« Louisa stand auf, ohne darauf zu achten, dass die Decke auf den Boden rutschte und ihr Glas, das sie auf der Stuhllehne abgestellt hatte, auch umfiel. Sollten Clara und Manuel es mit aufräumen oder nicht, es war ihr egal. »Dann noch gute Nacht euch beiden.«

Sie wollte sich nicht ärgern, besonders nicht mehr an diesem Tag, und vor allem wollte sie sich nicht mit Clara streiten.

※

Sechzehn Minuten vor acht! Louisa erstarrte. Warm schien die Sonne bereits auf ihr Bett und ihr Gesicht, trotzdem war sie nicht aufgewacht. Kleine Staubteilchen flirrten im Sonnenlicht. Von draußen drangen Traktorengeräusche durch das gekippte Fenster. Sie nahm ihr Smartphone in die Hand und schüttelte es, weil die Gesichtserkennung nicht sofort funktionierte. Der Alarm war nicht aktiviert. Hatte sie am Vorabend vergessen, an ihrem Handy den Wecker zu stellen? Oder hatte sie im Halbschlaf das Klingeln ausgestellt und war noch einmal eingeschlafen? Sie fluchte laut.

Louisa sprang so schnell aus dem Bett, dass sich die Umgebung zu drehen begann und sie sich am Kleiderschrank festhalten musste, um nicht hinzufallen. Sie atmete tief gegen das Stechen im Kopf an, musste sich konzentrieren, um nicht die Kontrolle über ihre prickelnden Beine, Füße, Arme und Hände zu verlieren, die kurzfristig nicht mehr richtig durchblutet wurden. Der Spuk verschwand genauso schnell, wie er aufgetaucht war, doch die Kreislaufprobleme zeigten ihr, dass sie deutlich zu spät ins Bett gegangen und ihr auch der Wein zu Kopf gestiegen war. Und dass sie außerdem die drohende Schulschließung mehr mitnahm, als sie sich eingestehen wollte.

Noch einmal blickte sie auf die Uhr: zwölf vor acht. Obwohl sie an diesem Tag erst zur dritten Stunde kommen musste, wollte sie unbedingt früh genug im Gemeindehaus sein, um für ein Erdkundeprojekt alle Wandkarten zu sortieren, die sie aus dem abgebrannten Schulhaus gerettet hatte.

So verbrachte sie nur ein paar Minuten im Bad, begnügte sich mit einer Katzenwäsche, trug nur etwas Lipgloss und Mascara auf. Ihre Haare band sie zu einem praktischen Pferdeschwanz, dann zog sie sich an, ging die Treppe hinunter und drückte Clara zur Begrüßung und gleichzeitig zum Abschied. Sie nahm ihre Schultasche und wandte sich in Richtung Flur.

»Du gehst schon?«, fragte Clara. »Manuel ist gerade losgegangen. Brötchen holen. Willst du nicht mit uns frühstücken? Ich dachte, gerade heute, wo du erst zur dritten Stunde hast ...«

»Heute nicht.« Louisa nahm ihre Tasche und hängte sie über die Schultern.

»Bist du noch sauer wegen gestern? Weil ich mich mit meinen Kommentaren über den Anwalt, diesen Dr. Lehmann, nicht zurückgehalten habe?«

Louisa hielt die Luft an und stieß sie wieder aus. »*Diesen* Dr. Lehmann«, wiederholte sie.

»So war das nicht gemeint, und das weißt du auch. Was ist denn nur los mit dir? Sobald wir auf das Thema kommen, ist es wie ein Tanz auf rohen Eiern.«

»Ich muss wirklich los. Unterrichtsvorbereitungen.« Eilig schnappte sich Louisa ihre Regenjacke und eilte aus dem Haus. Als sie aufgewacht war, hatte die Sonne noch so warm hereingeschienen, dass sie kurz überlegt hatte, die Sonnenrollos vor dem großen Panoramafenster herunterzuziehen, damit es sich in ihrem Schlafzimmer über den Tag nicht zu sehr aufheizte. Nun hatte sich der Himmel zugezogen, und von der morgendlichen Wärme war nichts mehr zu spüren. Es war der erste Tag, an dem erkennbar war, dass der Herbst nahte. Wind zog auf, hatte bereits Wolken vor die Sonne geschoben. Über den Wiesen und Weiden waberte kniehoher Nebel. Der Wind nahm weiter zu, und auch der Himmel verdunkelte sich zusehends. Louisa beschleunigte ihre Schritte, um das Gemeindehaus vor Beginn des Regens zu erreichen.

Als sie die Kreuzung zur Hauptstraße erreichte, hörte sie Männerstimmen. Und immer wieder tauchte in der Unterhaltung ihr Name auf. Louisa blieb kurz stehen, straffte ihren Oberkörper und trat um die Hausecke. Manuel und Anton entdeckten sie, drehten sich zu ihr um und verstummten, dann wechselten sie einen betretenen Blick.

»Lasst euch nicht stören«, sagte Louisa und merkte, wie sich beim Anblick der Brötchentüte in Manuels Hand nun doch ihr

Hunger meldete. Obwohl der Wind von hinten kam und es unmöglich war, glaubte sie, den warmen, süßlichen Geruch von frisch gebackenen Brötchen und Croissants zu riechen.

»Oder vielleicht kann ich auch etwas zu dem Gespräch über mich beitragen?« Wütend blickte sie abwechselnd zu Manuel und zu Anton. Dann stellte sie sich direkt vor Manuel. »Dorfklatsch. Und du lässt dich da reinziehen? Das hätte ich wirklich nicht von dir gedacht.«

Anton wandte sich an Louisa. »Ich habe nur mit Manuel darüber geredet, was offensichtlich ist. Es ist einfach überdeutlich, wie du diesen Anwalt in Schutz nimmst. Dich für seinen Sohn einsetzt. So etwas spricht sich rum. Nach einer solchen Schulhofprügelei hätte ich dafür gesorgt, dass er wenigstens vorübergehend einen Schulverweis bekommt. Und ich sage dir, dann wäre der werte Herr Anwalt aus der Stadt auch nicht mehr lange hiergeblieben«, sagte Anton.

»Was weißt du schon?« Louisa hoffte, dass Manuel sie unterstützen würde, doch der schwieg und blickte betreten zu Boden.

»Ich bin nicht allein mit meiner Einschätzung. Wenn eine Person – konkret ich – einen Eindruck hat, kann man darüber hinwegsehen.« Anton richtete sich auf. »Aber im Fall Dr. Lehmann sind wir alle einer Meinung ...«

»Ich muss dann mal«, sagte Manuel. »Clara wartet.« Er hob die Brötchentüte zum Abschied, drehte sich um und ging weg.

»Jetzt sind wir ja unter uns ...«, begann Anton.

Louisa ballte die Hände zu Fäusten. »Ja, jetzt sind wir unter uns. Dann kannst du mir gegenüber auch zugeben, dass du einfach nur wütend bist, weil du nicht den Zuschlag für den Müllershof gekriegt hast. Ja, ich weiß, du brauchst dringend mehr Platz für deine Pension und die Pferde. Aber das kann doch kein dafür Grund sein, dass du hier eine grundsätzliche Fehde eröffnest. Dass du anfängst, über Dr. Lehmann zu tratschen! Du als Bürgermeister trittst auf wie ... wie ...« Er machte sie so wütend, dass sie vergaß, was sie eigentlich sagen wollte.

»Wenigstens nennst du ihn noch mit Nachnamen und sagst nicht ›Matti‹, wie er sich mir vorgestellt hat. Und wie Lena ihn auch schon nennt.«

Mit einem Kopfschütteln musterte Louisa ihren ehemaligen Verlobten. Langsam begriff sie. »Es geht dir gar nicht allein um das Hofgebäude. Du bist eifersüchtig. Denkst an unsere geplatzte Hochzeit. Daran, dass es ja vielleicht mit uns noch einmal etwas werden könnte, dass ich nur zur Vernunft kommen muss. Das ist der Grund. Mensch, Anton!«

Seine Schultern senkten sich, die Anspannung wich aus seinem Gesicht. Er versuchte, ihr über den Arm zu streicheln, doch Louisa tat einen Schritt zur Seite.

»Ich weiß, dass es mit uns nichts mehr wird«, sagte er. »Rational sage ich mir das immer wieder. Und ich akzeptiere deine Entscheidung. Aber ich kann nicht so tun, als wärst du mir egal. Gefühle brauchen ihre Zeit, bis sie sich verändern. Du bist mir wichtig. Ist das denn verboten? Willst du mich dafür verurteilen? Du musst wissen, dass ich dir immer zur Seite stehe, wenn du Unterstützung brauchst. Ich mache mir nur Sorgen, dass du dich in irgendwas verrennst. Dich von einer tollen Fassade blenden lässt. Mir geht es gar nicht um diesen Städter, sondern allein darum, dass es dir gut geht.«

»Das tut es, da kann ich dich beruhigen. Mir geht es gut.« Sie überlegte, ob sie einfach die Straße überqueren und weggehen sollte, doch sie blieb stehen, weil sie wusste, dass sie das Gespräch den ganzen Vormittag nicht aus dem Kopf bekommen würde, wenn sie nun nicht klar ihre Position vertrat. »Ich brauche deine Analysen und Ratschläge nicht. Und noch eins: Wenn dich in Zukunft etwas an mir stört, rede nicht mit anderen drüber. Was weißt du schon von Dr. Lehmann?«

»Hörst du mir überhaupt zu? Mir geht es gar nicht um diesen Lehmann. Mir geht es um dich. Da kommt der schicke Anwalt mit seinem verhaltensgestörten Sohn, und du meinst, du müsstest ihn retten. Ach, der arme Witwer. Er hat es ja so schwer im Leben. Und seine Kinder erst, die armen Kleinen ... Mir kommen die Tränen.«

»Du bist einfach eifersüchtig, wie schon gesagt. Sonst nichts. Außerdem ...«

Er unterbrach sie mit einer Handbewegung. »Ich will nur, dass du auch meine Sichtweise zur Kenntnis nimmst. Du kannst sie ja abtun, für falsch halten, aber manche Dinge müssen einfach ausgesprochen werden. Du wolltest dein eigenes Leben finden. Deine eigenen Worte. Dann tu das! Lass diesen idiotischen Lehmann mit all seinen Problemen und inneren und äußeren Baustellen einfach in Ruhe. Kümmere dich darum, dass es dir gut geht.« Er wartete darauf, dass sie etwas erwiderte.

Louisa verschränkte die Arme vor dem Oberkörper.

»Das war es dann auch. Dem habe ich nichts mehr hinzuzufügen«, sagte Anton, umarmte sie zum Abschied, ungeachtet dessen, dass sie ihren Körper versteifte, was er gar nicht zu bemerken schien. Er nickte ihr wieder zu, dann drehte er sich um, winkte noch einmal und ging weg.

9.

Das Gespräch mit Anton bescherte Louisa eine schlaflose Nacht. Obwohl sie seine Argumente und Überlegungen ihm gegenüber abgetan hatte, konnte sie nicht verhindern, dass ihre Gedanken zu kreisen begannen.

Erschöpft und mit einem brummenden Kopf, der sich anfühlte, als wäre ein Bienenschwarm darin eingesperrt, wachte sie am folgenden Morgen auf. Erst im Morgengrauen war sie in einen unruhigen Dämmerzustand gefallen, und nun musste sie es irgendwie schaffen, den Tag zu überstehen. Wie jedes Mal nach dem Aufstehen öffnete Louisa zuerst ihre Mails, doch auch an diesem Tag hatte sie keine Antwort auf ihre Pressemitteilung erhalten, dabei hatte sie am Vortag zusätzliche vier lokale Radiosender angeschrieben und noch zwei weitere Zeitungsredaktionen. Sie hatte bereits Bildmaterial von den Proben der Märchenaufführung beigefügt, dazu die Einverständniserklärungen der Eltern eingesammelt, dass die Bilder veröffentlicht werden durften. Die Vorbereitung war perfekt, alles, was ihr konstruktiv an Möglichkeiten einfiel, hatte sie umgesetzt. Und trotzdem schien sich niemand für die Dorfschule, die Märchenaufführung und die Konsequenzen, die die Schulschließung für die Kinder hätte, zu interessieren.

Louisa nahm den Laptop vom Strom und packte ihn in ihre Schultasche. Dass Clara und Manuel an diesem Morgen noch schliefen, weil die beiden nach Manuels Schicht im Krankenhaus auch sehr spät ins Bett gegangen waren, störte Louisa nicht, im Gegenteil. Sie hatte keine Lust auf eine weitere Diskussion wegen

Dr. Lehmann. Ja, es stimmte: Sie fand ihn gut aussehend, was er zweifellos auch war. Sie war gern in seiner Nähe und freute sich jedes Mal, ihn zu sehen – was sie allerdings niemandem, nicht einmal ihrer Schwester gegenüber eingestehen würde.

In der Küche angekommen, schaltete Louisa zuerst die Kaffeemaschine ein. Hunger hatte sie keinen, so packte sie nur zwei Äpfel in ihre Schultasche.

Mit dem fertigen Kaffee in der Hand setzte sie sich in den Garten und ließ ihren Blick über das Dorf und die umliegenden Hügel schweifen. Über den Wäldern in der Ferne stand der Morgennebel, der die Weiden, Wiesen und Büsche bereits unter seiner weißen, wabernden Decke verschwinden ließ – ein deutliches Zeichen, dass es nun wirklich Herbst wurde. Die tief stehende Sonne brachte den Nebel zum Leuchten, als würde von ihm selbst ein helles Licht ausgehen. Der meiste Nebel stieg aus dem Bach auf, der mitten durchs Dorf floss. Es sah aus der Ferne aus, als würden Flammen auf dem Wasser flackern, als gäbe es dort einen riesigen Schwelbrand. Durch seine erhöhte Lage befand sich der Rosenhof dagegen in strahlender Sonne. Auf ihrer Terrasse hatte die Sonne – durch die rötlichen Bodenfliesen verstärkt – eine solche Kraft, dass Louisa nicht einmal eine Strickjacke anziehen musste. Doch auch in der nächsten Umgebung des Rosenhofs war der nahende Herbst nicht zu übersehen: durch die unzähligen Tautropfen, die wie Diamanten auf der Wiese glitzerten, durch den Geruch nach reifen Äpfeln und voll in der Blüte stehenden Rosen und Astern, Dahlien und Chrysanthemen. Von den Sonnenblumen hatten die Vögel bereits die meisten Kerne abgepickt, das Gelb war einem bräunlichen Orange gewichen.

Genüsslich hielt sie ihr Gesicht in die Sonne und schloss die Augen beim Kaffeetrinken. Sie schob den Gedanken an die Pressemitteilungen und das Gespräch mit Anton beiseite, atmete tief die duftende Herbstluft ein, um die Müdigkeit zu vertreiben, und zwang sich, sich auf das zu konzentrieren, was sie bewirken und verändern konnte. Und das waren an diesem Tag die Proben für die Märchenaufführung, die in den ersten zwei Stunden geplant waren. Anschließend würde sie mit den Kindern einen Ausflug in den Wald unternehmen, um Blätter zu sammeln, damit diese später gepresst und getrocknet werden und in einem Biologieprojekt Verwendung finden konnten. Sie erstarrte. Wie hatte sie das nur vergessen können!

Der Ausflug! Zu dem Dr. Lehmann als Begleitperson mitkommen wollte!

Schnell trank Louisa ihren Kaffee aus und blickte an sich herab. Das Blau ihres T-Shirts war verwaschen, die Jeans wirkte, als hätte sie sie als Arbeitshose getragen, denn an den Knien und unten an den Hosenbeinen zeigten sich erste Verschleißerscheinungen. Sicher war dieses Outfit praktisch, wenn sie bei den Proben von einem zum anderen lief, und auch für den Ausflug war sie passend angezogen, trotzdem kehrte sie noch einmal in ihr Zimmer zurück. Eilig suchte sie vier verschiedene Röcke heraus, legte sie auf ihr Bett, in Kombination mit unterschiedlichen Shirts und Blusen.

Es ist kein Date, sagte sie sich, *mach dich nicht lächerlich.* Schließlich entschied sie sich für einen orangefarbenen, knielangen Rock mit schwarzen Blumenstickereien, dazu wählte sie ein schwarzes Top, eine schwarze Strickjacke und schwarze Sneakers.

Fertig umgezogen musste sie sich beeilen und war froh, dass sie auf das Frühstück verzichtet hatte, denn um pünktlich an der Schule anzukommen, musste sie nun rennen, was mit leerem Magen deutlich angenehmer war.

Die Schüler warteten bereits vollzählig vor dem Eingang, als Louisa am Gemeindehaus ankam. Sie begrüßte die Kinder, schüttelte Hände, ließ sich umarmen und schloss auf, während so viele

Stimmen auf sie einplapperten, dass sie kein einziges Wort verstehen konnte.

»Du siehst heute aber schön aus«, sagte Svea, eine der Erstklässlerinnen, und schenkte Louisa ein Lächeln.

Nach der allgemeinen Begrüßung ließ Louisa zuerst alle Tische und Stühle an die Seite schieben, um in der Mitte des Raums Platz zu schaffen.

»Heute proben wir mit Kostümen«, sagte sie, woraufhin sich die Gesichter aufhellten.

Sie stöpselte ihr Handy an den Verstärker, während die Kinder in ihre Verkleidungen schlüpften. Sie brauchte nichts mehr zu erklären, inzwischen reichte es, wenn sie den Soundtrack startete. Das Stück war bereits so gut geprobt, dass jeder der Aufführenden seinen Platz einnahm und wartete, bis das Intro verklungen war. Dann trat Tim vor, gekleidet mit der Smokingjacke seines Großvaters, einem schwarzen Zylinderhut und Stock. Er war der Erzähler.

»Es war einmal ein Mann«, erzählte Tim, »der hatte einen Esel.«

Nun traten die beiden Kinder, die den Esel und den Mann spielten, auf die provisorische Bühne. Der Esel hatte anstelle eines Halfters eine alte Hundeleine um den Brustkorb gewickelt.

»So viele Jahre hatte der Esel für den Mann gearbeitet«, sagte Tim und blickte sich zu Louisa um, die ihm aufmunternd zunickte. Es war nicht wichtig, ob er den Text wörtlich vortrug oder abwandelte. Nach und nach gewann Tim immer mehr Sicherheit. »Der Esel hatte Lasten getragen, Säcke, Koffer, Kisten. Aber nun war er alt und müde geworden. Er musste immer öfter Pausen machen. Und er hinkte sogar. Da dachte der Mann, dass das ja blöd war: Er musste so viel Futter kaufen, der Esel fraß und fraß. Und dann tat der Esel seine Arbeit nicht mehr richtig.«

Die Aufmerksamkeit der Kinder war hoch, niemand sprach im Hintergrund oder dachte sich irgendeinen Blödsinn aus. Louisa konnte sich darauf konzentrieren, die Hintergrundmusik zu steuern. An diesem Tag vergaß niemand seinen Text, selbst kurze Versprecher brachten den Fluss des Stückes nicht zum Stocken. Die Aufführung lief so perfekt, dass Louisa bedauerte, keine Kamera zur Aufzeichnung aufgestellt zu haben und dass sie noch so viele Wochen vor sich hatten, bis die Aufführung vor Publikum stattfinden würde. Doch gleichzeitig wusste sie, dass auf einen guten Durchlauf immer noch mehrere schlechte folgten und sie nach den Herbstferien die Anforderungen bei der Probenarbeit noch einmal senken musste.

Nach eineinhalb Stunden klatschte Louisa laut Beifall, und alle Kinder stimmten mit ein. Mit erröteten und verschwitzten Gesichtern wechselten sie zufriedene Blicke.

»Bravo!«, rief jemand im Hintergrund.

Louisa blickte zur Tür, die bereits einen Spaltbreit geöffnet war und nun weiter aufschwang. Dr. Lehmann stand im Türrahmen. Er hob die Hand mit hochgerecktem Daumen und nickte anerkennend.

»Kommen Sie doch rein«, sagte Louisa. Sie hatte gar nicht gemerkt, dass er zugesehen hatte, und fragte sich, wie lange er dort schon stand. Dann rief sie: »Aber jetzt ist erst einmal Pause. Die habt ihr euch mehr als verdient. Ab in den Hof mit euch!«

Stühle quietschten über den Boden, innerhalb weniger Sekunden entstand ein Tohuwabohu aus Fußgetrappel, das sich mit Stimmengewirr mischte.

Louisa wechselte einen Blick mit ihrer Kollegin Sabine, woraufhin diese sich den Kindern anschloss und mit auf den Hof ging, um Aufsicht zu führen.

Louisa blieb allein mit Dr. Lehmann im Klassenzimmer zurück.

»Sie sind wirklich gekommen«, sagte Louisa und merkte, wie sie errötete, als sein Blick auf ihr ruhte. Er trug abgenutzte Wanderschuhe, die zeigten, dass es einmal eine Phase in seinem Leben gegeben haben musste, in der er sich viel Zeit für Unternehmungen in der Natur gegönnt hatte. Zu seiner Jeans hatte er ein Karo-Outdoorhemd angezogen. Nur seine elegante Hornbrille erinnerte an den Dr. Lehmann, wie Louisa ihn bisher kennengelernt hatte. Seine Gesichtszüge waren entspannt, ein Lächeln umspielte seinen Mund. Sein Blick war aufmerksam, und wenn er sie anschaute, konnte sie nicht anders, als zurückzulächeln. Sie fand, dass ihm die lässige Kleidung noch besser stand als ein Anzug. Ja, sie fand ihn attraktiv. Was war denn daran verwerflich?

Um ihre Unsicherheit zu überspielen, wandte sie sich ab und öffnete die Fenster.

»Was dachten Sie denn? Ich habe es doch versprochen.« Er trat neben sie und öffnete die anderen Fenster. »Die Aufführung wird beeindruckend. Im Zusammenspiel entfalten selbst die kleinen Rollen eine enorme Wirkung. Und die Kinder sind mit Herz und Seele dabei. Ich muss gestehen, ich habe Sie unterschätzt.«

»Louisa.« Sie lächelte. »Wir duzen uns alle hier im Ort.«

»Matt«, sagte er und erwiderte ihr Lächeln. »Es tut mir wirklich leid, dass ich es in diesem Jahr wahrscheinlich nicht einrichten kann, die Aufführung mit Publikum zu besuchen. Meine Termine sind immer Monate im Voraus geplant, gerade an dem Nachmittag steht eine wichtige Gerichtsverhandlung an.«

Louisa sah zu Boden. Eigentlich wollte sie das Thema, was sich im nächsten Jahr anbahnte, nicht aufgreifen, doch die Worte kamen aus ihr heraus, bevor sie sich bremsen konnte. »Wenn es im folgenden Winter diese Dorfschule überhaupt noch gibt«, sagte sie.

»Wie meinst du das?«

Zögernd begann sie, vom Brief des Schulamts zu erzählen. Von den ausbleibenden Reaktionen auf die Pressemitteilungen. Dass sie sich von ganzem Herzen wünschte, eine Lösung präsentieren zu können, aber inzwischen selbst nicht mehr aus noch ein wusste.

»Für Justus wäre das eine Katastrophe«, sagte Matt. »Das muss ich erst einmal sacken lassen.«

Louisa sah auf die Uhr. Die Pause ging schon viel zu lang. »Wir müssen auch los, die Kinder warten.«

Insgeheim hatte sie gehofft, Matt als Anwalt, als beruflicher Konfliktmanager, hätte irgendeine Idee, die sie weiterbringen könnte. Gleichzeitig ahnte sie, dass das unmöglich war, weil es keine rechtliche Handhabe gegen eine solche Entscheidung des Schulamts gab. Das waren politische Entschlüsse, beeinflusst von den vorhandenen finanziellen Mitteln. Die öffentlichen Kassen waren leer, das Gemeindehaus konnte nur eine Übergangslösung sein. Für den Aufbau einer neuen Schule für so wenige Kinder würde dann das Geld an anderer Stelle fehlen. Aber sie war dankbar, dass Matt nicht versucht hatte, ihre Sorgen herunterzuspielen, sie zu beschwichtigen und zu sagen: »Es wird sich bestimmt eine Lösung finden«.

Durch das geöffnete Fenster klatschte Louisa in die Hände und rief: »In fünf Minuten geht es los. Wer von euch seinen Rucksack noch nicht aus dem Klassenzimmer geholt hat: Jetzt ist die letzte Chance.«

Kleine Füße trappelten die Treppe empor und über den Gang. Stühle wurden gerückt. Begeistert umarmte Justus seinen Vater und stellte ihn seinen Klassenkameraden vor.

»Das ist mein Papa«, sagte er mit sichtlichem Stolz.

Bald war Matt von Kindern umringt, die sich über den Gast freuten. Besonders die Jungs drängten sich um ihn, die Kleineren diskutierten, wer Matts Hand nehmen durfte.

Louisa hätte sich mit Matt gern weiter unterhalten, ihn gefragt, ob er nicht eine Idee hätte, welche Schritte sie wegen der drohenden Schulschließung noch unternehmen könnte, aber zwei Jungs aus der ersten Klasse hatten ihn bereits an der Hand genommen und führten ihn nach draußen.

Louisa verließ als Letzte das Gemeindehaus und schloss von außen ab.

Obwohl Matt noch nie an einem Klassenausflug teilgenommen hatte, wie er im Vorfeld betont hatte, war es, als hätte er sein Leben lang nichts anderes getan. Sie brauchten keine Absprache. Sabine ging voraus und führte die Gruppe an, Matt lief in der Mitte und achtete darauf, dass die einzelnen Grüppchen nicht zu weit auseinanderdrifteten. Louisa bildete den Abschluss. Meistens musste sie einige der Mädchen konstant antreiben, um sie zum Laufen zu bewegen, doch an diesem Tag brauchte sie keine Mühe oder Überzeugungskraft aufzuwenden, weil alle den Anschluss an Matt halten wollten, der immer wieder kurze Geschichten erzählte, denen alle gespannt lauschten, sodass niemand zurückblieb.

»Du hättest auch Lehrer werden können«, sagte Louisa in der ersten Pause an der Waldhütte zu ihm. »Und dass du all die Geschichten auswendig kennst ...«

»Für irgendetwas müssen all die Gutenachtgeschichten ja gut sein«, lachte er. »Für mich ist dieser Tag der perfekte Ausgleich zu dem ganzen Stress im Job und mit der Hausrenovierung. Dieses Projekt raubt mir noch den letzten Nerv!«

»Die Umbauarbeiten gehen doch gut voran.« Louisa schüttelte den Kopf. Durch die Nähe des Gemeindehauses zum Müllershof sah sie täglich Handwerkerautos vorfahren. Sie hörte das Klopfen und Hämmern, sah die Männer in ihren Pausen am Straßenrand stehen und rauchen. Der Intensität und der Dauer des Lärms nach zu urteilen, hätte Matts Haus längst fertig sein müssen.

»Es gestaltet sich deutlich schwieriger als geplant. Die Zeit rennt. Noch zehn Tage bis zu den Herbstferien. Aktuell geht es im Schneckentempo voran. Und wenn die Kinder dann auch noch zwischen den Handwerkern durchs Haus turnen, während ich den Fortgang überwache, werden sich die Arbeiten zusätzlich verlangsamen. Dann gibt es ein weiteres Problem: Die ersten Frostnächte sind nicht mehr fern, und die Heizungsanlage ist noch nicht ersetzt. Derzeit ist die einzige Heizmöglichkeit der Kachelofen im Wohnzimmer. Wenn es bald richtig anfängt zu stürmen und zu regnen ...« Er seufzte. »Aber was viel dringlicher ist: die schlecht gesicherte Weide mit den Jungbullen am Haus. Jeden Tag bete ich, dass nichts passiert, wenn die Kinder in den Garten möchten. Der instabile Zaun. Die aggressiven Tiere. Ich will mir gar nicht vorstellen, dass einer der Kolosse ein Kind überrennt. Also die Zustände hier im Dorf ... sind in mancherlei Hinsicht mehr als gewöhnungsbedürftig.«

Louisa blickte sich um. Langsam breitete sich Langeweile unter den Schülern aus, was sie daran merkte, dass es zu Streitereien kam.

»Hier ist die perfekte Stelle, um mit dem Blättersammeln anzufangen«, sagte sie. »Los, auf mit euch.« Sie blickte von einem zum anderen. »Eine Viertelstunde habt ihr Zeit. Wer die meisten unterschiedlichen Blätter findet, hat gewonnen. Drei, zwei, eins, los!« Sie startete auf ihrer Armbanduhr den Timer.

Sofort schwärmten die Schüler aus. Ob es sich um Wettläufe oder andere Gelegenheiten handelte, in denen sich die Schüler beweisen konnten – sie liebten solche Herausforderungen.

»Soll ich ihnen hinterhergehen und schauen, was sie tun?«, fragte Matt. »Nicht, dass uns einer verloren geht.«

»Lass sie nur, sie wissen, was zu tun ist. Bei einem Wettstreit um die meisten unterschiedlichen Blätter will jeder gewinnen und niemand verlieren. Da ist keine Zeit für Dummheiten.« Diesen Rastplatz und die Hütte kannten alle Kinder aus dem Dorf seit Jahren, verlaufen konnte sich niemand. Louisa wartete, bis alle Schüler sich konzentriert ihrer Suche auf dem Waldboden widmeten. Zwischen den herabgefallenen Blättern wuchsen bereits

Steinpilze, Pfifferlinge und Espenrotkappen, eine Augenweide für jeden Pilzsammler. Es roch würzig nach abgeschlagenen Nadelbäumen, feuchtem Laub und der von den Wildschweinen aufgewühlten Erde, wo nun die Wurzeln freilagen.

»Seit Jahrzehnten stehen Rinder auf der Weide neben dem Müllershof«, sagte Louisa. »Jungbullen standen schon dort, als ich noch ein Kind war. Und es ist nie etwas passiert.«

Sie ärgerte sich, dass sie wie Anton klang, um dessen Weide und Bullen es ging. Inzwischen sorgte sie sich wegen des Zustands des Zauns nicht mehr, doch sie erinnerte sich genau daran, welche Ängste sie als Kind ausgestanden hatte, wenn sie an der Weide hatte vorbeigehen müssen. Sie fragte sich, was sie so instinktiv in eine Verteidigungshaltung gebracht hatte. Schnell wurde ihr klar, dass es Matts »Also diese Zustände hier im Dorf ...« gewesen war. Bei solch allgemeinen Aussagen entwickelte sich sofort ein starker Verteidigungsreflex. Sicher war nicht alles ideal im Dorf, aber trotzdem schmerzte es sie, Kritik von einem Außenstehenden zu hören. Denn das war Matt, solange er nicht umgezogen war und sich nicht eingelebt hatte.

»Dass es nie zu einer Gefahrensituation gekommen ist, heißt nicht, dass das für die Zukunft auch gilt«, sagte Matt.

»Du machst dir Sorgen um deine Kinder.« Louisa versuchte, die Kluft, die sich zwischen ihnen aufgetan hatte, zu überbrücken.

»Das ist noch milde ausgedrückt. Am liebsten würde ich die Kinder gar nicht mehr in den Garten lassen. Aber es ist klar, dass ich sie nicht dauerhaft nur am Haus spielen lassen kann, sie werden durchs Dorf rennen und außen an der Weide vorbeitollen, wie die anderen Kinder es auch tagtäglich tun. Ich merke doch, wie sich die Tiere aufregen, wenn die Kids rennen, herumtollen oder mit dem Ball spielen.« Er massierte sich die Stirn. »So oft habe ich die Bullen in der letzten Zeit beobachtet, dass ich sie schon voneinander unterscheiden kann. Ein paar stehen nur lethargisch dort, fressen, käuen wieder. Aber besonders der Stämmige mit dem braunen und dem weißen Ohr ... wie der schon steht, sich immer von der Breitseite präsentiert und damit viel größer wirkt als alle anderen. Wie er mit den Vorderbeinen im Boden scharrt, wenn sich jemand nähert, noch schlimmer, wenn Kinder dicht am Zaun vorbeigehen. Hast du das mal beobachtet, wie er die Grasnarbe in die Luft schaufelt? Gras mitsamt Wurzeln und Erde spritzt umher. Manchmal rammt er die Hörner ins Gras, als würde er die Weide umpflügen. Und dann die Töne, die er von sich gibt. Dieses Gebrüll! So etwas habe ich nie zuvor gehört! Weißt du, von welchem Bullen ich spreche?«

Louisa nickte. »Ich kenne sogar seinen Namen. Jockel.«

Matt sprach immer lauter. »Niemand außer eurem Bürgermeister könnte ein solches Sicherheitsrisiko im Ort bestehen lassen. Aber so ist das wohl in diesem Dorf. Er hat anscheinend Sonderrechte – beziehungsweise er nimmt sie sich, und keiner schreitet ein. Ich habe schon überlegt, die Polizei einzuschalten. Ihn auf bessere Sicherungsmaßnahmen zu verklagen. Aber damit hätte ich es mir dann wahrscheinlich mit allen Dorfbewohnern verdorben und könnte den Müllershof gleich wieder zum Verkauf einstellen.«

Louisa hob an, etwas zu antworten, doch Matt sprach weiter: »Sag mir nicht, dass das nicht stimmt. Oder dass ich versuchen sollte, mit dem Bürgermeister eine Lösung zu finden. Ob du es glaubst oder nicht, ich habe sogar versucht, mit ihm zu sprechen. Aussichtslos. Er spielt herunter, was ich auch sage. Ihm wäre es ja nur recht, wenn es zu einer Klage käme und er es dadurch schaffte, alle gegen mich aufzuhetzen.«

Louisa schwieg. Sie hätte ihm gern widersprochen, wusste aber, dass er recht hatte. Die meisten Dorfbewohner unterstützten Anton. Sie sahen, was er alles zum Positiven verändert hatte. So waren sie ihm dankbar, dass die Räumfahrzeuge im Winter seit seiner Amtsübernahme pünktlich und zuverlässig kamen, es weniger Busausfälle gab und für die Alten im Dorf ein zusätzlicher Fahrdienst eingerichtet worden war, ein Sammeltaxi auf Abruf. Seine Pferdeweiden hatten für ihn hohe Priorität, waren mit den modernsten Zäunen versehen und perfekt gepflegt, aber seine Kühe betrachtete er unter »ferner liefen«. Er hatte die Kuhhaltung von seinem Vater übernommen und wusste, dass der, obwohl er bereits im Altersheim in der Stadt lebte und nur selten ins Dorf kam, es nicht ertragen würde, wenn die Kühe und Bullen verkauft würden.

Matt schüttelte den Kopf. »Hinzu kommt, dass er von der Angst meiner Kinder vor den Bullen weiß und ihm dies anscheinend Genugtuung verschafft. Dass er seine Machtposition bei der Diskussion um den Zaun so ausnutzt, ist seine Rache dafür, dass er das Gebäude eigentlich kaufen wollte, aber von mir überboten wurde.«

Auch in dem Punkt hätte Louisa gern widersprochen, doch sie wusste nur zu gut, wie Anton tickte. Es stimmte. Es war sein kleiner Triumph über Matt.

»Ich rede mit Anton. Versprochen. Es muss sich eine Lösung finden lassen!« Die Worte waren schneller ausgesprochen, als sie darüber nachgedacht hatte. Schon Sekundenbruchteile später hoffte Louisa, dass das Versprechen, das sie gegeben hatte, nicht zu einem Desaster führte.

10.

Am Mittag nach der Rückkehr aus dem Wald verabschiedete Louisa die Schüler in der Dorfmitte. Die Kinder freuten sich über die gesammelten Blätter, verglichen ihre Funde und diskutierten, wer beim nachmittäglichen Fußballspiel im Tor stehen, wer sich mit wem am Bach treffen würde.

»Und denkt dran, nehmt zu Hause direkt die Blätter aus euren Rucksäcken. Legt sie wie abgesprochen in Küchenkrepp oder Toilettenpapier, bevor ihr sie zwischen Buchseiten schiebt. Und bringt am ersten Schultag die getrockneten Blätter wieder mit«, sagte Louisa, dann hob sie den Arm und winkte. »Schöne Herbstferien wünsche ich euch allen! Lasst es euch gut gehen!«

»Warum Küchenkrepp?«, kam es irgendwo von hinten.

»Weil die Buchseiten sonst schmutzig werden«, erklang es von einer anderen Seite.

Louisa schmunzelte und wartete, bis sich die Schüler in alle Richtungen zerstreut hatten. Dann fiel ihr Blick auf Anton, der mit verschränkten Armen auf der anderen Straßenseite stand und sie musterte. Er hatte so still dagestanden, dass sie ihn bisher gar nicht wahrgenommen hatte. Nun kam er ein paar Schritte näher. Louisa blickte kurz auf den Hof des Gemeindehauses, wo nun alle Parkplätze leer waren. Zum Glück war Matt bereits abgefahren, dachte sie.

»Sie mögen dich«, sagte Anton.

Louisa erinnerte sich an das Versprechen, das sie Matt gegeben hatte, doch sie hatte nicht damit gerechnet, dass sich so schnell eine Gelegenheit bieten würde, es umzusetzen. Direkt konnte sie nicht auf das Problem mit der Weide zu sprechen kommen, dann würde er sofort ablehnend reagieren. So nahm sie die Hände aus den Hosentaschen und stellte die Schultasche zwischen ihren Beinen ab als Zeichen, dass sie sich auf eine Unterhaltung mit ihm einließ.

»Im letzten Jahr war es ein Chaoshaufen, kannst du dich noch daran erinnern?«, fragte Anton. »Jetzt sind sie sanft wie die Lämmer. Sie sind mit der neuen Lehrerin aus der Stadt überhaupt nicht zurechtgekommen und die Lehrerin nicht mit ihnen. Es war für alle eine Erleichterung, dass du die Stelle jetzt übernommen hast.«

»Trotzdem soll die Schule geschlossen werden«, sagte Louisa.

»Ich habe davon gehört.«

»Und was sagst du dazu? Du hast doch gute Beziehungen zum Stadtparlament. Zur Lokalpresse. Meinst du, du könntest etwas bewegen? Dass die Presse in Verbindung mit der Theateraufführung über die geplante Schulschließung berichtet?«

Anton seufzte. Er musterte sie so intensiv, dass es ihr unangenehm war, trotzdem zwang sie sich, seinen Blick zu erwidern. Sie kannte ihn gut genug, um zu wissen, dass er eine Gegenleistung erwartete. Ein gemeinsames Essen. Ein Gespräch. Oder zumindest einen Halbsatz, dass sie ihn vermisste. Dass sie sich zu überstürzt getrennt hatten. Dass sie an ihn dachte.

»Du sollst es nicht für mich tun«, sagte sie. »Sondern für alle hier, für das Dorf, für die Kinder. Hier darf es doch nicht um persönliche Animositäten zwischen uns gehen. Immerhin wurdest du zum Bürgermeister gewählt. Es ist auch deine Verantwortung.«

»Wenn du wüsstest, wie viele Projekte gerade anstehen. Mein Pferdehof muss ja auch irgendwie laufen. Dann ist da zusätzlich das ungelöste Problem, dass ich noch immer kein Gebäude für die geplante Erweiterung habe.« Er zog die Augenbrauen hoch.

»Und würdest du diesem Lehmann nicht einen solchen Rückhalt geben, hätte er doch längst die Brocken hingeworfen und wäre abgezogen. Dann könnte ich den Müllershof nutzen.«

»Anton!« Sie verschränkte die Arme und trat einen Schritt zurück. »Du bist wütend auf mich. Wegen der gelösten Verlobung. Das kann ich auch nachvollziehen. Aber, hey, das ist doch Vergangenheit.«

»Soll ich so tun, als wäre alles in Ordnung? Ein strahlendes Lächeln aufsetzen? Ich bin niemand, der groß über seine Emotionen redet, aber ich brauche Zeit, um mit der Trennung klarzukommen. Gut, heute habe ich das Gespräch begonnen. Ich wollte einfach nur nett sein, und jetzt wird wieder deutlich, wohin das führt. Es funktioniert nicht. Ich bemühe mich generell um Distanz, was mir mal besser, mal weniger gut gelingt. Da wäre es nicht gerade förderlich, wenn ich mich mit dir in das ›Projekt Schulrettung‹ stürze, das von vornherein zum Scheitern verurteilt ist. Das sind eben Entscheidungen, die werden auf Landesebene getroffen. Meinst du, ich kenne irgendjemanden im Ministerium? Oder ich wäre für die hohen Damen und Herren etwas anderes als ein bockiger Landwirt? Außerdem siehst du es ja. Nicht einmal ein lockeres, beiläufiges Gespräch kriegen wir hin, ohne dass es zum Streit kommt.«

Louisa merkte, dass sie keine Chance hatte. Von ihm würde keine Hilfe wegen der drohenden Schulschließung kommen. Sie hatte die Verlobung aufgelöst, nun musste sie die Konsequenzen tragen. Der Gesprächseinstieg, mit dem sie geglaubt hatte, Gemeinsamkeiten schaffen zu können, war mehr als schiefgegangen.

»Wie lange willst du es mir noch nachtragen?«, fragte sie. Sie brauchte nicht zu erklären, was sie meinte, er wusste auch so, worum es ging. Es war das Beste, das Reizwort »Verlobung« zu meiden. »Wir könnten es so leicht haben, wenn es uns gelingt, einfach Freunde zu sein.«

Anton stieß verächtlich die Luft aus. »Freunde.« Er zog die Augenbrauen hoch, ließ dann seinen Blick in Richtung von Matts Haus schweifen. »Vielleicht klappt es ja doch noch mit dem Müllershof. Schau dir an, wie dieser Dilettant die Renovierung angeht. Er kann so viele Handwerker aus der Stadt anheuern, wie er will – wenn niemand da ist, der mal ein Machtwort spricht und alle auf Linie bringt ... Es wird bald Winter, und das Gebäude ist noch immer nicht winterfest. Keiner kann in dem alten Gemäuer die nächsten Monate überstehen«, sagte er.

Sie ließ ihren Blick über Matts Haus schweifen, das durch die Container in der Einfahrt und die Schlammspuren der Baufahrzeuge unfertiger denn je wirkte.

»Da sieht man, dass sich mit Geld auch nicht alles regeln lässt. Damit hat unser werter Herr Anwalt nicht gerechnet.«

»Man weiß nie, was kommt«, sagte Louisa, in der Hoffnung, mit diesem Spruch, der durch seine absolute Allgemeingültigkeit kaum noch eine Aussagekraft hatte, einmal keinen Widerspruch hervorzurufen. Sie dachte an das Versprechen, das sie Matt gegeben hatte. Um es umzusetzen, brauchte sie unbedingt eine gemeinsame Basis mit Anton, und das war fast noch schwieriger, als sich ein neues Konzept zur Rettung der Schule zu überlegen.

»Eine Woche brauche ich«, sagte Anton, »dann habe ich im Nebengebäude die Pferdeboxen hergerichtet und kann das Gebäude nutzen.« Er lächelte. »Das wäre erst einmal das Wichtigste. Mehr wäre vorerst gar nicht nötig.«

»Dann musst du nur beten, dass bis dahin der Weidezaun der Bullenwiese hält.« Sie nickte in Richtung Weide, trat ein paar Schritte auf die Wiese zu, was bereits reichte, um Jockel aufmerken zu lassen. Erst wackelte er kurz mit seinem braunen, anschließend mit dem weißen Ohr, dann senkte er den Kopf und scharrte mit den Vorderbeinen – als könnte er Louisas Gedanken lesen und wollte seinem Ruf gerecht werden. Gras flog durch die Luft.

»Derzeit sieht es nicht danach aus, dass der Zaun hält«, fuhr Louisa fort. »Jockel wird weiter wachsen und dann gar nicht mehr zu kontrollieren sein. Er rennt den Zaun mitsamt den Pfosten irgendwann einfach um. Und dann? Die Tiere laufen im Zweifelsfall nicht den Hang hoch in Richtung Wald, sondern bergab auf die Hauptstraße zu. Dafür müssen sie das Grundstück vom Müllershof überqueren. Im Nebengebäude, wo du schon deine Boxen entstehen siehst, wurden wegen der Feuchtigkeit der Wände die alten Gipskartonplatten entfernt, nur die Stützbalken stehen noch. Wenn da deine Herde durchbrettert ...«

Nun trat auch Anton ein paar Schritte beiseite, um am Gemeindehaus vorbei zu seinen Bullen zu sehen. Er trat von einem Bein auf das andere, konnte bei dem Theater, das Jockel nun veranstaltete, seine Anspannung nicht wirklich verbergen, obwohl er äußerlich ruhig wirkte. Jockel wühlte weiter das Gras auf und schnaubte dabei, während die anderen Bullen sich langsam von ihm entfernten.

Antons Blick schweifte immer wieder unruhig zur Weide. »Unter dem Aspekt habe ich es noch gar nicht gesehen. Wo du recht hast, hast du recht. Allerdings müsste ich das schnell angehen, bevor der Boden gefriert, dann lassen sich die Stützpfosten kaum neu einbetonieren«, sagte Anton. »Am liebsten würde ich die Viecher ja verkaufen, aber das geht nicht, solange mein Vater lebt. Er hat besonders an Jockel einen Narren gefressen.«

Louisa verbot sich zu lächeln, stattdessen nahm sie die Schultasche hoch, die zwischen ihren Beinen stand. Bereits jetzt hatte sie mehr erreicht, als sie sich erhofft hatte.

Anton zuckte mit den Schultern. »Du hast recht, dieser Städter wird sowieso nicht bis zum Winter fertig mit seinen Arbeiten.«

Louisa widersprach ihm nicht, obwohl das niemals ihre Aussage gewesen war.

»Man würde erwarten, dass er jetzt mal selbst mit anpackt«, sagte Anton, »wo die Zeit immer mehr drängt. Tut er aber nicht.« Er seufzte. »An die Bullen hatte ich bei alledem, was ansteht, gar nicht gedacht. Es stimmt. Der hintere Bereich des Nebengebäudes ist ja entkernt und schon perfekt für die Sanierung vorbereitet, damit gibt es auch keine Türen oder Zwischenwände, die die Tiere im Zweifelsfall aufhalten könnten.« Er rieb sich über die Stirn. »Nie ist etwas mit den Bullen passiert, aber wer weiß ...«

Er verabschiedete sich eilig, blieb auf dem Rückweg noch einmal stehen und schaute wieder in Richtung Weide.

Louisa seufzte vor Erleichterung. Sie merkte erst jetzt, wie angespannt sie während des Gesprächs die Schultern hochgezogen hatte. Dass Anton wegen der geplanten Schulschließung nichts unternehmen würde, daran bestand kein Zweifel, aber zumindest für Matt hatte sie erreichen können, dass Anton jetzt zügig die Erneuerung des Weidezauns angehen würde. Sie kannte ihn gut genug, um sicher zu sein, auch wenn er ihr gegenüber niemals eine Gefahr durch die Bullen eingestehen würde. Louisa zog ihr Smartphone aus der Hosentasche und öffnete die Klassenliste mit den Handynummern der Eltern.

Habe mit Anton gesprochen, tippte sie in ihr Handy. Gern hätte sie mit Matt persönlich geredet, aber sie wusste, dass er noch mit dem Wagen unterwegs war, um Amanda aus der Kita abzuholen. *Vor dem ersten Frost will er den Weidezaun erneuern, das hieße innerhalb der nächsten ein bis zwei Wochen. Louisa*

Zufrieden wandte Louisa sich ab. Nun spürte sie ihren Hunger so intensiv, dass ihr beim Gedanken an Mittagessen das Wasser im Mund zusammenlief.

Je näher Louisa dem Rosenhof kam, umso mehr beschleunigte sie ihre Schritte. Während des Waldausflugs hatte sie es nicht registriert, doch nun am Hang war es überdeutlich, dass ein kühler Wind aufgekommen war und durch das Tal fegte. Auch als sie sich direkt vor dem Gebäude befand, drang noch kein Essensgeruch durch das gekippte Küchenfenster nach draußen. Kein Rauschen der Dunstabzugshaube oder Klappern von Tellern und Töpfen war zu hören. Irritiert schloss Louisa die Haustür auf.

»Hallo!«, rief sie, legte ihre Schultasche an der Garderobe ab, streifte die Schuhe von den Füßen und ging weiter ins Esszimmer. Der Tisch war nicht gedeckt, stattdessen mit unzähligen ausgedruckten Kontoauszügen übersät.

Clara und Manuel saßen im Wohnzimmer auf der Couch und zuckten zusammen, als sie eintrat.

»Dass du dich immer so anschleichen musst«, sagte Clara. »Ist es schon so spät?« Sie sah auf die Wanduhr.

»Ich habe laut und deutlich gerufen beim Reinkommen. Abgesehen davon bin ich eine halbe Stunde später als abgesprochen. Ich habe Anton getroffen...« Sie schwieg, weil sie merkte, dass ihr weder Clara noch Manuel richtig zuhörten, sondern in Gedanken ganz woanders waren.

»Ihr hattet zugesagt, dass ihr an meinen Arbeitstagen abwechselnd kocht, ich dafür an den Wochenenden und in den Ferien!« Louisa blickte von Manuel wieder zu Clara.

Manuel zuckte mit den Schultern. »Du hast ja recht.«

»Es klappt eben nicht immer alles wie geplant, das solltest gerade du doch wissen.« Clara funkelte Louisa an.

Louisa war hin- und hergerissen. Einerseits war sie wütend. Der Wiedereinstieg ins Unterrichten war anstrengend, und die Unterstützung, die Clara versprochen hatte, kam nicht. Andererseits merkte sie, wie aufgewühlt Clara war, wie bleich ihr Gesicht, wie zittrig ihre Hände, als sie aufstand und die Kontoauszüge auf dem Esstisch zusammenraffte.

»Ich dachte, es klappt gut mit deiner Selbstständigkeit«, sagte Louisa. »Der Verkauf der Rosenspezialitäten, zusätzlich noch die Restaurationsarbeiten... Du hast nie von Geldproblemen erzählt.«

»Das ist es nicht.« Clara vergrub das Gesicht hinter den Händen.

»Jetzt lassen wir das Geldthema. Es führt zu nichts, wenn wir das noch einmal durchkauen. Ich bestelle uns eine Pizza und Salat.« Manuel nahm das Telefon, ging in den Flur und schloss die Tür hinter sich.

»Kannst du mir Geld leihen?«, fragte Clara. Ihre Stimme klang leise und brüchig.

»Wie viel?«

»Fünfundzwanzigtausend.«

Louisa wiederholte die Zahl ungläubig.

»Ich weiß, das klingt jetzt erst mal viel. Es geht um die Erweiterung des Geschäfts nach Japan. Jennifer meint, die Homepage können wir so nicht lassen, die Shop-Seite sei zu unübersichtlich, dilettantenhaft. Damit hat sie wohl recht.«

»Dem Verkauf hat das bisher keinen Abbruch getan. Ich weiß nicht, warum du dich von ihr so verunsichern lässt. Es geht doch nicht darum, irgendeinen Designwettbewerb zu gewinnen, sondern ...«

»Das ist gar nicht mehr die Diskussion. Es ist bereits entschieden.« Clara atmete tief ein und stieß die Luft mit einem Seufzen aus. »Wir – das heißt Jennifer ... Der Webmaster ist schon engagiert. Dabei geht es auch darum, dass wir viele Vorgaben einhalten müssen, um keine Abmahnungen zu erhalten. All die Gesetzestexte müssen neu geschrieben werden. Dafür muss ich einen Rechtsanwalt beauftragen.« Clara schloss die Augen. Dann begann sie, die Kontoauszüge zu sortieren und in dem Ordner abzuheften. Mit einem Seufzen setzte sie sich anschließend wieder aufs Sofa neben Louisa.

Manuel hatte das Gespräch beendet und kehrte an den Tisch zurück.

Louisa dachte sofort an Matt. »Ich weiß, wer das für euch erledigen könnte.«

»Das ist auch schon geklärt«, sagte Clara. »Es geht darum: Für den Webmaster muss ich fünfzehntausend vorschießen. Fünftausend sind für den Anwalt eingeplant. Weitere fünftausend brauche ich, um zusätzliches Rosenwasser einzukaufen, weil es um Großaufträge geht. Die Umsätze werden explodieren, Jennifer kommt nicht nach, die Anfragen zu bearbeiten. Es gibt sogar eine Bestellung von einer Supermarktkette, die Spezialitäten im Wert von achttausend geordert hat. Damit haben wir dann schon über die Hälfte der Ausgaben wieder eingenommen. Es geht nur um eine kurzfristige Überbrückung, die ich für drei oder vier Monate bräuchte.«

»Du kannst hier in der Scheune keine Großproduktion stemmen!« Louisa blickte zu Manuel, hoffte, dass er sie unterstützte, half, Clara diese Idee auszureden. »Dafür hast du nicht die richtigen Töpfe. Außerdem brauchst du für so ein Projekt Profiherde, wie man sie in Gaststätten verwendet. Und wer soll die Arbeit erledigen, wenn du eine Industrieproduktion aufbauen willst? Was hat das noch mit dem Rosenhof zu tun und mit unserem Rosengarten?«

Manuel zuckte mit den Schultern und sagte: »Ich suche dann mal das Geld für den Pizzaboten zusammen.« Er ging die Treppe hoch. Als er sie kurz mit einem Schulterzucken ansah, begriff Louisa, dass Manuel bereits vergeblich versucht hatte, Clara von der Idee abzubringen.

»Das kommt hinzu«, überlegte Clara laut. »Ich würde natürlich Hilfe brauchen. Leute einstellen. Die Kochmöglichkeiten müssten erweitert werden. Daran habe ich schon gedacht.«

»Am besten noch zusätzliche Räume anmieten.«

»Das auch.«

»Ich habe das ironisch gemeint!« Louisa setzte sich neben ihre Schwester und schob ihre Hände zwischen Oberschenkel und Sitzfläche, um gegen den Impuls zu kämpfen, an ihren Fingernägeln zu knibbeln, wie sie es früher immer getan hatte. »Das ist idiotisch! Der ganze Plan ist so was von ...« Sie zögerte, dann sprach sie es doch aus: »... größenwahnsinnig. Typisch Jennifer eben. Es reicht keine Tour von Kanada nach Mexiko, wie ihr es anfangs geplant hattet, nein, es muss gleich eine Weltreise sein! Es genügt nicht, dass du zufrieden und ohne Geldsorgen von deiner Arbeit leben und auch noch etwas zurücklegen kannst. Es muss eine Großproduktion werden. Jetzt sieh das doch mal logisch. Wer von euch hat denn betriebswirtschaftliche Kenntnisse? Wer kennt sich mit der notwendigen Buchhaltung aus? Und vor allem: Wer trägt das Risiko, wenn es schiefgeht? Bei Jennifer gibt es nichts zu pfänden, kaum jemand wird ihr den klapprigen Van wegnehmen. Aber du hast die neuen Geräte in deiner Schreinerwerkstatt. Haftest du nicht auch mit deinem Anteil vom Rosenhof, wenn du wirklich einen Kredit aufnimmst? Das wäre der Super-GAU.«

»Jetzt mach mal halblang! Du siehst das zu negativ. Wer nichts einsetzt, kann auch nichts gewinnen. Und der Rosenhof wird nicht als Sicherheit genommen, es wird keinen Eintrag ins Grundbuch geben. Dem müssten wir beide zustimmen.«

»Trotzdem. Das Risiko ist viel zu hoch, jetzt denk doch mal nach. Du hast so viel erreicht. Und das willst du jetzt aufs Spiel setzen?«

»Mit dir kann man ja nicht reden!« Clara stand auf und ging treppauf, so ungestüm, dass sie kurz mit Manuel zusammenstieß, der mit seinem Portemonnaie in der Hand wieder herunterkam.

Von oben war ein Türknallen zu hören. Damit war für Clara die Diskussion beendet. Nun stand auch Louisa auf und ging unruhig im Erdgeschoss auf und ab.

»Du verhältst dich kindisch«, rief Louisa durch den Flur, obwohl sie wusste, dass Clara es wahrscheinlich nicht hörte. Und falls sie es hörte, würde sie nicht darauf reagieren.

»Und du hältst dich aus der Angelegenheit raus?«, fragte Louisa und blickte Manuel an. »Ich sehe dir doch an, was du denkst, dass du die Sache genauso siehst wie ich. Ich hätte dich gebraucht.«

Seine Schultern waren nach vorn gewölbt, als er einen Stuhl vom Esstisch wegzog und sich setzte. Er ließ das Portemonnaie von einer Hand in die andere gleiten. »Was meinst du denn, womit ich die letzten zwei Stunden verbracht habe? Mit etwas anderem, als auf sie einzureden? Du kennst Clara, sie kann auf Autopilot schalten. Längst hat sie einen Termin mit dem Bankberater vereinbart. Sie hatte nur gehofft, dass du …«

»Ist schon klar, was sie gedacht hat. Nein, ich unterschreibe für sie keinen Kredit, keine Grundschuld, kein gar nichts. Und ich hoffe nur, dass die Bank ihr als Selbstständiger auch nichts gibt.«

11.

Noch bevor der Pizzabote kam und ihnen das Mittagessen brachte, fing es an zu regnen, als hätte jemand eine überdimensionierte Dusche aufgedreht. Tropfen schlugen auf die Terrassenfliesen und prasselten gegen die Hauswand. Gleichzeitig sprangen Louisa und Manuel vom Tisch auf und schlossen die geöffnete Terrassentür und die gekippten Fenster in der Küche und im Esszimmer. Auch Claras eilige Schritte waren über ihnen zu hören.

Innerhalb weniger Sekunden war es so dunkel, als würde bereits die Sonne untergehen, sodass Louisa die Lichter im Erdgeschoss des Rosenhofs anschaltete, um die Düsternis zu vertreiben. Draußen breitete sich der Nebel so intensiv aus, dass das Dorf nicht mehr zu sehen war. Der Rosenhof wirkte von innen beim Blick durch die Terrassentür wie eine einsame Insel, die Umgebung schien aus nichts als Wasser und Dunst zu bestehen.

Dann ging der Regen in Hagel über. Es prasselte und krachte.

»Die Rosenblüten«, rief Clara und stürmte die Treppe hinunter. Sie rannte weiter in den Keller und kam kurz darauf mit dem großen Weidenkorb und der Rosenschere in der anderen Hand zurück.

Nur gemeinsam gelang es Louisa und Manuel, Clara davon abzuhalten, mit dem Korb und der Schere in den Garten zu eilen. Schon auf die Distanz war das Desaster überdeutlich: Die Blüten waren alle abgeknickt, hatten sich so sehr mit Wasser vollgesogen, dass sich die Äste tief auf den Boden neigten. Selbst ein plötzlicher Wetterumschwung mit viel Sonne könnte nichts mehr retten.

Langsam beruhigte sich Clara, auch wenn ihr das Entsetzen ins Gesicht geschrieben stand. »Die gesamte Rosenernte!«, rief sie. Sie blieb vor der geschlossenen Tür stehen und lehnte ihre Stirn gegen die Scheibe. »Alles hin. Dabei war kein Unwetter angekündigt. Das ist das größte vorstellbare Desaster.«

Als wäre sie eine Marionette, deren Fäden jemand durchgeschnitten hatte, ließ Clara den Korb auf den Boden fallen und setzte sich aufs Sofa.

»Ich mache uns einen Tee. Wenn ich den Sturzbach sehe, der die Straße runterläuft, können wir auch den Pizzaboten vergessen. Wobei mir der Hunger inzwischen auch vergangen ist.« Louisa ging in die Küche. Obwohl das Küchenfenster von der Wetterseite abgewandt war, prasselte es auch hier gegen die Scheibe.

Bald übertönte das Rauschen des Wasserkochers das Unwetter draußen. Das Wasser schwemmte inzwischen Äste und Blätter mit sich bergab, die Gullys nahmen kein Wasser mehr auf, aus ihnen sprudelte es wie aus einem Brunnen hervor. Ein Wasserlauf führte direkt durch den Vorgarten.

Mit drei Tassen Orange-Ingwer-Tee auf einem Tablett kehrte Louisa ins Wohnzimmer zurück. Sie lauschte in die oberen Stockwerke.

»Ich gehe durchs Haus und schaue, ob alles dicht bleibt.« Louisa blickte die Treppe empor, in erster Linie dachte sie an ihre Räume im Dachgeschoss.

»Brauchst du nicht«, sagte Clara. »Das Dach hält. Und auch die neuen Fenster zahlen sich jetzt aus.«

Trotzdem ließ Louisa es sich nicht nehmen. Sie kontrollierte die Fenster im ersten Stock, im Bad, in Claras und Manuels Schlafzimmer und in Manuels Arbeitszimmer. Auch ganz oben unter dem Dach, in ihrer eigenen Etage, drang nirgends Wasser ein. Sie hatten bei den Renovierungsarbeiten mehr als gute Arbeit geleistet. Durch das Panoramafenster in ihrem Schlafzimmer blickte Louisa über den Dunst hinweg, der das Dorf wie unter einer Glocke gefangen hielt. Aus diesem Blickwinkel sah sie, dass sich in der Ferne bereits ein Streifen Licht zwischen den Wolken abzeichnete. Der Wind ließ die Wolkendecke schnell weiterziehen, sodass es nicht mehr lange dauern würde, bis sich der Himmel aufklarte. Das Unwetter würde genauso plötzlich wieder verschwinden, wie es über ihnen ausgebrochen war. Sie konnte zusehen, wie sich von Sekunde zu Sekunde die Dunkelheit lichtete, die Dunstglocke sich auflöste.

Zuerst wurden die Konturen der Dächer sichtbar. Noch erschien das Dorf im Nebel wie eine Schwarz-Weiß-Aufnahme, dann nahmen die Grautöne wieder ihre ursprünglichen Farben an. Die bunten Blätter an den Bäumen leuchteten in ihrer Nässe im aufbrechenden Sonnenlicht intensiver als zuvor. Sie sah zu Matts Haus, wo sein Wagen an der Straße parkte, und stellte sich vor, was er wohl gerade tat. Spielte er Brettspiele, um die Kinder zu unterhalten? Oder blickte er wie sie nach draußen, während die Kinder sich selbst beschäftigten und durchs Haus tollten? Sie schaute auf ihr Handy, ob er schon auf ihre Nachricht geantwortet hatte. Noch hatte er sich nicht gemeldet.

Nun konnte sie auch die Bullen auf der Weide erkennen, die wie eine dunkle Masse dicht zusammengedrängt hinter Matts Haus standen und sich so gegenseitig Schutz boten. Nur ein einziger Bulle verharrte breitbeinig in imponierender Haltung abseits von den anderen am Zaun und blickte auf die Straße, als würde er auf irgendetwas warten. Louisa konnte es auf die Entfernung nicht erkennen, aber sie wusste, dass dieser einsame Bulle ein braunes und ein weißes Ohr hatte, ein Bulle, der an ein spanisches Kampfrind denken ließ.

Dann hielt Louisa inne. Sie erinnerte sich daran, dass Matt davon gesprochen hatte, wie die Arbeiten am Haus stockten. Er hatte sich um den nahenden Winter gesorgt, doch mit diesem Unwetter war das Desaster für ihn nun deutlich früher eingetreten.

Sie eilte treppab, schnappte sich ihre Gummistiefel und die Regenjacke. »Wir müssen zu Matt. Er braucht wahrscheinlich unsere Hilfe«, sagte Louisa.

»Matt?« Clara und Manuel stellten ihre Teetassen ab. Sie runzelten die Stirn und wechselten einen Blick.

»Dr. Lehmann.«

»Ihr seid also schon beim Du angelangt?« Clara grinste.

Louisa hatte keine Lust, über ihre Beziehung zu Matt zu diskutieren. »Da ist nichts. Du brauchst mich gar nicht so anzusehen. Er ist für mich ein Elternteil wie die anderen Eltern meiner Schüler auch. Wir duzen uns doch alle, und jetzt gehört er zum Dorf. Auf jeden Fall weiß ich, dass die Handwerker nicht vorankommen. So ein Regenguss, wie er nur alle paar Jahre vorkommt, kann für ihn zur Katastrophe werden. Wir können ihn nicht hängen lassen.«

»Hast du seine Telefonnummer?«, fragte Manuel.

Louisa nickte. »Warum?«

»Dann frag ihn, ob es ihm überhaupt recht ist, wenn wir zu mehreren bei ihm auftauchen.«

Louisa ärgerte sich über die Verzögerung, doch sie merkte, wie skeptisch Manuel noch immer war, wenn es um den Anwalt aus der Stadt ging. So nahm Louisa ihr Handy und wählte Matts Nummer. Es klingelte. Dann sprang die Mailbox an. Sie versuchte es ein zweites und ein drittes Mal, ohne ihm eine Nachricht zu hinterlassen.

Schließlich legte sie das Handy beiseite. »Niemand nimmt ab«, sagte Louisa. Sie gab sich einen Ruck. »Es ist mir egal, was ihr tut. Ich gehe auf jeden Fall ins Dorf und schaue nach Matt.«

Wieder wechselten Clara und Manuel einen Blick, ohne etwas zu sagen. Wie Louisa es hasste, wenn sich die beiden ohne Worte verständigten!

»Jetzt sagt doch was!« Louisa verschränkte die Arme. Sie blickte durch die Terrassentür in den Garten. Inzwischen hatte der Regen aufgehört. Es war für einen Moment so still, als würden die gesamte Umgebung und auch das Haus die Luft zusammen mit Louisa anhalten. Mit einem Kopfschütteln wandte Louisa sich ab und ging vom Wohnzimmer in den Flur.

Als sie die Klinke der Eingangstür schon in der Hand hielt und damit rechnete, allein aufbrechen zu müssen, hörte sie hinter sich ein »Jetzt warte doch«.

»Bei den Rosen kann ich nichts mehr retten.« Clara seufzte. »Es hat keinen Zweck, hierzubleiben und zu verzweifeln.«

»Natürlich kommen wir mit«, sagte Manuel. Er ging voran, Clara folgte ihm. Er reichte Clara ihre Wachsjacke, dann schlüpfte auch er in die Gummistiefel und zog sich eine Jacke über.

Louisa öffnete die Tür. Hagelkörner überzogen die Einfahrt und den Vorgarten weiß. Auf der Straße waren sie durch die Hanglage bereits weggespült worden.

Louisa ging voran auf das Dorf zu, Clara und Manuel hinterher. Auf den ersten Blick konnten sie keine umgestürzten Bäume erkennen, was Louisa erleichtert registrierte. Nur die Blumen in den Vorgärten waren niedergedrückt und lagen platt auf dem Boden. Nach und nach traten auch andere Dorfbewohner vor ihre Häuser, begutachteten ihre Gärten und ließen ihre Blicke über das Dorf schweifen. In der Nähe des Baches hatten sich auf den Wiesen kleine Teiche gebildet, doch anscheinend hatte das Unwetter nicht lang genug angehalten, um die Keller zu fluten, ansonsten würde unter den Dorfbewohnern viel größere Aufregung herrschen. So spiegelte sich auf den Gesichtern in erster Linie Erleichterung, dass niemand zu Schaden gekommen war.

Matts Haus war innen vollständig beleuchtet.

Louisa beschleunigte ihre Schritte. Dann klingelte sie. Niemand öffnete. Sie läutete ein zweites und ein drittes Mal. Louisa glaubte zwischenzeitlich, drinnen ein Trappeln auf der Treppe zu hören, doch dann war sie nicht mehr sicher, ob sie sich nicht geirrt hatte.

»Da ist niemand«, sagte Manuel.

»Aber sein Auto steht an der Straße.« Mit einem Nicken wies Louisa zu Matts Wagen. »Und überall brennt Licht. Er muss also schon zurück sein aus der Stadt, wo er Amanda mittags immer aus dem Kindergarten abholt.«

Langsam trat sie ein paar Schritte nach hinten, um die Fassade emporzuschauen, ob sie hinter den Fenstern eine Bewegung erkennen konnte. Regenwasser lief in einem breiten Rinnsal neben der Dachrinne von oben herab. Wahrscheinlich war über die vergangenen Jahre der Ablauf mit Laub verstopft worden. Einige Ziegel waren durch das Unwetter heruntergefallen und lagen zerbrochen im Vorgarten. Außerdem waren morsche Äste von den Bäumen aufs Dach gekracht. Die Bäume, die jahrelang nicht beschnitten worden waren … Louisa versuchte, sich einen Überblick zu verschaffen.

Bei jedem anderen im Dorf wäre Louisa längst zur Hintertür gegangen, um zu schauen, ob sie offen war, doch bei Matt zögerte sie. Trotz der gemeinsamen Schulwanderung und der Gespräche, die sie geführt hatten, empfand sie noch eine Distanz zwischen sich und ihm, etwas, das sie vorsichtig sein ließ.

Kurz verharrte sie weiter mit Blick auf das Haus, dann gab sie sich innerlich einen Ruck, trat zur Seite und lief über das hochgewachsene und nun platt am Boden liegende Gras um das Haus herum auf die Hinterseite. Schon nach wenigen Schritten waren trotz der Gummistiefel ihre Knie nass, weil sie Buschwerk beiseitetreten musste, um voranzukommen. Die Feuchtigkeit breitete sich weiter über ihre Oberschenkel aus und rann innen an den Stiefelschäften entlang bis zu den Füßen. Grannen blieben an ihren Oberschenkeln hängen und bohrten sich durch den Stoff. Zusammen mit der Nässe juckte und stach es an ihrer Haut. Sie fluchte leise, zog die Grannen aus dem Jeansstoff und versuchte nun bei jedem Schritt, das Getreide, das sich von selbst in Matts Garten ausgesät hatte, nicht von oben zu treffen, sondern es von unten mit den Sohlen beiseitezuschieben und niederzutreten, wie sie es auch beim Buschwerk tat. Dann traf sie auf eine Brombeerhecke, durch die sie sich nur mit äußerster Mühe einen Weg bahnen konnte. Es war, als würde sich die Natur entgegenstellen wie im Märchen von Dornröschen und ein Betreten unmöglich machen. Die zum Glück noch nicht so hoch gewachsenen Brombeeren waren wie Fußangeln. Louisa kehrte um.

»Da ist kaum ein Durchkommen«, sagte sie und blickte zur Bullenweide. »Von hinten könnten wir leicht in den Garten kommen. Aber wer will es mit Antons Jockel aufnehmen?«

»Lasst uns zum Rosenhof zurückkehren.« Manuel kam auf Louisa zu und fasste sie am Arm. »Wenn Dr. Lehmann da wäre, würde er doch öffnen. Das bringt hier nichts. Schau dich mal an, deine Jeans ist jetzt schon völlig zerrissen. Durch dieses Gestrüpp geht es nicht weiter.«

Louisa wäre am liebsten auch umgekehrt, trotzdem probierte sie es noch einmal und ging erneut Schritt für Schritt auf ihrem bereits ausgetretenen Trampelpfad voran. Sie glaubte nicht an einen siebten Sinn, aber doch daran, dass es wichtig war, einem deutlichen Gefühl zu folgen, wenn es sich denn einmal einstellte.

»Ich muss mich einfach vergewissern«, sagte Louisa. »Ihr könnt ja warten oder wieder umkehren.«

Louisa richtete sich auf und kämpfte sich weiter durch das Unkraut. Erst auf der Terrasse hielt sie inne und entfernte erneut Grannen, Dornen und Grassamen von ihrer Hose.

Sie schüttelte sich. Mit der Nässe, die ihre Kleidung aufgesaugt hatte und die ihre Hose eisig und schwer an ihrer Haut kleben ließ, spürte sie, wie sich Kälte in ihr ausbreitete. Ihre Fingerkuppen waren inzwischen bläulich gefärbt, ihre Knie zitterten. Louisa blickte durch die Terrassentür ins Innere. Da keine Gardinen die Sicht verdeckten, konnte sie problemlos ins Wohnzimmer und weiter in den Flur, ins Treppenhaus und in die Küche blicken. Überall waren noch immer unausgepackte Umzugskartons gestapelt. Das Licht brannte im hinteren Teil des Hauses wie im vorderen, aber niemand war zu sehen.

Louisa klopfte an die Scheibe. Nichts regte sich. Sie presste ihr Ohr gegen das Glas, woraufhin sich die Terrassentür leicht nach innen bewegte. Als sie wieder einen Schritt zurücktrat, hatte ihr Gesicht einen Abdruck hinterlassen, den sie nur verschmierte, als sie versuchte, ihn mit dem Ärmel ihrer Jacke wegzuwischen. Dabei ging die Tür noch weiter auf. Durch den Spalt kam ihr warme Kaminluft entgegen, die nach feuchtem Holz roch. Nun war sie sich sicher, dass sie innen Stimmen gehört hatte.

Sie drückte fester gegen die Terrassentür. Die Tür schwang auf.

»Hallo?«, rief Louisa und ging langsam ins Hausinnere. Die Wärme des Kamins ließ ihre Gesichtshaut prickeln. Auf dem Boden entdeckte sie feuchte Kinderfußspuren, die treppauf führten.

Auch diesmal antwortete ihr niemand. Louisa blickte sich um. Clara und Manuel hatten auf dem von ihr bereits ausgetretenen Pfad nun auch das Haus umrundet und standen in einiger Entfernung auf der Terrasse. Sie sahen sich unsicher an. Vor Kälte traten sie von einem Bein auf das andere. Ihre Hosen waren vor Nässe dunkel gefärbt, Clara hingen die Haare feucht und strähnig ins Gesicht.

»Ich gehe jetzt nachschauen, was da los ist«, sagte Louisa.

»Bist du dir wirklich sicher, dass das eine gute Idee ist?« Clara schüttelte den Kopf.

»Das bin ich!« Louisa bemerkte, wie auch sie mit jedem Schritt matschige Spuren auf dem alten Holzparkett hinterließ, deshalb zog sie ihre Schuhe aus. Sie orientierte sich an den Stimmen, von denen sie nun aufgeregte Wortfetzen verstehen konnte, und ging weiter durch das Wohnzimmer auf den Flur zu. Kleine Füße trappelten barfuß über die Treppe, jeder Schritt auf dem Holz klang wie ein Patschen.

»Hallo!« Louisa blieb auf der Treppe stehen, trotzdem stieß sie fast mit Justus zusammen, der mit einem Eimer in der Hand auf sie zugestürmt kam. Er schrie vor Schreck auf, verlor kurz das Gleichgewicht, dann fing er sich wieder. Louisa gelang es gerade noch, den mit Wasser gefüllten Eimer festzuhalten, bevor er ihm aus der Hand rutschte. Der Eimer schwankte in ihrer Hand, etwas Wasser ergoss sich über die Treppenstufen.

»Was machst du hier?«, fragte Justus.

»Ich wollte nach euch sehen. Ob ihr Hilfe braucht. Wegen des Unwetters.«

Justus zuckte mit den Schultern. »Ich weiß nicht. Du kannst ja mit mir hochgehen.«

»Okay, geh du voran.«

Sie übergab ihm wieder den Eimer, den er angestrengt mit hochrotem Gesicht ins Badezimmer trug, wo er das Wasser in der Badewanne auskippte. Das Innere der Wanne war mit einem braunen schmierigen Belag überzogen. Sie blickte sich um, ob Clara und Manuel ihr gefolgt waren, doch von den beiden war nichts zu sehen.

»Hallo«, sagte Louisa noch einmal, bevor sie das Obergeschoss betrat, in der Hoffnung, niemanden mehr zu erschrecken. Matt stand auf einer Leiter und riss nasse Tapete von den Wänden. Er fluchte laut. Amanda stopfte die Tapetenreste in große, schwarze Schwerlastmüllsäcke.

»Hallo, Matt«, wiederholte sie und hielt im Türrahmen inne.

Matt drehte sich ruckartig um. Erst entdeckte sie ein Erschrecken, dann freudige Überraschung auf seinem Gesicht. »Du hier?«, fragte er.

»Ich bin über die Terrasse reingekommen, die Tür war offen. Überall brannte Licht, und wegen des Unwetters und deines undichten Daches habe ich mir Sorgen gemacht. Falls du möchtest, dass ich lieber gehe und euch ...«

Er zuckte mit den Schultern und stieg mit einem Seufzen von der Leiter, dann schob er einen mit Wasser gefüllten Eimer beiseite und ersetzte ihn durch einen leeren Eimer. »Das ist nett von dir«, sagte Matt. Er setzte sich auf eine der Stufen der Trittleiter. »Hilfe können wir wirklich gebrauchen. Wobei ich befürchte, hier ist Hopfen und Malz verloren. Schau dich doch um. Nicht nur die Tapete ist voller Wasser, die Dachisolierung auf dieser Seite hat sich vollgesogen. Das Einzige, was ich mit Glück noch verhindern kann, ist, dass Wasser in die darunterliegenden Stockwerke eindringt.« Er blickte nach oben, wo die Tapete zum Großteil schon abgelöst war und die Holzbalken von der Nässe eine dunkle Färbung angenommen hatten.

»Der vorgezogene Umzug war wahrscheinlich die größte Schnapsidee aller Zeiten«, sagte er. »Wir hätten bis Anfang nächsten Jahres warten sollen. Obwohl – so chaotisch es hier auch ist –, aus der Distanz war es einfach nicht möglich, all die Handwerkertermine zu koordinieren. Sie nennen Zeitfenster, in denen sie kommen, während ich hier stundenlang sitze und vergeblich warte. So konnte es nicht weitergehen, dabei geht zu viel Zeit drauf, und der Fortschritt lässt auf sich warten. Ich muss vor Ort sein und auch mit anpacken, sonst werden wir nie fertig. Und mein Arbeitszimmer ist ja auch schon eingerichtet. Der einzige Raum, der wirklich perfekt ist und seinen Zweck als zusätzliches Büro erfüllt.«

»Aber du bist mit der Renovierung schon so weit gekommen!« Sie dachte an die wohlige Wärme im Wohnzimmer, das frisch gestrichene Treppenhaus, die neue Einbauküche, die abgedichteten Fenster und Türen. »Unten ist es doch schon perfekt!«

»Trotzdem. Guck dir das an.« Er nickte in Richtung der Müllsäcke voller Tapetenreste, die bereits in einer Ecke gestapelt waren. Er schloss kurz die Augen.

»So schlimm ist es nicht, du hättest den Rosenhof vor einem Jahr sehen sollen!«

»Das hilft mir jetzt auch nicht weiter. Ich hätte einen Bauleiter beauftragen sollen, der sich um alles kümmert, anstatt die Sache selbst in die Hand zu nehmen. Wenn erst der Winter und damit der Frost kommt, ist es sowieso zu spät. Im Grunde ist es bereits zu spät. Ich habe die Schwierigkeiten unterschätzt, die jetzt durch das Unwetter erst zutage getreten sind. Eins der Hauptprobleme ist auch, dass ich definitiv keine Ahnung von Arbeiten am Bau habe. Dieser verdammte Dachdecker hat mir doch allen Ernstes versichert, dass das Dach noch diesen Winter übersteht und es reicht, wenn sie mit den Arbeiten im Frühjahr beginnen! Wobei – mit einem solchen Unwetter konnte auch keiner rechnen ...«

»Eins nach dem anderen«, sagte Louisa. »Unten warten Clara und Manuel. Ich hole sie mal dazu, vielleicht hat Clara eine Idee. Sie hat es auch geschafft, in knapp einem halben Jahr den Rosenhof auf Vordermann zu bringen.«

Louisa ging zum Fenster und öffnete es. Als sie sich hinauslehnte, sah sie, dass ihre Schwester zusammen mit Manuel wirklich noch auf der Terrasse wartete. »Hier oben bin ich. Kommt ihr?«, rief Louisa.

Kurz darauf hörte sie Schritte auf der Treppe. Dann kamen erst Clara, dann Manuel herein.

Clara öffnete den Mund, als wollte sie etwas sagen, dann schloss sie ihn wieder. An Claras Gesichtsausdruck erkannte Louisa, wie erschrocken ihre Schwester über die Feuchtigkeit im Dach war.

Clara hielt sich nicht lange mit Höflichkeiten auf. Noch vor der Begrüßung fragte sie: »Gibt es hier stabile Folie? Hammer und Nägel? Zur Not tun es auch diese Müllsäcke, wenigstens für ein paar Tage.«

»Es gibt keine andere Folie.« Matt rieb sich über die Stirn. »Was hast du vor?«

»Das Dach von außen abdichten. Das wäre der erste Schritt. Für die Nacht sind weitere Niederschläge angesagt, auch Sturm. Die Müllsäcke wären einen Versuch wert. Eine andere Möglichkeit sehe ich nicht. Obwohl: Wo ist der herausgerissene Laminatboden, den ich gestern noch vor eurer Haustür liegen gesehen habe? Ist der schon im Müll?«

»In der Garage.«

»Komm mit, wir sollten keine Zeit verlieren.« Clara nickte Manuel zu. Dann sagte sie. »Und Nägel brauche ich. Nägel und Hammer.«

»Ich kann das holen.« Justus strahlte, froh, auch helfen zu können.

Clara blickte sich um, dann ging sie gemeinsam mit Manuel treppab.

Justus rannte los und brachte kurz darauf ein Weckglas voller Nägel, dazu einen Hammer. Louisa wusste, was Clara vorhatte. Sie rückte die Leiter zum Dachfenster und stieg hindurch ins Freie, um sich auch einen Überblick zu verschaffen. Erleichtert registrierte sie, dass gut verankerte Trittstufen aus Metall angebracht worden waren, die bis zum Schornstein führten. So würde Clara trotz der Nässe gefahrlos auf dem Dach arbeiten können. Neben den Stufen befand sich gut sichtbar die Stelle, an der die Dachpfannen fehlten – und wie sie nun sehen konnte, war der Schaden nicht erst bei diesem Unwetter entstanden. Irgendwann einmal hatte jemand versucht, das Loch mit festgenagelten Holzbalken zu verschließen, doch diese waren längst weggefault. In der Lücke dahinter entdeckte Louisa ein verlassenes Spatzennest. Die Vögel hatten Teile der Isolierung als Nistmaterial genutzt.

Mit wackeligen Beinen stieg Louisa wieder hinab. Nun merkte sie, dass sie doch nicht so schwindelfrei war, wie sie geglaubt hatte. Clara stand schon mit in die Socken gesteckten Hosenbeinen, Hammer und Nägeln in der Hand bereit und wartete, dass Louisa den Weg aufs Dach freigab.

»Ich probiere es zuerst mit dem Laminatboden als Abdichtung, der ist stabiler. Reicht ihr mir den an, wenn ich Bescheid sage?«

Matt nahm ihr Hammer und Nägel ab, damit Clara gefahrlos nach außen klettern konnte. Er hielt die Leiter, reichte ihr dann erst das Werkzeug, anschließend die Laminatteile an. Auch die Kinder starrten gebannt durch das Dachfenster, obwohl Clara seitlich davon arbeitete und von innen nichts von dem zu sehen war, was sie tat. Nur ein ungleichmäßiges Hämmern war zu hören, dazu ein schabendes Geräusch, wenn Clara das Laminat in die richtige Position zog.

Nach nicht einmal einer halben Stunde kehrte Clara ins Hausinnere zurück. Da wieder Nieselregen eingesetzt hatte, von dem Louisa auf dem Dachboden kaum etwas mitbekommen hatte, waren Claras Haare nass und hingen ihr in Strähnen ins Gesicht. Zusätzlich tropfte ihr Schweiß die Stirn herab. Sie schüttelte sich wie eine Katze, als sie endlich wieder im Warmen stand.

»So, das war's«, sagte sie. »Das ist sicher keine Dauerlösung, aber das Laminat hält erst einmal besser als jede Plane. Damit solltest du die Zeit überbrücken können, bis sich ein Dachdecker das Desaster ansieht. Ich würde garantiert nicht denjenigen beauftragen, der dir versichert hat, das Dach würde halten.«

»Ich weiß nicht, wie ich dir danken soll«, sagte Matt.

»Dank mir nicht zu früh, warten wir die Nacht ab.« Clara blickte in den Eimer. Dort, wo vorher ein Rinnsal gewesen war, tropfte es nun nur noch. »Die Dachisolierung ist durchfeuchtet, du solltest dir also nicht viel Zeit lassen, Schimmel bildet sich schnell. Noch habe ich keinen gesehen, und erst mal scheint von außen ja auch kein neues Wasser mehr einzudringen.«

»Da gibt es nur ein Problem. Jemanden aus einem Fachbetrieb zu finden, der kurzfristig vorbeikommt, ist anscheinend eine Unmöglichkeit.«

Louisa dachte an alle Optionen, die Matt hatte, doch im Grunde blieb nur eine einzige Lösung, die realistisch war.

Clara zuckte mit den Schultern und zog die Augenbrauen hoch. Louisa wusste, was Clara durch den Kopf ging – dasselbe wie ihr.

»Also, wie beim Rosenhof?«, fragte Clara.

Louisa nickte.

»Ich bin dabei«, sagte Manuel. »Nicht, dass mir in meinem Urlaub noch langweilig wird. Im Vergleich mit dem Rosenhof ist das hier ein Kinderspiel.«

Matt blickte fragend von einem zum anderen.

»Wenn du mit anpackst, wäre das fantastisch.« Louisa freute sich auf das Projekt. Es würde sie von allen Sorgen wegen der drohenden Schulschließung ablenken, und abends würde sie so erschöpft ins Bett fallen, dass die Grübeleien verschwunden wären.

»Wenn niemand kommt, um das Haus zügig winterfest zu machen, erledigen wir es eben selbst, wie beim Rosenhof. Ich bin dabei«, sagte Louisa.

»Ich auch.« Clara nahm Matts Hand und drückte sie. »Dann fragen wir noch Lena, die Mechatronikerin von der Tankstelle. Ich kenne sie: Nach Feierabend packt sie bestimmt mit an. Mit Glück kann zusätzlich Hannes hin und wieder helfen, der angehende Priester, den hast du bestimmt schon kennengelernt.«

»Beim Rosenhof hatten wir nicht so eine gute Vorarbeit durch Handwerker«, sagte Manuel mit einem Augenzwinkern. »Die Leitungen sind ja bereits alle erneuert. Auch die Dachbalken sind schon ausgebessert.«

»Dann kommen die Herbstferien ja wie gerufen«, überlegte Louisa.

»Das kann ich nicht annehmen.« Matt trat einen Schritt zurück. »Dieses ganze Hausprojekt ist von Anfang an zum Scheitern verurteilt gewesen. Falls wir es doch probieren zu retten, möchte ich euch aber bezahlen, das ist das Mindeste.«

»Lass das mal mit der Bezahlung«, sagte Louisa. »Hier im Dorf helfen wir einander. Du wirst noch genug Gelegenheiten haben, dich zu revanchieren.«

»Das kann ich nicht annehmen«, wiederholte Matt.

»Wenn du hier wohnen bleiben willst, musst du es lernen. Es geht nicht darum, alles eins zu eins zurückzuzahlen, sondern darum, den anderen zu zeigen, dass du sie und ihre Hilfe wertschätzt. Dass du dasselbe im Gegenzug auch für sie tun würdest. Dass du eben nicht der Anwalt aus der Stadt bist, sondern hier im Dorf einfach nur Matt.«

Er nickte. »Ich verstehe«, sagte er.

Louisa ahnte, dass genau das der Punkt war, der ihm schwerfallen würde, denn es war viel leichter, die anderen für ihre Arbeit zu bezahlen und selbst unabhängig zu bleiben, als sich in ein Beziehungsgeflecht zu verwickeln, das die Dorfbewohner einerseits auffing, aber einem manchmal auch die Luft zum Atmen nehmen konnte.

12.

Am nächsten Tag strahlte die Sonne bereits früh am Morgen vom Himmel, als wäre das Unwetter vom vergangenen Tag nur ein Spuk gewesen, als wollte der Sommer mit all seiner verbliebenen Kraft zeigen, dass er dem Herbst nicht weichen wollte – noch nicht. Nur der getrocknete Matsch auf den Straßen, die platt auf den Weiden liegenden Gräser, die provisorisch festgeklebten Laminatstücke auf Matts Haus und die Tatsache, dass nirgendwo mehr Terrassenmöbel draußen standen, zeugten vom Chaos des Vortages.

Lena hatte direkt zugesagt, an ihren freien Tagen und nach Feierabend bei der Renovierung des Müllershofs zu helfen. Auch sie sprach noch immer mit Stolz von den Arbeiten am Rosenhof, wie aus dem maroden Gebäude wieder ein richtiges Schmuckstück geworden war.

So trafen sich Louisa, Clara und Lena um kurz nach zehn vor Matts Haus, der sie bereits bei geöffneter Tür erwartete. Trotz seines Urlaubs hatte Manuel einem Kollegen kurzfristig zugesagt, eine Schicht im Krankenhaus für ihn zu übernehmen, so war er an diesem Tag nicht dabei.

»Die Kids sind am Vormittag bei meinen Schwiegereltern, sie wollten zusammen auf den Rummelplatz gehen«, sagte Matt. »Sie sind so was von durchgedreht! Nach der Aufregung wegen des Unwetters war an Schlaf nicht zu denken, sie haben die Nacht zum Tag gemacht. Aber wie auch immer: Fangen wir an und schauen, wie weit wir kommen.«

Er trug eine alte Jeans, die mit Flusen von der Dachisolierung bedeckt war, dazu ein ausgewaschenes T-Shirt und Turnschuhe mit einer übermäßig dick gefederten Sohle, die vor Jahren mal modern gewesen waren.

»Ist es okay, wenn ich Lena erst mal herumführe, damit sie auch sieht, was alles auf uns zukommt?«, fragte Clara, und Matt stimmte zu.

Mit Louisa blieb er im Wohnzimmer stehen und lauschte wie sie auf die Stimmen der beiden Frauen, die sich durch die oberen Etagen bewegten, doch nichts war zu hören. Anscheinend gingen Lena und Clara schweigend durch die Räume, nur hin und wieder knarrte eine Holzdiele. Dann kehrten die beiden zurück ins Erdgeschoss und wechselten einen Blick. Louisa kannte Lena gut genug, um an deren Gesichtsausdruck ein Erschrecken abzulesen. Lena hatte wohl nicht damit gerechnet, dass es trotz der seit Wochen arbeitenden Handwerker noch so viel zu tun gab. Sie versuchte zwar, sich nichts anmerken zu lassen, doch auch Matt schien nicht zu entgehen, dass Lenas Gesichtsfarbe blasser geworden und sie ungewöhnlich still war.

»Ich weiß, das Chaos kann einen erst einmal erschlagen«, sagte Matt. »Es reicht, wenn ich Hilfe beim Dach bekomme, wenn das Leck beseitigt wird und die Stücke vom alten Bodenbelag wegkommen. Die anderen Räume sind nicht so wichtig.«

»Okay.« Lena wandte sich Matt zu.

Erst jetzt erkannte Louisa das Feuchtigkeitsmessgerät, das Lena von einer Hand in die andere gleiten ließ. Lena schaltete das Gerät aus und steckte es in ihre Hosentasche. »Die Dachpfannen sind das geringste Problem, die sind schnell ersetzt.«

»Wir haben auch noch welche übrig vom Rosenhof, sie sind in der hinteren Ecke der Scheune«, ergänzte Clara.

Lena presste die Lippen aufeinander, dann sprach sie weiter: »Die Frage ist, was sich unter den Dachpfannen befindet, und das sieht nicht so gut aus.« Sie seufzte. »Beim Rosenhof war es ähnlich, dieselben Probleme mit dem alten Dach. Vor dem Winter ist noch viel zu tun, aber es ist machbar. Besonders die Dachisolierung muss erneuert werden, wir müssen alles rausreißen. Punktuelle Ausbesserungen helfen nicht. Das Dämmmaterial hat sich mit Wasser vollgesogen, allerdings nicht erst gestern, sondern die Feuchtigkeit ist schon seit Monaten oder sogar Jahren eingesickert. Dann das obere Bad ...«

»Es ist gerade neu gefliest worden, die Badewanne ist neu, die Dusche ist neu«, sagte Matt. »Vor einer Woche ist es fertig geworden.«

Clara zuckte mit den Schultern. »Das Hauptproblem war die Fehleinschätzung zum Zustand des Daches. Die Arbeiten wurden in der falschen Reihenfolge ausgeführt. Was hilft ein neues Bad, wenn der Putz unter den Fliesen durch die Lecks im Dach nass geworden ist? Durch den Versorgungsschacht ist die Nässe bis in den ersten Stock gelangt. Die Fliesen im Bad müssen runter, zumindest an der Außenwand. Der Schaden an den anderen Wänden lässt sich jetzt noch nicht abschätzen.«

»Vorher sollte ich einen Bausachverständigen hinzuziehen.« Unruhig ging Matt auf und ab.

»Ein Bausachverständiger wird auch nichts anderes sagen können, die Feuchtigkeitsmesswerte lassen sich nicht wegdiskutieren. Und wenn du an eine Schadensersatzklage wegen der Beratung zum Dach denkst ... meine persönliche Meinung: lass es. Es bringt nichts.« Lena schüttelte den Kopf. »Ich reiße mich nicht darum, hier eine Großbaustelle zu eröffnen, im Gegenteil. Aber das Problem ist: Wenn wir nicht zügig anfangen, dann breitet sich schneller Schimmel aus, als wir dagegen ankommen. Es ist mehr Arbeit als gedacht. Trotzdem: Das Angebot steht. Ihr könnt auf meine Hilfe zählen«, versprach Lena.

»Wir kriegen das zusammen hin«, bestätigte Clara. »Beim Rosenhof haben wir es auch geschafft. Allerdings müssen wir bald anfangen, sonst ist es vor dem Wintereinbruch nicht zu schaffen.«

Matt schloss kurz die Augen, dann öffnete er sie wieder. »Ich muss es mir erst durch den Kopf gehen lassen. So schnell kann ich keine Entscheidung treffen. Ich weiß, ihr seid jetzt alle da, aber gebt mir Zeit, das alles noch einmal zu durchdenken«, sagte Matt. Bewegungslos blieb er stehen, während Clara und Lena sich verabschiedeten.

Louisa blickte den beiden hinterher. Sie hatte sich den Vormittag anders vorgestellt, gehofft, dass sie schon richtig mit der Arbeit starten könnten. Stattdessen zögerte Matt nun. Er setzte sich auf sein Sofa und starrte nach draußen, als würde er sie gar nicht mehr wahrnehmen. Kurz überlegte Louisa, zu gehen und ihn allein zu lassen, dann nahm sie ihm gegenüber Platz und folgte seiner Blickrichtung. Auf der Terrasse hüpften Spatzen herum, badeten in den Pfützen der zerklüfteten Wiese.

»Das darf doch alles nicht wahr sein!« Matt lehnte sich zurück und blickte Louisa an. »Am liebsten würde ich den Kauf rückabwickeln und zusätzlich Schadensersatz verlangen.« Er stand auf und ging im Wohnzimmer auf und ab. »Nur funktioniert das nicht. Das Stadthaus ist bereits verkauft.«

Matt nickte Louisa zu, damit sie ihm folgte. Er öffnete die Terrassentür, ging voran in den Garten, wo sich das Gras in der Wärme langsam wieder aufrichtete. Louisa schwitzte bald in ihrer dicken Hose und der Strickjacke, die sie nun auszog und sich um die Hüfte band. Keine einzige Wolke war am Himmel.

»Was würdest du an meiner Stelle tun?«, fragte Matt.

Louisa brauchte nicht lange zu überlegen. »Clara anrufen und ihr das Okay geben. Wenn du mit anpackst, sind wir sechs Erwachsene. Zwar arbeiten wir in wechselnden Besetzungen, aber selbst wenn wir nur am Wochenende arbeiten und den Freitag dazunehmen, werden wir es schaffen.« Louisa hoffte, dass sie nicht zu viel versprach, doch auch bei der Renovierung des Rosenhofs hatte Clara die anstehenden Arbeiten realistisch eingeschätzt. »Du kannst dich auf Clara verlassen. Sie wird alles in die Hand nehmen.«

Ein Knall aus der Küche, der sich anhörte, als wäre ein Schuss abgefeuert worden, ließ Louisa zusammenzucken. Gleichzeitig sprinteten Louisa und Matt los. Louisa erreichte zuerst die Küche. Matt drückte den Lichtschalter. Nichts passierte. »Und gerade jetzt kommen die Kinder zurück!« Er schüttelte den Kopf und ging zur Haustür.

Louisa blieb in der Küche stehen, während die Kinder aus dem Wagen der Schwiegereltern stiegen und ins Haus stürmten.

»Wettlauf«, rief Justus. Wegen seiner längeren Beine konnte er zwei Stufen gleichzeitig nehmen und erreichte sein Zimmer deutlich vor Amanda, die sich daraufhin beschwerte, wie ungerecht der Wettkampf gewesen und dass Justus zu früh gestartet sei. Der laute Streit der aufgedrehten Kinder schallte durchs Haus.

Matt sprach kurz mit seinen Schwiegereltern und verabschiedete sie wieder, ohne dass die beiden hereinkamen. Er winkte ihnen nach, dann kehrte er in die Küche zurück. Von oben waren die Stimmen der Kinder zu hören, die nun ruhiger waren und hin und wieder von einem leisen Klappern unterbrochen wurden. Anscheinend begannen sie zu spielen.

Noch einmal versuchte Matt vergeblich, das Licht anzuschalten. »Die Feuchtigkeit im Revisionsschacht«, sagte er. »Jetzt hat es zusätzlich die Stromleitungen erwischt! Ich rufe den Elektriker an, der erst letzte Woche da gewesen ist, er kennt sich mit den Leitungen aus.«

Er nahm sein Handy und ging ins Wohnzimmer.

Währenddessen öffnete Louisa die Tür zum Keller. Sie brauchte nicht lange zu suchen, hatten doch alle alten Höfe einen ähnlichen Grundriss.

Der Sicherungskasten befand sich im Waschkeller und sah aus wie der im Rosenhof, bevor Clara die Elektrik erneuert hatte. Jetzt konnten sie zu Hause, wenn es zu einem Kurzschluss kam, einfach den entsprechenden Schalter wieder nach oben drücken. Aber hier ... Sie hatte drei Reihen mit alten, weißen Keramiksicherungen zum Herausdrehen vor sich, die nicht beschriftet waren. Überall befand sich Staub, das ehemalige Weiß schimmerte in gelblichem Beige.

Langsam drehte Louisa eine der Sicherungen heraus und betrachtete sie. Es waren noch andere Modelle als die, die früher im Rosenhof Verwendung gefunden hatten. Louisa tastete auf dem Kasten, ob sich darauf Ersatzsicherungen befanden, aber sie entdeckte nichts als weiteren Staub. So würde es auch nicht helfen, wenn sie herausfand, welche Sicherung durchgeschmort war, weil sie keine Möglichkeit hatte, die defekte zu ersetzen.

Als sie ins Wohnzimmer trat, legte Matt sein Handy beiseite. Die Kinder liefen aufgedreht um den Tisch herum, in der Hoffnung, so die Aufmerksamkeit ihres Vaters zu bekommen.

»Nichts«, sagte er. »Keine Chance, jetzt auf die Schnelle jemanden aufzutreiben.«

»Wie gesagt: Ruf Clara an.«

»Das alles Clara zu überlassen ... Es geht nicht darum, dass ich ihr das nicht zutraue, im Gegenteil. Sie würde auch kommen, wie ich sie kennengelernt habe. Aber ich kann ihre Hilfe doch nicht einfach annehmen!«

»Sicher kannst du das.« Louisa setzte sich. Bei der Unruhe der Kinder fiel es ihr schwer, sich auf Matts Worte zu konzentrieren. Im Unterricht hätte sie bei einer solchen Diskussion längst für Ruhe gesorgt, doch nun wollte sie Matt nicht vorgreifen. Er war der Vater, sie nur Besucherin.

»Wie soll ich mich denn jemals revanchieren?«, fragte er.

»Du könntest ihr zum Beispiel etwas zum Essen anbieten.«

Louisa zwinkerte ihm zu. »Oder Manuel und Clara abends auf ein Glas Wein einladen.«

Noch immer zögerte Matt.

Die Kinder rannten nun so unkoordiniert herum, dass Louisa jeden Moment damit rechnete, dass entweder Justus oder Amanda stolperten, etwas umwarfen oder ein anderes Unglück passierte. Sie waren ohne Zweifel völlig übermüdet. Fast rutschte Amanda aus, doch sie hielt sich an Louisas Arm fest. Louisa spürte eine von Zucker klebrige kleine Hand, entdeckte Reste von Zuckerwatte in Amandas Haar.

»Wie wäre es, wenn wir zusammen hochgehen und ich euch eine Geschichte vorlese?«, fragte Louisa. »Dann kann sich euer Papa um das Licht in der Küche kümmern.« Für einen Mittagsschlaf war Justus schon zu alt, aber Louisa hoffte, dass beide auf diese Weise zumindest zur Ruhe kämen.

Sie hatte mit Protest gerechnet, doch die Kinder folgten ihr die Treppe hoch. In Justus' Zimmer war aus einer alten Zeltplane mit vielen Kissen auf dem Boden eine Kuschelhöhle errichtet worden. Die Möbel waren zwar aufgebaut, doch das Spielzeug befand sich noch in Kisten, an der Wand gestapelt. So öffnete Louisa Justus' Schulranzen, nahm das Lesebuch heraus und setzte sich in die Höhle unter der Plane. Sofort kamen die Kinder zu ihr gelaufen und hockten sich dicht an sie, sodass sie von beiden Seiten die vom Toben erhitzten Körper spürte.

Von unten drang leise Matts Stimme herauf. Er telefonierte. Louisa schlug die Fibel auf und begann zu lesen, einen Auszug aus *Karlsson vom Dach*. Noch bevor sie drei Seiten gelesen hatte, waren Justus und Amanda eingeschlafen.

Vorsichtig legte Louisa Justus beiseite, dessen Oberkörper auf ihre Beine gesunken waren, schob ihm ein Kissen unter den Kopf, dann hob sie Amanda hoch und trug die Kleine in ihr Bett. Kurz befürchtete sie, Amanda würde aufwachen, doch nach einem

Seufzen, bei dem sie für ein paar Sekunden die Augen aufschlug, nickte sie direkt wieder ein. Nachdem sie Justus zugedeckt hatte, ging sie wieder hinunter ins Wohnzimmer.

»Clara kommt«, sagte Matt, als sie hereinkam. »Sie hat sogar noch einige alte Sicherungen vorrätig! Das ist mehr als fantastisch. Danke, dass du dich um meine Chaoskids gekümmert hast, damit ich in Ruhe telefonieren konnte.« Er hielt inne. »Du siehst müde aus. Ich könnte uns etwas als verspätetes Mittagessen kochen, wenn der Strom in der Küche denn wieder funktioniert. Wie wäre das? Obwohl ...« Er trat näher an die Treppe. Nun hörte Louisa ein leises »Papa«-Rufen von Amanda.

»Jetzt stehen sie gleich wieder auf der Matte. Vielleicht schläft Amanda noch mal ein, aber länger als eine halbe Stunde hält die Ruhe nicht mehr an. Bleiben wir bei unserem Plan: morgen Vormittag um neun?«

Um Viertel vor neun am nächsten Vormittag sah Louisa auf die Uhr. Sie war überpünktlich. Die anfängliche Müdigkeit war verschwunden. Inzwischen freute sie sich auf die anstehenden Arbeitstage in Matts Haus, was nicht nur daran lag, dass sie sich in seiner Gegenwart wohlfühlte. Auch würde die körperliche Arbeit sie von ihren Gedanken an die drohende Schulschließung ablenken.

»Wir können los«, sagte Louisa. Sie betrachtete sich im Garderobenspiegel, ihre Beine in der weiten, alten Wanderhose mit den Stretcheinsätzen an den Knien. Die unteren Abschlüsse der Hosenbeine waren ausgefranst, am Knie hatte sie den Stoff bereits geflickt. Mit den Händen strich sie das alte Hemd gerade, das Clara ihr gegeben hatte.

Ein Telefonklingeln ließ sie innehalten. Der schrille Klingelton des Festnetzes war für sie inzwischen ungewohnt. Früher, zu Lebzeiten ihrer Großeltern, waren alle Gespräche über diesen Apparat gelaufen. Nun wählte fast jeder, der sie oder Clara anrief, eine der Handynummern.

»Ich gehe kurz ran«, sagte Louisa.

Clara stürmte die Treppe hinunter und hielt Louisa am Arm fest, bevor die das Mobilteil in die Hand nehmen konnte.

»Nein, warte!« Clara atmete stoßweise. »Ich muss erst sehen, wer anruft.« Sie nahm den Apparat, blickte auf das Display und schüttelte den Kopf. »Dachte ich es mir doch.« Clara zog den Stecker des Routers. »Damit ist das Problem gelöst.«

»Was machst du da?« Louisa begriff gar nichts mehr.

»Ich will nicht, dass Jennifer auch noch auf diesen Anrufbeantworter spricht.«

»Du nimmst Jennifers Anrufe nicht an?«

»Sie fragt nach der Zusage vom Bankkredit.«

»Na und? Du kannst ihr doch sagen, dass du keine Antwort erhalten hast. Dass du auch noch nicht geklärt hast, wie der Zukauf von Rosenblüten oder Rosenwasser wegen der vom Unwetter zerstörten Ernte funktionieren soll.«

Clara zog einen Stuhl unter dem Esstisch hervor und setzte sich. Sie atmete geräuschvoll ein, hielt die Luft an und stieß sie dann mit einem Zischen wieder aus.

»Vorgestern kam die Kreditzusage mit der Post. Und keine Sorge, der Rosenhof gilt nicht als Sicherheit, nicht, dass du wieder damit anfängst.« Clara massierte sich die Stirn. »Aber jetzt, wo alles in trockenen Tüchern ist, habe ich mit einem Mal ein ungutes Gefühl. Ohne Grund. Ich habe es Jennifer noch nicht gesagt und weiß gar nicht, wie ich es erklären kann. Ich verstehe ja selbst nicht, warum ich mich nicht freue. Alles klappt wie geplant. Und ich? Ich kriege Magenschmerzen, wenn ich nur an den Kredit denke.«

»Es ist einfach eine Menge Geld, die du in das Projekt stecken willst. Wenn du darüber reden willst – ich bin da.«

Clara sah auf die Uhr. »Ist schon gut. Wir sollten los.« Sie ging in den Flur und zog ihre Turnschuhe an. »Wenigstens kann ich mich gleich durch die Arbeit bei Matt von der Sache ablenken. Hier auf dem Rosenhof kriege ich es ja nicht aus dem Kopf.« Sie kehrte ins Esszimmer zurück und steckte das Stromkabel des Routers wieder ein. Ihr Handy legte sie auf den Esstisch. »Das bleibt auch hier. Dann bin ich einfach nicht erreichbar.« Sie wandte sich zur Haustür. »Lass uns aufbrechen.«

Louisa fiel es schwer, schweigend neben Clara den Berg hinab zum Dorf zu laufen. Alles in ihr drängte danach, Clara zu warnen, ihr zuzureden, die eigenen Zweifel ernst zu nehmen und sich noch einmal zu überlegen, ob sie wirklich ein solches Risiko eingehen wollte. Doch sie wusste, dass sie damit nur eine Protesthandlung provozieren würde. Clara hasste es, wenn sich Louisa ungefragt einmischte und ihre Meinung kundtat. »Ratschläge sind in erster Linie meistens Schläge«, hatte sie oft genug gesagt. Auch wollte sie nicht wieder in die alte Rollenverteilung rutschen. Sie, Louisa, die Vernünftige, Nachdenkliche, Sorgende. Clara, die wagemutige Draufgängerin.

Was auch geschehen würde, sagte sich Louisa, sie würde Clara diese Entscheidung allein treffen lassen, ohne ihr hineinzureden.

Auch in den folgenden Tagen zwang sich Louisa, das Thema Jennifer und Kredit nicht anzusprechen. Das fiel ihr zunehmend schwer, weil sie merkte, wie sehr ihre Schwester mit sich rang, wenn sie mitten in der Nacht Claras Schritte auf der Treppe hörte, wenn Clara in die Küche hinunterging und die Kühlschranktür öffnete. Sobald Clara den Rosenhof betrat, zog sie die Schultern hoch, als wollte sie ihren Hals vor einem Angriff schützen. Ihr Handy nahm sie inzwischen nie mehr mit, sondern ließ es auf dem Esstisch liegen.

Louisa arbeitete gemeinsam mit ihrer Schwester und abwechselnd mit Manuel, Hannes und Lena – je nachdem, wer gerade Zeit hatte – an Matts Haus. Was beim Rosenhof noch mehrere Tage gedauert hatte, war nun innerhalb weniger Stunden erledigt. Die Renovierungserfahrung zahlte sich aus. Sie benötigten nur einen Tag, um den feuchten Putz im Dachgeschoss zu entfernen. Die Erneuerung des Dämmmaterials vom Dach schafften sie auch innerhalb eines Tages, während Clara für diese Arbeit vor einem Jahr eine Woche veranschlagt hatte.

Schon nach einer Woche waren alle Feuchtigkeitsschäden behoben, Elektrik und Heizung funktionierten einwandfrei, und das Haus war abgedichtet. Damit konnte der Winter kommen.

Louisa bewunderte an jedem Tag, wie viel Geschick nicht nur Clara, sondern auch Lena, Hannes und Manuel bereits entwickelt hatten. Für sie selbst und für Matt waren all die Arbeiten neu, und sie mussten immer wieder um Hilfe bitten. So resignierte Louisa am Ende des zweiten Tages, weil sie das Gefühl hatte, keine Unterstützung für Clara zu sein, sondern nur ein Klotz am Bein, so ungeschickt stellte sie sich im Vergleich zu ihrer Schwester an. Auch fehlte ihr die körperliche Kraft, über die Lena und Clara als Handwerkerinnen verfügten. So war Louisa ab dem dritten Arbeitstag dafür zuständig, regelmäßig im Baumarkt für Materialnachschub zu sorgen, die Kinder zu beschäftigen, aufzupassen, dass sie niemandem zwischen den Füßen herumliefen, und die Anrufe zu erledigen. Sie kümmerte sich um den Containerdienst und fuhr mit den Kindern gemeinsam mehrfach zum Wertstoff- und Reststoffhof. Auch sorgte sie dafür, dass genügend Lebensmittel im Haus waren. Währenddessen beobachtete sie immer wieder ihre Schwester und dachte am Morgen eines jeden

Tages: *Jetzt trifft Clara eine Entscheidung wegen des Kredits.* Doch Clara erwähnte den Kredit Louisa gegenüber nicht mehr, der Brief der Bank lag weiterhin unbearbeitet auf dem Wohnzimmertisch.

Louisa merkte, wie sehr Clara die Angelegenheit beschäftigte, wenn der Blick ihrer Schwester während der Arbeit am Müllershof aus dem Fenster in die Ferne schweifte und sie innehielt. Wenn Louisa sie beobachtete, war es, als betrachtete man einen Film, bei dem immer wieder in unregelmäßigen Abständen die Pausetaste gedrückt wurde. So sehr hatte sie gehofft, dass Manuel Clara beiseitenahm und ihr ins Gewissen redete, immerhin waren die beiden verheiratet. Doch Manuel hielt sich zurück und versicherte Clara immer wieder, er würde sie auf ihrem Weg unterstützen, unabhängig davon, wie sie sich entschied.

Am Sonntagabend der zweiten Arbeitswoche beendeten sie die Arbeit am Müllershof bereits vor Einbruch der Dunkelheit. An diesem Tag, dem letzten vor dem Ende der Herbstferien, hatten sie noch einmal viel geschafft. Nun waren auch die Bodenbeläge im ersten Stock erneuert. Die Kleidung von Louisa, Clara, Matt, Lena, Hannes und Manuel war verstaubt, ihre Haare klebten verschwitzt an den Köpfen. Nicht nur Louisa klagte über Muskelkater. Ihre Glieder fühlten sich an, als bestünden sie aus einer zähen, klebrigen Masse, die sich kaum noch bewegen ließ. Sie wunderte sich, wie Clara und Lena die Arbeit während der zwei Wochen durchgehalten hatten, waren die beiden doch niemals weggefahren, um Einkäufe zu erledigen, hatten sich nie eine Auszeit genommen oder mit den Kindern gespielt. Clara und Lena hatten härter gearbeitet als die Männer.

Nach und nach verabschiedete Matt erst Clara und Manuel,

anschließend Lena und Hannes. Louisa blieb im Wohnzimmer stehen.

»Ich kann für dich die Kinder ins Bett bringen«, bot Louisa an, »wenn ich vorher deine Dusche benutzen kann.«

Justus und Amanda antworteten vor Matt, sprangen begeistert um sie herum und rannten die Treppe hoch, um kurz darauf unterschiedliche Bücher zu bringen, aus denen Louisa ihnen vorlesen sollte.

»Das hier«, rief Amanda.

»Du hast das letzte ausgesucht, jetzt bin ich dran«, sagte Justus und schob sich zwischen Amanda und Louisa. »Guck mal, das habe ich von Opa mitgebracht.«

»Erst muss ich duschen.« Vergeblich versuchte Louisa, den Übermut der beiden zu zügeln und sie dazu zu bringen, ihre Hände loszulassen.

»Jetzt ist aber Schluss«, beendete Matt die Aufregung der Kinder. »Vor dem Lesen putzt ihr euch in der Küche die Zähne. Dann kann Louisa in Ruhe im Bad duschen. Frische Badetücher sind in dem Schränkchen neben der Dusche.« Er blickte von Amanda zu Justus. »Los, rauf mit euch, holt eure Zahnbürsten! Die Bücher können hier unten auf dem Tisch bleiben.«

Mit einem Maulen wandte sich erst Amanda, dann Justus zur Treppe. Louisa wartete, bis sie mit ihren Zahnbürsten wieder herunterkamen. Sie nickte Matt zu und ging ins Bad.

Wenige Minuten später genoss sie es, wie das warme Wasser über ihren Nacken und Rücken prasselte und die angespannten Muskeln massierte. Das tat so gut! Nichts tun müssen. Nichts denken. Nur das angenehme Duschwasser und ihr Körper, dessen Haut sich unter der heißen Dusche langsam rötete. Erst als das Bad in feuchten Dunst gehüllt war und die Spiegel und Fliesen beschlagen waren, stellte Louisa das Wasser ab. Sie trocknete sich ab, wischte den Spiegel mit dem feuchten Handtuch ab und betrachtete sich. Sie war dünner und zugleich kräftiger geworden, was nicht allein an der Arbeit an Matts Haus lag. In der Schule war sie den gesamten Vormittag auf den Beinen, manchmal reichte die Zeit kaum zum Frühstücken, an anderen Tagen fiel das Abendessen aus. Muße, um abends mit Knabbereien am Computer oder wie früher mit ihren Großeltern vor dem Fernseher zu sitzen, hatte sie nun nicht mehr. Doch sie vermisste die Ruhe nicht, im Gegenteil. Nie hatte sie sich lebendiger gefühlt.

Matts Stimme aus dem Nebenraum ließ sie aufmerken. Erst dachte sie, er hätte Besuch bekommen, dann wurde ihr klar, dass er telefonierte. Mit den Fingerspitzen hob sie ihre Jeans und das T-Shirt vom Boden hoch. Die Kleidungsstücke waren so schmutzig und rochen so stark nach Schweiß, dass sie sie nach dem Abtrocknen unmöglich wieder anziehen konnte. So legte sie sie grob zusammen und über die Duschwanne, dann nahm sie eins der großen Saunatücher aus dem Schrank und wickelte sich darin ein.

Sie entriegelte die Tür und öffnete sie langsam. Das Tollen der Kinder war nun aus dem Kinderzimmer zu hören. Die Arbeitstage im Haus ließen die beiden jedes Mal aufgedreht und übermütig werden. Es klang, als würden die Geschwister auf ihren Betten Trampolin springen.

Aus dem Schlafzimmer nebenan drangen durch die geschlossene Tür noch immer Gesprächsfetzen. Dann wurde es still.

»Du weißt, dass ich alles – okay, fast alles – für dich tun würde, Matt«, klang es mit einem Rauschen unterlegt aus dem Lautsprecher des Handys. Louisa wandte sich ab, doch sie konnte es nicht vermeiden, einen Teil des folgenden Gesprächs mitzuhören, weil der Teilnehmer am anderen Ende der Leitung lauter wurde. »Warum setzt du dich so dafür ein? So eine Dorfschule, das ist einfach kein überregionales Thema.«

»Das finde ich nicht«, sagte Matt. »Eine Zwergschule ist schon für sich betrachtet etwas Außergewöhnliches. Viele Menschen wissen bestimmt gar nicht, dass so etwas überhaupt noch in Deutschland existiert. Dazu gibt es die Märchenvorstellung als Aufhänger. Komm zu der Theateraufführung. Schreib den Artikel. Tu es für mich. Ich habe noch etwas bei dir gut, wenn du dich daran erinnerst.«

Louisa kam sich vor, als würde sie an einem Unfall auf der Landstraße vorbeifahren. Sie wollte wegsehen. Nicht langsamer fahren. Stattdessen wanderte ihr Blick automatisch zur Unfallstelle. Nun stand sie im Flur und sagte sich: *Geh ins Kinderzimmer. Lies den beiden ein Buch vor.* Und blieb doch stehen.

»Es hilft nichts, wenn ich den Artikel schreibe.« Die Stimme aus dem Telefon wurde von einem Knacken unterbrochen, dennoch war sie gut zu verstehen. »Wenn du es unbedingt willst, dann tue ich es. Für dich und nur für dich. Aber das heißt noch längst nicht, dass er gedruckt wird. Genau da liegt die Krux. Ich kenne die neue Chefredakteurin gut genug, um zu wissen: Mit diesem Thema habe ich bei ihr keine ...«

Louisa merkte, wie die Zugluft von unten durch den Flur bis ins Obergeschoss wehte. Ihre Füße waren von der kurzen Zeit, in der sie dort gestanden hatte, bereits eiskalt geworden. Auf ihren Beinen und Armen hatte sich eine Gänsehaut gebildet. So wandte sie sich ab und ging – noch immer in das Saunatuch gehüllt – in Amandas Zimmer, in dem sich beide Kinder aufhielten.

»Frederick«, sagte Amanda und reichte Louisa ein Bilderbuch.

Louisa wartete auf Justus' Protest, doch er nahm neben Amanda in ihrer Kuschelhöhle Platz. Seine Augen waren gerötet, immer wieder schlossen sich seine Lider halb. Er war so erschöpft vom Tag, dass es ein Wunder war, dass er sich noch wach halten konnte. Obwohl er der Ältere war, brauchte Amanda deutlich weniger Schlaf als er.

Amanda rannte los, um weitere Kissen von der Couch im Wohnzimmer zu holen, dann stand sie wieder auf, um etwas zu trinken. Währenddessen ging Justus' Atem immer langsamer. Er kuschelte sich in eine Fleecedecke ein und wartete darauf, dass Louisa mit dem Vorlesen begann.

Schon bei der Geschichte von der Maus Frederick schliefen erst Justus, dann Amanda ein. So kam Louisa gar nicht dazu, das Karl-May-Buch zur Hand zu nehmen, auf das Justus gespannt gewesen war.

Leise löschte Louisa das Licht, wickelte sich in eine zusätzliche Decke aus der Kuschelhöhle ein und schlich sich in den Flur. Matt telefonierte noch im Schlafzimmer. Wie eine Viertelstunde zuvor diskutierte er über die Veröffentlichung eines Artikels über die geplante Schulschließung. Diesmal war eine Frauenstimme am anderen Ende der Leitung zu hören.

Matt klang frustrierter als beim vorherigen Anruf. Louisa verharrte ein paar Sekunden im Flur, überlegte, was sie nun tun sollte, dann kehrte sie ins Badezimmer zurück und zog sich ihre schmutzige Kleidung wieder an, die nun vom Restwasser aus der Duschwanne auch noch feucht geworden war. Der Geruch der Kleidung war so intensiv, dass sie sich vor sich selbst ekelte. Anschließend ging sie treppab, um Matt einen Zettel mit einem Abschiedsgruß zu hinterlassen.

Gerade als sie einen Stift und einen alten Briefumschlag gefunden hatte, öffnete sich oben die Schlafzimmertür. Matt kam die Treppe herunter. Er wirkte erschöpft. Noch immer klebte der Staub an seinen Haaren. Wo er sich den Schweiß von der Stirn gewischt hatte, hatten sich braune Schlieren auf der Haut gebildet.

»Du gehst schon?«, fragte er.

»Die Kinder schlafen in der Höhle. Du musst sie nur noch in ihre Betten tragen.«

»Wollen wir uns nicht zusammensetzen? Wenigstens kurz? Einen Wein zusammen trinken? Ich kann uns auch Essen bestellen«, sagte er. »Du musst hungrig sein.«

»Guck mich doch an.« Louisa schüttelte den Kopf. »Ich wollte dich um Ersatzkleidung bitten, aber du hast telefoniert, und ich wollte dich nicht stören. Wenn ich mich so aufs Sofa setze, musst du hinterher stundenlang die Polster putzen.«

Er wollte ihre Hand nehmen, doch sie zog sie zurück. Vom Anziehen der verschmutzten Kleidung waren ihre Hände nun wieder klebrig, was ihr unangenehm war.

»Was ist denn los? Bist du verärgert? Habe ich etwas falsch gemacht?«, fragte er.

»Nein. Das ist es nicht. Ich konnte es nicht verhindern, dein Telefonat teilweise mitzuhören. Ich weiß es zu schätzen, dass du …« Sie schwieg. Sie war so erschöpft vom Arbeitstag, dass es ihr noch schwerer fiel, ihre Enttäuschung zu verbergen.

»Ich wollte meine Pressekontakte aktivieren«, sagte er. »Wegen der Schule. Es hat leider bisher nicht geklappt, dabei kenne ich Journalisten bei vielen großen Tageszeitungen. Selbst mein bester Freund hat abgewunken.«

»Trotzdem danke, dass du es probiert hast.«

»Aufgeben tue ich noch lange nicht. Dass ich bisher nichts erreicht habe, bedeutet nichts. Das wird schon.« Er nahm sie in den Arm.

Zuerst wollte sie einen Schritt zurücktreten, dachte noch einmal kurz an ihre klebrigen Hände und all den Schmutz in ihrer Kleidung, doch dann blieb sie stehen und schob diese Gedanken beiseite. Seine Berührung war so angenehm, seine Hände auf ihrem Rücken. Einfach von ihm gehalten zu werden … Sie hatte gar nicht gewusst, wie sehr sie all das vermisst hatte: Nähe. Gehaltenwerden. Einen warmen Atem auf ihrer Stirn zu fühlen.

»Hey.« Er berührte sie am Kinn, sodass sie ihn ansah. »Ich lasse nicht locker, und es wird sich eine Lösung finden. Bestimmt!«

13.

Am ersten Montag nach den Herbstferien fiel es Louisa besonders schwer, aufzustehen. Auch nach der Dusche kam es ihr vor, als wäre es mitten in der Nacht. Die arbeitsreichen Ferien waren alles andere als eine Erholung gewesen.

Als sie herunterkam ins Erdgeschoss, saßen Clara und Manuel bereits am Frühstückstisch. Manuel wirkte lebhaft und ausgeschlafen, was bei ihm aber nicht außergewöhnlich war. Man konnte ihn zu jeder Tages- und Nachtzeit wecken, und er war sofort hellwach, was ihm seinen Beruf sehr erleichterte.

Auch Clara schien nicht ganz wach zu sein. Ihr Gesicht wirkte blass und blutleer. Obwohl sie sich geschminkt hatte, waren unter dem Make-up die dunklen Ringe noch zu erkennen. Erst verschüttete sie Kaffee beim Einschenken in ihre Tasse. Dann schüttelte sie über sich selbst den Kopf. »Jetzt habe ich das Salz vergessen.« Sie stand vom Frühstückstisch auf, lief in die Küche und hielt auf dem Rückweg auf halber Strecke inne. »Die kleinen Löffel ja auch noch.« An der Besteckschublade blieb sie stehen. »Was wollte ich holen?«

Manuel stand auf, legte einen Arm um ihre Schulter und schob sie sanft in Richtung Tisch. »Ich kümmere mich darum«, sagte er, nahm ihr das Salz aus der Hand, holte noch Löffel, Butter, Eierbecher und die gestreifte Kaffeedose, deren Deckel verloren gegangen war und die sie nun beim Essen als Behältnis für die Tischabfälle nutzten.

»Warum legst du dich nicht einfach wieder hin und schläfst

aus?«, fragte Louisa ihre Schwester. »Du hast heute keine Termine. Bei dir ist es doch egal, wann du mit der Arbeit anfängst.«

»Ich kann sowieso nicht mehr einschlafen.« Clara rieb sich über die Augen. »Stundenlang habe ich wach gelegen. Die Verträge.« Clara seufzte. »Jennifer hat Verträge geschickt, ich habe sie noch nicht einmal ordentlich gelesen. Dann die Kreditzusage. Ich weiß gar nicht, wie lange die gilt, wenn ich keinen Banktermin vereinbare.« Sie hob eine Hand, um Louisa daran zu hindern, sie zu unterbrechen. »Ich will keinen Rat. Keinen Kommentar. Das ist mein Ding«, sagte Clara. »Da muss ich allein durch.«

Manuel ging kurz in die Küche, kam zurück und stellte die restlichen Utensilien fürs Frühstück auf den Tisch, dann setzte er sich wieder zu den Schwestern. Er holte tief Luft und sagte schließlich an Clara gerichtet: »So geht es nicht weiter!«

Clara schaute irritiert auf. »Was meinst du? Was ist denn?«

»Du kannst die Entscheidung wegen Jennifer nicht mehr aufschieben, sonst gehst du vor die Hunde. Meinst du, ich merke es nicht, dass sie dauernd versucht, anzurufen? Du kannst das Handy stumm schalten, aber das Display hat in der Nacht wieder einmal fast jede halbe Stunde aufgeleuchtet.«

Clara schüttelte den Kopf. »Wenn das nur so einfach wäre! Ich muss noch nachdenken.«

»Wohin soll das führen?«, fragte Manuel. »Es kommen weder neue Tatsachen hinzu noch neue Erkenntnisse. Es bewegt sich nichts. Seit wie vielen Tagen ist es nun schon so, dass Jennifer drängt und du vor einer Entscheidung wegläufst?«

Clara stand auf. Sie rieb sich über das Gesicht, ging zur Terrassentür und schaute hinaus, obwohl dort außer der üblichen morgendlichen Dunkelheit nichts zu sehen war. Dann kehrte sie an den Tisch zurück.

»Wir haben abgesprochen, dass wir uns nicht in die Arbeit des anderen einmischen«, sagte Clara. »Die Werkstatt und die Süßigkeiten, das sind meine Bereiche. Ich halte ja auch meinen Mund, wenn du wieder Überstunden schiebst, wenn deine Dienstpläne dauernd über den Haufen geworfen werden, weil es neue Krankmeldungen bei deinen Kollegen gibt. Wenn es um ungelöste Konflikte geht, hast du bei dir im Krankenhaus genug Baustellen, um die du dich kümmern kannst.«

Louisa schüttelte den Kopf. Sie wusste, dass es nur ein Ausdruck von Hilflosigkeit war, wenn Clara zum Gegenangriff überging, anstatt zu diskutieren. Gleichzeitig sah sie, wie sehr Manuel getroffen war, was ihr leidtat. Gern hätte sie ihm gesagt, dass er Clara in dieser Situation nicht wirklich ernst nehmen dürfe, doch das hätte nur zu einer weiteren Eskalation zwischen ihr und Clara geführt. Manuel legte die Hälfte seines Marmeladenbrötchens, die er gerade in der Hand hielt, zurück auf den Teller und presste die Lippen aufeinander.

Nie zuvor hatte Louisa Manuel innerlich so aufgebracht erlebt, bewahrte er doch sonst in schwierigen Situationen immer die Ruhe.

Clara hob an, noch etwas zu sagen.

»Stopp«, sagte Louisa, um Clara davon abzuhalten, mit bissigen Kommentaren, die sie im Nachhinein bereuen würde, nachzusetzen. »Manuel macht sich nur Sorgen um dich. Weil er dich liebt. Er kann doch nicht so tun, als würde es ihn nicht betreffen. Wir alle wollen einfach nur, dass es den Menschen, die uns viel bedeuten, gut geht. Wenn es nicht so ist, leiden wir mit. Das können wir gar nicht ändern.«

Clara blickte abwechselnd zu Manuel und zu Louisa. Ihre zusammengezogenen Augenbrauen entspannten sich, die Stirn glättete sich. Mit einem Mal wirkte Clara nur noch erschöpft.

»Mir geht es nicht anders als Manuel«, sagte Louisa. »Meinst du, mir fällt es leicht, mit anzusehen, wie du dich quälst?«

»Dann guck eben weg.« Clara wich ihrem Blick aus. Eine Träne kullerte aus ihrem Augenwinkel.

»Hey, hey!« Manuel rückte seinen Stuhl dichter an Clara heran, nahm ihre Hand und drückte sie, woraufhin Clara in Tränen ausbrach. »Die Situation ist so verzwickt. Ich will Jennifer nicht enttäuschen. Sie hat sich so in die Sache reingehängt. Und es klingt ja auch fantastisch. Trotzdem bin ich blockiert, habe ein schlechtes Gefühl. Wie lange schlage ich mir deswegen jetzt schon die Nächte um die Ohren? Ich weiß einfach nicht, was ich tun soll«, flüsterte Clara. »Ich muss eine Entscheidung treffen und kann es nicht. Anfangs war ich noch überzeugt. Begeistert wie Jennifer. Die Vorstellung von dem Geld, das ich damit machen könnte …«

»Seit wann geht es dir um Geld?«, fragte Manuel. »Hat das bei deinen früheren Entscheidungen je eine Rolle gespielt? Dann hättest du nach dem Abi Elektrotechnik oder Ingenieurwesen studiert und keine Schreinerlehre gemacht.«

Clara zuckte mit den Schultern.

»Lass mich wenigstens die Verträge lesen, anstatt sie wie ein Geheimnis zu behandeln.« Manuel gab ihr eine Serviette, damit sie sich die Tränen abtrocknen konnte. »Ich verstehe nichts vom Geschäftlichen, das stimmt. Trotzdem sehen vier Augen mehr als zwei. Vielleicht erkennt auch Louisa etwas, das du übersehen hast. Es muss doch einen Grund dafür geben, dass du anfangs begeistert warst und deine Stimmung dann gekippt ist. Das Risiko allein kann es nicht sein. Du bist nie einem Risiko ausgewichen.«

»Okay.« Clara schloss kurz die Augen und öffnete sie wieder. Sie stand auf und kam wenig später mit einem Stapel Papiere zurück. »Aber vorsichtig, dass keine Kaffeeflecken draufkommen.«

Manuel begann, den Vertrag zu lesen. Jedes Mal, wenn er mit einer Seite fertig war, gab er sie an Louisa weiter, die ihrerseits versuchte, den englischen Text zu verstehen. Unzählige Male musste sie ihr Smartphone hervorholen, um sich einzelne Wörter übersetzen zu lassen.

Als sie alles gelesen hatte, legte Louisa die Seiten wieder in der richtigen Reihenfolge auf den Tisch.

»Und?«, fragte Clara.

Louisa fiel es schwer, sich eine Meinung zu bilden. Der Text war so kompliziert formuliert, enthielt zu jeder Formulierung mehrere Relativierungen und Ergänzungen, sodass es ihr unmöglich war, herauszufinden, wie die Bedingungen genau sein sollten. Nie hatte Louisa Probleme damit gehabt, Vertragstexte zu verstehen, aber dieser hier war anders aufgebaut als alle Vereinbarungen, die sie in ihrem Leben gelesen hatte, was nicht nur daran lag, dass er in Englisch vor ihr lag.

»Soweit ich es verstanden habe ...«, sagte Manuel und stockte. Er nahm sich noch einmal den Vertrag zur Hand und blätterte ihn durch. »Du trägst das finanzielle Risiko allein. Sehe ich das richtig? Genau, hier steht, dass du den Webmaster zahlst. Auch mit der Produktion musst du in Vorleistung gehen. Erst wird die Ware geliefert, deinen Anteil bekommst du, wenn es verkauft ist.« Manuel sah zwischen den verschiedenen Seiten hin und her. »Allerdings bin ich mir hierbei nicht sicher, das ist für mich unklar formuliert.« Er zuckte mit den Schultern. »Demnach müsstest du nach deiner Unterschrift erst einmal liefern. Geld für den Webmaster. Fertige Süßigkeiten. Von dem Hagelschauer kurz vor den Herbstferien einmal ganz abgesehen, der die Rosenernte völlig unbrauchbar gemacht hat: Du musst Rosenwasser zukaufen, nicht nur in diesem Jahr. Der Rosengarten kann niemals den Ertrag liefern, den du brauchst. Jennifer investiert ihre Arbeitszeit, erhält eine Gewinnbeteiligung. Aber das finanzielle Risiko trägst du allein. Sehe ich das richtig?«

»Wie soll Jennifer denn einen Kredit aufnehmen?«, fragte Clara. »Dafür brauche ich keine Verträge zu lesen, das versteht sich durch unsere unterschiedlichen Lebenssituationen von selbst. Ich habe mein Einkommen aus der Schreinerei und dem Verkauf der restaurierten Möbel, vor allem all die neuwertigen Geräte in der Schreinerei können zusätzlich als Sicherheit dienen. Und Jennifer? Sie hat keinen festen Job. Keine Ersparnisse. Nur unseren selbst ausgebauten Van. Okay, davon hat sie mir meinen Anteil auch noch nicht ausgezahlt. Welche Bank würde das bei der Kreditvergabe akzeptieren?«, fragte Clara. »Es geht ja gar nicht anders.«

»Trotzdem bist du diejenige, die auf den Verlusten sitzen bleibt, wenn es schiefgeht«, sagte Louisa. »Jennifer kann nur Gewinn machen. Abgesehen davon bin ich mir nicht sicher, inwieweit die Bank nicht doch den Verkauf des Rosenhofs durchsetzen kann, wenn alles schiefläuft. Ich befürchte, es bietet keine wirkliche Sicherheit, dass es keinen Grundbucheintrag gibt.«

»Ihr beide seht das zu einseitig. Jennifers Arbeitszeit ist auch weg, wenn wir scheitern. Meint ihr, sie steckt nicht in der Klemme, wenn sie ein halbes Jahr daran arbeitet, deswegen keinen anderen Job annehmen kann und die Sache schiefgeht?« Clara schüttelte den Kopf. »Diese Diskussion führt doch zu nichts. Warum schießt ihr euch so auf Jennifer ein und tut so, als wollte sie mich ruinieren? Sie hat nur als Erste eine Chance gesehen.«

»An der sie nur verdienen kann.« Louisa begriff nicht, warum ihre Schwester nicht sehen wollte, was für sie selbst und für Manuel offensichtlich war: Eine faire Absprache sah anders aus. Das Risiko musste auf beiden Seiten liegen. »Für Jennifer ist es kein großer Verlust, wenn die Sache schiefgeht. Dann hat sie eben ein halbes Jahr nichts verdient. Für sie ändert sich dadurch nichts. Sie hat kaum Ausgaben, jobbt meistens nur für Unterkunft und Verpflegung.«

»Du siehst das zu einseitig.«

Louisa stieß die Luft mit einem Seufzen aus. Für rationale Argumente schien Clara unzugänglich. Aber woher kam diese enorme Loyalität Jennifer gegenüber?

Dann hatte Louisa eine Idee: »Das Problem ist: Wir sind nun mal keine Juristen. Wir alle drei kennen uns nicht mit Geschäftsverträgen aus. Wie sollten wir auch?« Louisa beobachtete Claras Gesichtsausdruck, der sich entspannte. »Wie sollst du da zu einer Entscheidung kommen? Aber Matt, der ist Anwalt. Lass ihn die einzelnen Punkte aus dem Vertrag mit dir durchgehen. Wenn du etwas unterschreibst, musst du ja zumindest wissen, was genau es bedeutet und was es für Konsequenzen hat.«

Louisa rechnete mit Gegenwehr, aber zu ihrer Überraschung sagte Clara: »Ja. Du hast recht. Lassen wir Matt drübersehen.«

Die Erleichterung, die Louisa über Claras Zustimmung empfand, war so groß, dass es sich anfühlte, als hätte jemand eine schwere, feste Decke von ihrem Körper genommen, in die sie vorher fast zur Bewegungslosigkeit eingewickelt gewesen war.

»Ich habe schon mit Matt telefoniert«, teilte Clara am Nachmittag Louisa mit. »Er ist aus der Kanzlei zurück, mit den Kindern auf dem Müllershof. Könntest du für mich zu ihm gehen? Ich muss noch auf eine Vitrine warten, die zur Restauration mit einer Spedition geliefert wird.«

Diesen Gefallen tat Louisa ihrer Schwester gern. Weil es ein solch angenehmer, sonniger Herbsttag war, beschloss Louisa, mit den Verträgen in der Hand nicht den Weg durchs Dorf zu Matts Haus zu nehmen, sondern den Umweg über das kleine Wäldchen und die Felder, in einem weiten Bogen um das Dorf herum. Eine kurze Auszeit nach dem turbulenten ersten Schultag nach den Ferien konnte sie gebrauchen. Das Gras auf den bisher noch nicht abgeernteten Heuwiesen lag vom zurückliegenden Unwetter platt auf dem Boden. Gelbe, spitze Stoppeln ragten aus den Kornfeldern hervor, unter den Bäumen lagen die abgefallenen Blätter wie ein bunter Teppich. Eine Zeit lang folgte Louisa dem Bach, der manchmal im Sommer während Dürreperioden verschwand, es aber nun in seiner Größe mit der Eltz aufnehmen konnte, in die er mündete. Die Wassergeräusche, das Gurgeln und Plätschern neben ihr beruhigten Louisa und ließen sie ihre Schritte verlangsamen. Nur die Verträge in ihrer Hand, die nicht schmutzig oder nass werden durften, hielten sie davon ab, eine Pause einzulegen, wie früher als Kind die Schuhe auszuziehen und die nackten Füße ins Wasser zu halten.

Von der Rückseite näherte sie sich dem Dorf, immer mit dem Blick von oben auf den Müllershof und die umliegenden Weiden. Gerade wollte sie einen Bogen um Antons Jungbullen schlagen, als sie Anton zwischen den Tieren entdeckte, wie er von der Deckung eines Baumes geschützt auf Matts Haus schaute. Sein Körper war so dicht an den Stamm gepresst, dass nur seine Kopfbewegungen Louisa auf ihn aufmerksam gemacht hatten. Von seinem Standpunkt aus hatte er den perfekten Blick in Matts Garten, auf seine Terrasse und in sein Wohnzimmer hinein.

Louisa bog nach links ab und nahm den kleinen Trampelpfad zwischen Maisfeld und Weide, um sich so Anton unbemerkt zu nähern und ihm einen kurzen Schrecken einzujagen. Sie musste sich auf den unebenen Boden konzentrieren, um das Gleichgewicht zu bewahren, gleichzeitig ließ sie die Tiere nicht aus den Augen, die an diesem Tag ungewöhnlich ruhig blieben. Selbst Jockel verharrte neben Anton und hielt den breiten, stämmigen Kopf in die Nähe von Antons Arm, wohl in dem Wunsch, von seinem Besitzer gestreichelt zu werden. Doch Anton hatte keine Augen für Jockel.

Auch als Louisa nur noch wenige Meter vom Zaun entfernt war, blieb die Herde ruhig. Ohne Antons Anwesenheit hätten sich die Bullen längst an ihr gestört, wären in ihrer Mischung aus Neugier und Aggressivität zum Zaun gestürmt. Nun hielten sie sich in

Antons Nähe auf. Für die Umwelt schienen sie sich gar nicht mehr zu interessieren.

»Hallo, Anton«, sagte Louisa und musste schmunzeln, als er erschreckt zusammenzuckte und sich mit einem solchen Ruck umdrehte, dass er fast stolperte.

»Was machst du denn hier?«, fragte sie, obwohl sie die Antwort bereits kannte. Die Weide war noch immer von dem alten Zaun umgeben, die versprochene Reparatur nicht durchgeführt. Mit der Zaunerneuerung war Anton garantiert nicht beschäftigt gewesen. Wahrscheinlich war es nicht das erste Mal, dass er sich zur Beobachtung hinter dem Baum versteckt hatte.

»Brauche ich neuerdings eine Begründung, um mich bei meinen Tieren aufzuhalten?« Er kam auf sie zu. »Aber schön, dass wir uns auch mal wieder sehen.«

Nun kam Bewegung in die Herde. Die Tiere näherten sich dem Zaun und damit Louisa, doch noch schienen sie eher gelangweilt als aggressiv. Immer wieder blieben die Tiere stehen, um zwischendurch Gras zu fressen.

»Wolltest du nicht den Zaun reparieren?« Sie nickte in Richtung der Stelle, wo der Pfosten des Stacheldrahtzauns nur noch lose in der Verankerung hing und schon halb umgestürzt war.

»Ich habe nachgedacht«, sagte Anton. »Niemand hat sich an dieser Weide gestört, bis der Herr Anwalt aus der Stadt gekommen ist. Guck dir meine Tiere doch an. Sie sind absolut friedlich und würden hier an diesem Ort bleiben, selbst wenn der Zaun weg wäre. So ein Theater!«

»Du hast es mir versprochen.«

»Versprochen wohl nicht, aber kramen wir nicht in der Vergangenheit.« Anton seufzte. »Ich erneuere den Zaun auch. Nur braucht so etwas Vorbereitung, alles geht nicht so schnell, wie du weißt. Das Material muss beschafft werden, von den Kosten nicht zu sprechen. Diesen Monat kann ich das Geld nirgends abzwacken.«

»Dann also im nächsten Monat.«

»Ich verstehe nicht, warum es dir damit plötzlich so dringend ist. Es kann dir doch egal sein. Warum lässt du dich von diesem Schönling so vor den Karren spannen?«

»Anton«, sagte sie, »die Diskussion hatten wir schon.«

»Ja, ja. Ist ja gut. Ich werde mich darum kümmern. Wie ich es gesagt habe. Auch wenn es auf die Weide bezogen übertrieben ist, aber du hattest recht: Damit schließe ich auch für mich Gefahren aus«, versprach er und fügte nach einer Pause hinzu: »Bei Gelegenheit.« Er strich sich über die Haare. »Was hältst du davon, wenn wir mal wieder etwas zusammen unternehmen? Nur als Freunde? Eine Hand wäscht die andere, und ich denke, wenn ich den Zaun repariere, könntest auch du mir einen Gefallen tun.«

Sie schüttelte den Kopf.

»Heute zum Beispiel«, sagte er. »Wie wäre es mit heute Abend um sieben? Ich könnte dich abholen.«

»Ich habe Clara versprochen, mich für sie um Verträge zu kümmern.« Sie hielt die Papiere hoch, zwinkerte ihm zu und ging eilig weiter. »Wenn der Zaun erneuert ist, können wir ja weitersehen.«

Erst sah es so aus, als würde er über das Drahtgeflecht steigen und ihr folgen wollen, aber dann kehrte er zum Apfelbaum mitten auf die Weide zurück, gefolgt von den Bullen, und prüfte mit übermäßigem Interesse die Äpfel, als würde er testen, ob sie reif waren. Doch schon auf die Distanz sah Louisa, dass sie bis zur Ernte ein paar Tage Sonne benötigten. Selbst die Früchte auf der Sonnenseite hoch oben am Baum waren noch grün.

Kurz überlegte sie, ihn noch einmal zu rufen und ihn zu fragen, ob er jetzt den Müllershof bis zum Anbruch der Dunkelheit observieren wolle, doch sie wollte ihm nicht die Genugtuung verschaffen, zuzugeben, wie sehr sie sich darüber ärgerte. Die Anwesenheit auf seiner Weide konnte sie ihm ja nicht verbieten. *Er kontrolliert ja nur die Äpfel und kümmert sich um seine Tiere ...*

Louisa presste bei dem Gedanken, wie sich Anton immer wieder herausredete, die Lippen aufeinander. Wie sie sich hatte in ihn verlieben können, wie sie sich sogar hatten verloben können, erschien ihr nun aus der Distanz völlig widersinnig.

Louisa ging um die Weide herum zur Vorderseite des Hauses und läutete. Diesmal kamen ihr die Kinder nicht wie üblicherweise entgegengestürmt.

»Wollen wir uns bei dem tollen Wetter in den Garten setzen und die Sonne genießen?«, fragte Matt zur Begrüßung. »Die Kinder sind noch oben beschäftigt, Justus mit seinen Hausaufgaben, und Amanda malt ein Bild.«

»Ich glaube, ich bleibe lieber drin.« Sie hob den Vertrag hoch. »Clara hat mit dir ja schon gesprochen.« Sie breitete die einzelnen Vertragsseiten auf dem Esstisch aus. »Ich mache uns einen Kaffee, während du drübersiehst. Ich bin auf deine Einschätzung gespannt«, sagte sie und blickte durch die Terrassentür nach draußen. Anton war nicht zu sehen, doch sie wusste, dass er noch am Apfelbaum stand, weil die Bullen sich weiterhin um den Stamm versammelten.

»Du solltest Gardinen anbringen.« Louisa schätzte, welche Menge Gardinenstoff Matt brauchen würde. Zu viel, als dass die Reste vom Rosenhof ausreichten.

»Ich bin nicht unbedingt der Fan von Gardinen. Sie haben immer etwas Altbackenes. Findest du nicht?«

»Es gibt auch moderne Gardinen. Raffrollos zum Beispiel könnte ich mir gut vorstellen.«

»Wichtiger ist erst einmal dieser Vertragsentwurf hier.« Matt setzte sich an den Tisch und beugte sich über die Vertragsunterlagen, während Louisa in die Küche ging. Mit einem Lächeln registrierte sie, dass sie sich inzwischen in dieser Küche genauso gut auskannte wie in der des Rosenhofs. So viele Stunden hatte sie in den letzten zwei Wochen während der Renovierungsarbeiten hier verbracht. Blind konnte sie die Besteckschublade öffnen und nach den kleinen Löffeln greifen. Auch brauchte sie nicht mehr auf die Beschriftung der Kaffeemaschine zu sehen. Sie stellte die erste Tasse auf den Rost und drückte den unteren rechten Knopf. Das Mahlwerk startete, und der Geruch von frisch gebrühtem Kaffee breitete sich im Raum aus.

Mit zwei gefüllten Tassen kehrte sie wenig später ins Esszimmer zurück.

Matt hatte die Papiere bereits wieder zu einem ordentlichen Stapel zusammengefaltet. Gedankenverloren drehte er an einem Kugelschreiber. Dann klackte er damit auf dem Tisch, indem er die Mine mit dem Knopf abwechselnd hinein- und herausdrückte.

»So schnell hast du alles durchgelesen?«, fragte Louisa. Es waren siebzehn ausgedruckte Seiten. Sie stellte eine Tasse vor ihn, die andere auf den Platz daneben und setzte sich so, dass ihr Rücken der Terrassentür zugewandt war.

»Es ist nicht so einfach.« Er schob die Unterlagen weiter von sich weg und legte den Kugelschreiber aus der Hand. »Grob habe ich begriffen, worum es geht: Das finanzielle Risiko trägt Clara, wenn sie unterschreibt, das gibt mir schon zu denken. Aber ich will kein vorschnelles Urteil treffen. So kann ich ihr nur raten, was du auch geahnt hast: Der Vertrag muss auf Herz und Nieren überprüft werden. Dafür braucht es einen Anwalt, der sich auf internationales Recht spezialisiert hat, der gut Englisch spricht und sich bestenfalls zusätzlich mit dem asiatischen Markt auskennt. Ich kann helfen, ohne Frage, mir kommt auch direkt ein ehemaliger Studienkollege in den Sinn, der der perfekte Ansprechpartner ist. Allerdings hat die Sache einen Haken: Den Kollegen kann ich erst übermorgen anrufen, da er noch im Urlaub ist. Dann müsst ihr ihm noch ein paar Tage geben, die Unterlagen durchzusehen. Wäre das eine Option?«

Louisa rieb sich über die Stirn und dachte daran, wie Jennifer jetzt schon drängte, dass dann wahrscheinlich das Kreditangebot verfallen wäre und Clara die Garantie auf die wirklich guten Konditionen verlieren würde. Gerne wäre Louisa mit einer klaren Einschätzung der Vereinbarung zum Rosenhof zurückgekehrt. Sie überlegte, Clara kurz anzurufen, um sich mit ihr abzusprechen. Doch hatte sie eine andere Wahl?

Sie setzte sich aufrechter hin. »Gib es deinem Kollegen«, sagte sie. »Er soll sich die Zeit nehmen, die er braucht.« Irgendwie würde es Clara schon gelingen, Jennifer weiter hinzuhalten.

14.

Auf dem Rückweg von Matt wählte Louisa wieder den Weg an der Weide vorbei, außen um das Dorf herum, um die Zeit in der Natur zum Nachdenken zu nutzen, bevor sie Clara gegenübertrat. Louisa konnte sich nur zu gut ausmalen, wie Clara auf die Nachricht reagieren würde, dass sie auf eine Rückmeldung zu dem Vertrag noch warten musste. Schon jetzt waren Claras Nerven bis zum Äußersten gespannt. Erst hatte sie die Entscheidung aufgeschoben, und nun, da das Zeitfenster wegen der Kreditzusage der Bank immer enger wurde und auch Jennifer sich nicht mehr vertrösten ließ, wurde sie panisch. Doch es half nichts. Die Situation war, wie sie war. Die Frage war nur, was sie tun konnte, um Clara weiterhin Rückendeckung zu geben.

Ein Schrei rechts von ihr ließ sie innehalten. An Anton und dessen Observationen hinter dem Baum hatte sie gar nicht mehr gedacht. Sie wandte den Blick zur Weide. Zuerst erkannte sie nur die Tiere, die vielen schwarz-weißen, massigen Körper, die sich dicht zusammendrängten. Anton konnte sie nirgends entdecken. Die Bullen bewegten sich langsam erst auf Louisa zu, dann wieder zurück, wie ein einziger, riesiger Körper.

Louisa trat ein paar Schritte vor, um einen besseren Überblick zu bekommen. Nun entdeckte sie Anton. Er lag hinter den Bullen auf dem Boden und versuchte, sich mit den Händen abzustützen. Von dem vorhergehenden Unwetter und den Hufen der Tiere, die sich in den Boden gegraben hatten, war die Weide in eine moorartige Fläche verwandelt worden. Mühsam rappelte Anton sich auf. Seine Kleidung war schlammverklebt, selbst seine Haare und sein Gesicht waren voller Schlamm. Einer der Bullen stieß ihn wieder um. Erneut kämpfte sich Anton in eine aufrechte Position. Der Vorschlaghammer, den er üblicherweise nutzte, um die Holzpfähle in die Erde zu treiben, diente ihm nun als Gehstütze. Jetzt drehte sich Jockel zu Anton um.

»Brauchst du Hilfe?«, fragte Louisa.

»Quatsch.«

»Und Jockel ...«

»Alles gut. Das sind junge Tiere. Sie sind übermütig, wie Halbwüchsige eben sind. Neugierig. Mehr nicht.«

Sie kannte ihn gut genug, um zu erkennen, dass seine Gelassenheit nur gespielt war.

Louisa schien es, als wäre Jockel noch kräftiger geworden. Es war kaum zu glauben, dass es sich bei Jockel um ein Jungtier handelte, war er doch größer als jeder ausgewachsene Bulle, den Louisa je gesehen hatte. Jockel schnaubte.

Wie eine Waffe hielt Anton den Vorschlaghammer vor sich und schwang ihn drohend hin und her, dabei ließ er Jockel nicht aus den Augen.

»Anton, nicht!«, rief Louisa. Das Drohen mit dem Hammer beeindruckte Jockel nicht im Geringsten, im Gegenteil steigerte das hektische Schwenken seine Angriffslust nur noch. So oft hatte Anton ihr im Umgang mit seinen Bullen eingeschärft: den Rindern nicht in die Augen schauen. Nicht aus der Ruhe bringen lassen, was auch passiert. Keine schnellen Bewegungen. Doch er war anscheinend so überrascht von der Situation, dass er rein instinktiv reagierte.

Antons Augen waren weit geöffnet, Panik lag in seinem Gesichtsausdruck. Jockel senkte den Kopf noch tiefer, fixierte Anton mit dem Blick und bewegte sich langsam mit gesenktem Haupt vorwärts. Nach ein paar Schritten blieb das Tier stehen und scharrte wieder mit den Vorderhufen. Es war eindeutig: Jockel würde angreifen.

»Nimm den Hammer runter!«, rief Louisa.

Anton ließ den Vorschlaghammer sinken, doch noch immer hielt er ihn wie einen Schutz vor sich, auch wenn er damit gegen seine Herde kaum etwas ausrichten konnte. Langsam bewegte er sich rückwärts von den Tieren und vor allem von Jockel weg.

Louisa hielt den Atem an. Obwohl die Sonne warm schien, war es ihr mit einem Mal kalt, und ein Schauer lief ihren Rücken hinab. Sie blickte sich nach Hilfe um, aber dort war niemand außer Anton und ihr. Nicht einmal ein Kind war in der Nähe, das sie hätte schicken können, um Unterstützung zu holen.

Antons Blick war weiterhin auf Jockel gerichtet, so erkannte er das Loch hinter ihm im Boden zu spät. Er stürzte. Zügig gelang es ihm, sich wieder aufzurichten, aber er humpelte nun.

»Bist du verletzt?«, fragte Louisa.

Fast stolperte er erneut, fand aber doch das Gleichgewicht wieder. Dabei rutschte ihm der Hammer aus der Hand. Wie auf einen unhörbaren Befehl hin bewegten sich nun die Bullen langsam auf Anton zu.

»Anton!«

Selbst Louisas lauter Schrei lenkte weder den angreifenden Jockel noch die anderen Tiere ab.

»Hilf mir! Louisa! Tu was!« Anton wich weiter zurück, versuchte, den Baum in der Mitte der Weide zu erreichen und ihn als Deckung zu nutzen.

Hilflos schaute sich Louisa um. Weiterhin war nirgendwo ein anderer Mensch zu sehen. Ihr Handy hing noch am Ladekabel in ihrem Schlafzimmer.

»Matt, Hilfe!«, schrie sie und ahnte, dass Matt sie nicht hören konnte.

Vergeblich versuchte Anton, auf den Baum zu klettern, immer wieder rutschte er an dem glatten Stamm ab.

»Was soll ich tun?«, fragte Louisa. Inzwischen konnte nur jemand mit einer Pistole oder einem Gewehr helfen.

Noch einmal blickte sie sich um. Das Dorf kam ihr mit einem Mal wie ausgestorben vor.

Endlich gelang es Anton, den unteren Ast zu umklammern und sich mit den Beinen am Stamm emporzuhangeln. Er kletterte ein paar Äste höher, dann blieb er sitzen.

Louisa atmete auf. Er war in Sicherheit, hoch genug, um außer Reichweite seiner Tiere zu sein. Nun konnte sie ihn vollständig sehen. Seine Hose war zerrissen, am Knie hatte er sich die Haut abgeschürft, er war voller Matsch, aber nicht ernsthaft verletzt.

»Hast du jemanden erreicht? Kommt Hilfe?«, fragte Anton.

»Ich habe mein Handy nicht dabei.«

»So ein Mist. Okay. Lauf los! Jetzt! Sofort! Hol Peter. Er soll sein Gewehr mitbringen. Ich verstehe nicht, was mit Jockel los ist. Der ist völlig außer Kontrolle.«

Sie wollte Antons Worten folgen, sich umdrehen und loslaufen, doch als sie sah, wie der aggressive Bulle erst vom Baum zurückwich, Anton dabei erneut fixierte und dann Anlauf nahm, versagten ihre Beine den Dienst. Es war, als würde sie das Geschehen, das unvermeidlich war, wie in Zeitlupe wahrnehmen. Anton, der den Mund aufriss wie zu einem Schrei. Jockel, der lospreschte. Anton, der die Äste fester umklammerte.

Ihre Knie zitterten. Wie erstarrt konnte sie ihren Blick nicht abwenden. Dann schien sich die Zeit noch weiter zu verlangsamen, das Drama minutenlang zu dauern, obwohl es in nur wenigen Sekunden ablief:

Der Bulle senkte sein Haupt.

Jockel sah aus, als würde er mit dem Kopf nicken.

Er riss seine Augen noch weiter auf.

Dann stürmte er los und knallte mit der Wucht von über dreihundert Kilogramm gegen den Baumstamm, woraufhin Anton wie ein reifer Apfel vom Baum stürzte. Äste brachen, Holz knirschte. Bewegungslos blieb Anton liegen. Dann begann er langsam wieder, sich zu bewegen.

Louisa atmete kurz auf, bis ihr klar wurde, dass es Anton nicht gelang, sich aufzurichten. Mehrfach rutschte er mit den Händen im Schlamm aus, fiel auf die Knie. Dann robbte er beiseite. Es war ein Katz-und-Maus-Spiel, nur dass es nun keine Fluchtmöglichkeit mehr für Anton gab, denn zwischen ihm und dem Stamm stand jetzt der Bulle. Um ihn herum war nichts als Gras und Schlamm, der Vorschlaghammer außer Reichweite. Selbst eine Flucht über den Zaun, sollte es Anton gelingen, aufzustehen und wegzulaufen, war keine Option. Die Regenfälle hatten die Holzpflöcke, an denen der Stacheldraht und Maschenzaun befestigt waren, in ihrer Verankerung aufgeweicht. So war der Zaun nur noch eine reine Zierde, die jederzeit von den Tieren überwunden werden konnte.

Erneut nahm Jockel Anlauf und preschte auf Anton zu, dem es gelang auszuweichen, bevor er zertrampelt wurde.

Louisa schrie laut auf.

Sie hatte ihn nicht kommen sehen, nun entdeckte sie ihn: Matt kletterte über seinen Gartenzaun und weiter auf die Weide. Noch nahmen weder Anton noch die Tiere Notiz von ihm. In seiner Hand hielt er einen Spaten – eine Waffe, die lächerlich erschien im Vergleich zu der Kraft und dem Gewicht, mit dem Jockel und die anderen Tiere aufwarten konnten.

Es schien kurz, als wäre die Gefahr vorüber, als hätte sich die Aggression der Bullen gelegt. Jockel stand bewegungslos da und betrachtete Anton, hob nun wieder den Kopf und blickte sich um. Auch jetzt gelang es Anton nicht, auf die Beine zu kommen. Er bewegte sich hektisch und unkoordiniert, der Boden war zu matschig.

Die Schnelligkeit des vorherigen Angriffs war einer Langsamkeit gewichen, mit der Jockel sich nun bewegte. Doch die Ruhe war genauso erschreckend, weil in der gesamten Körperhaltung des Bullen seine Anspannung spürbar war, als wäre er ein gespannter Flitzebogen, die Sehne bis zum Äußersten gedehnt. Ein Sekundenbruchteil reichte, um die Situation kippen und erneut in einen Angriff wechseln zu lassen.

Die Herde bemerkte nun Matt, der auf sie zukam. Alle Tiere blickten ihn erst an, dann wandten sie sich ab und zerstreuten sich. Nur Jockel, der es auf Anton abgesehen hatte, bewegte sich nicht. Doch dadurch, dass die Herde nicht mehr geschlossen hinter ihm stand, wirkte die Situation weniger bedrohlich.

Louisa atmete auf. Sie glaubte schon, dass allein Matts Auftauchen gereicht hatte, um den Konflikt zu entschärfen. Doch als sich ihre Schultern erleichtert senkten, rannte Jockel erneut auf Anton zu. Diesmal konnte Anton nicht schnell genug ausweichen. Jockel nahm ihn auf die Hörner und schleuderte ihn herum. Von hinten stürmte Matt auf die beiden zu und schlug den Spaten mit Wucht gegen eins von Jockels Hinterbeinen. Weil sich der Bulle kurz vor dem zweiten Schlag drehte, als er Matt registrierte, erwischte der Hieb ihn auf der Nase. Blut strömte aus einer Wunde zwischen Bauch und Bein, so viel, wie Louisa es nie zuvor gesehen hatte. Doch der Bulle schien keinen Schmerz zu spüren. Er wich zwar zurück, aber nur, um nun auf Matt zuzustürmen.

Wieder senkte er sein Haupt, fixierte Matt aus der Entfernung, dann brach Jockel zusammen, brüllte dabei so laut auf, dass Louisa zusammenzuckte. Erst als er lag, erkannte Louisa das vollständige Ausmaß von Jockels und Antons Verletzungen. Antons Bein war seltsam verdreht. Wie eine weggeworfene Schaufensterpuppe, deren Glieder ausgerenkt waren, lag er im Gras, krümmte sich vor Schmerz.

Matt ließ den Spaten fallen. Louisa drehte sich weg und übergab sich. Sie zuckte zusammen, als jemand die Hand auf ihren Rücken legte. In der Ferne waren Sirenen zu hören.

Erst jetzt bemerkte sie, dass sich noch andere Dorfbewohner um die Weide herum versammelt hatten, dass sie längst nicht mehr allein war. Drei Männer kamen auf Anton zu, hoben ihn hoch und schleppten ihn in Richtung Hauptstraße, um den Rettungskräften die Arbeit zu erleichtern. Denn wegen des aufgeweichten Bodens könnte der Rettungswagen niemals über die Feldwege die Unfallstelle erreichen. Jemand ging zu Matt und musste auch ihn stützen, damit er von der Weide gelangte. Beim Fallenlassen des Spatens hatte er sich am Fuß verletzt.

Wenig später entstand um sie herum so viel Aktion, dass Louisa kaum noch den Überblick behielt. Ein zweiter Rettungswagen traf ein. Auch Matt, der nicht mehr auftreten konnte, wurde auf eine Trage gehoben und in einen Krankenwagen gebracht.

»Louisa, kannst du dich um Amanda und Justus kümmern?«, rief Matt ihr zu. »Nur bis meine Schwiegereltern kommen. Ich versuche, sie so schnell wie möglich zu erreichen.«

Sie brauchte nicht zu überlegen. Natürlich würde sie sich um die Kinder kümmern, versprach sie.

Es dauerte ein paar Minuten, dann fuhren die beiden Wagen ab in Richtung Stadt. Jemand erschoss den schwer verletzten Bullen.

Andere Männer aus dem Dorf trieben die verbliebenen Tiere zusammen und führten sie in die nahe gelegene Scheune, wo sie erst einmal kein weiteres Unheil anrichten konnten und sicher untergebracht waren.

Louisa blickte sich um, in der Hoffnung, irgendwo Clara oder Manuel zu entdecken oder zumindest Lena oder Hannes in dem Getümmel zu sehen, doch keiner von ihnen war in der Nähe.

Wahrscheinlich hatten sie von der Katastrophe nichts mitbekommen.

Noch immer zitterten Louisas Beine. Aufgeregte Grüppchen standen um sie herum und redeten. Es gab die unterschiedlichsten Erklärungsansätze, wie es zu dem Unfall hatte kommen können. Die einen sahen Anton und seine Fehleinschätzung von Jockel als Ursache. Andere waren sicher, dass es unmöglich war, solche Unglücke vorherzusagen; die Geschichte des Dorfes war angefüllt mit ähnlichen Katastrophen.

Louisa wandte sich ab, um nach Matts Kindern zu schauen.

Durch die Terrassentür, die noch immer weit offen stand, betrat sie das Haus.

»Justus? Amanda?«

Louisa lauschte. In den Heizungsrohren knackte es, aus dem Garten war ein Rascheln zu hören, wahrscheinlich versteckte sich irgendein Kleintier in den Büschen. Vögel zwitscherten. Die trockenen Blätter an der Birke im Garten raschelten im Wind.

Louisa rief ein zweites Mal, doch sie erhielt wieder keine Antwort. Irritiert schloss sie hinter sich die Terrassentür, zog ihre matschigen Schuhe aus, stellte sie auf die Fußmatte und ging treppauf. Oben seien die beiden, hatte Matt gesagt, Justus bei seinen Hausaufgaben, Amanda, die ein Bild malte.

Ein Zimmer nach dem anderen durchsuchte sie, bis sie Justus und Amanda in Matts Arbeitszimmer entdeckte. Wie Schaufensterpuppen erstarrt standen die Kinder am Fenster und blickten in Richtung Weide.

»Da seid ihr ja!« Louisa stellte sich zu ihnen.

Beide schauten schweigend nach draußen. Langsam senkte sich die Sonne hinter die Bergkuppen, während der Rosenhof noch in hellem Licht stand.

»Warum habt ihr mir nicht geantwortet?«, fragte Louisa.

»Der Papa ist tot«, sagte Justus und wandte sich um, wie seine Schwester auch.

Louisa blickte in gerötete, verquollene Gesichter. Die Tränen der beiden hatten die T-Shirts über der Brust durchnässt. Die Augen waren so verweint, dass es schien, als würden sie aus den Augenhöhlen hervortreten.

»Aber nein!« Louisa strich Justus und Amanda beruhigend über den Rücken. »Ihm ist nur der Spaten auf den Fuß gefallen. Das ist nicht so schlimm.« Sie hoffte so sehr, dass die beiden Kinder nicht gesehen hatte, wie Anton von Jockel durch die Luft geworfen worden und schwer verletzt liegen geblieben war.

Langsam beruhigte sich Amandas Atem, während Justus noch schluchzte.

»Gleich versuchen wir, im Krankenhaus anzurufen«, sagte Louisa, »dann könnt ihr mit eurem Papa reden.«

»Du lügst!« Justus' Stimme klang leise und monoton. Sie erschrak bei dem Blick, mit dem er sie ansah – so leblos, resigniert. »Ich habe es doch gesehen.« Justus rannte aus dem Zimmer.

Louisa hob Amanda auf den Arm und folgte ihm, so schnell sie konnte.

Justus verkroch sich in seinem Bett, nahm seinen Teddy und presste ihn sich vor das Gesicht. »Der Mann, der immer auf unser Haus guckt, der ist auch tot. Der Stier hat ihn aufgespießt.«

»Das war kein Stier. Das war ein Bulle. Eine männliche Kuh«, sagte Amanda.

»Halt einfach mal dein Maul!« Justus sprang aus seinem Bett und stürmte auf seine Schwester zu.

Gerade noch gelang es Louisa, seinen Arm zu packen und ihn davon abzuhalten, Amanda zu schlagen.

»Ihr beide habt einen Schrecken gekriegt. Ich weiß«, sagte Louisa. »Aber es hilft nichts, wenn wir anfangen, uns zu streiten.«

»Amanda soll den Mund halten«, rief Justus. »Ich hasse sie.«

Nun fing Amanda an zu weinen.

»Hey, hey, es wird alles gut!« Louisa setzte sich auf Justus' Bett und breitete die Arme aus. Justus hockte sich auf die eine Seite neben sie, wahrte aber weiterhin Distanz. Er saß dort so still, als wäre er betäubt. Sein Gesicht zeigte keine Regung. Amanda kuschelte sich auf Louisas andere Seite. Ihr kleiner Körper war so heiß, dass es sich anfühlte, als hätte jemand Louisa eine Wärmflasche in die Seite gelegt.

Nur zu gut konnte sie sich in Amandas Lage versetzen, konnte sie sich doch genau an den Moment erinnern, als zwei Polizisten an der Haustür geläutet und vom tödlichen Unfall ihrer Eltern berichtet hatten, während sie und ihre Schwester im Kindergartenalter einige Tage bei den Großeltern verbrachten. Daher wusste Louisa auch, dass Amandas Einwand keine Besserwisserei war, die sich gegen den Bruder richtete, sondern dass sie so versuchte, die Welt für sich zu sortieren und wieder unter Kontrolle zu bringen, die ihr nach dem Unfall auf der Weide unkontrollierbar schien. Ein klares Benennen mochte ihr kurz das Gefühl zurückgeben, die Welt in ihre Ordnung zurückzuführen.

»Ich hasse dich«, sagte Justus zu Amanda.

»Hey, hey!« Louisa berührte Justus am Arm, doch er schlug sie weg.

»Du bist auch doof!« Er, der vorher wie betäubt gewirkt hatte, hämmerte nun mit seinen Fäusten auf Louisa ein. Er richtete seine gesamte Wut gegen sie. Gerade rechtzeitig konnte sie sich halb zur Seite drehen, sodass seine Schläge ihren Rücken erwischten und nicht ihren Bauch. Trotzdem war es schmerzhaft. Justus war so außer sich, dass sie nur mit Mühe seine Unterarme zu fassen bekam, obwohl er deutlich kleiner und schwächer war als sie.

»Es ist gut«, sagte Louisa. Sie hielt ihn so fest, dass er weder schlagen noch treten konnte.

»Lass mich los!« Justus' Worte waren wie ein Zischen.

»Wenn du mir versprichst, dass du niemandem wehtust.«

Justus zögerte. Dann bewegte er zaghaft den Kopf auf und ab.

Louisa war sich nicht sicher, ob es ein Nicken war, doch er gab seine Gegenwehr auf. Sie lockerte vorsichtig den Griff. Nun erschlaffte Justus genauso schnell, wie er vorher von seinem Ausbruch gepackt worden war. Er sank zurück, dann kroch er unter die Decke.

»Ich weiß es. Papa ist tot«, sagte er.

»Keiner ist tot.« Louisa schüttelte den Kopf. »Nicht Anton, der Mann, dem die Bullen gehören, und auch euer Papa nicht. Warum denkst du das?«

»Die Sanitäter haben beide auf eine Bahre gehoben. Da haben sie gelegen und haben sich nicht bewegt.«

Louisa legte jedem der Kinder eine Hand auf den Rücken.

»Natürlich bewegt sich niemand auf der Trage«, sagte Louisa. »Das geht auch gar nicht, weil man dort festgeschnallt wird, damit kein Verletzter auf dem Weg zum Krankenhaus in einer Kurve von der Liege rutscht. Oder durch den Wagen fliegt, wenn das Auto bremst.«

Langsam beruhigte sich der Atem der beiden.

»Ich hole jetzt das Telefon. Dann rufen wir im Krankenhaus an und fragen nach, wie es eurem Papa geht. Bestimmt könnt ihr auch kurz mit ihm sprechen.« Louisa stand auf. Vor dem Verlassen des Zimmers schaute sie sich schnell noch mal um, in der Sorge, Justus würde sich wieder aufregen. Doch er setzte sich neben seine Schwester und wartete.

Trotzdem beeilte sich Louisa, um die beiden so kurz wie möglich allein zu lassen. Das Telefon lag auf dem Esszimmertisch. Beim Hochlaufen nahm Louisa zwei Stufen auf einmal. Außer Atem setzte sie sich zwischen die beiden Kinder.

Louisa seufzte, als ihr einfiel, dass sie die Nummer des Krankenhauses nicht kannte. »Justus, hast du ein Handy?«

Ohne zu antworten, sprang er auf und kehrte Sekunden später mit seinem Handy zurück. Es war ein altes Gerät mit einem kleinen, in der Mitte gesprungenen Display.

»Kannst du die Nummer des Krankenhauses herausfinden?« Sie versuchte vergeblich, auf dem Display etwas zu erkennen, die Schrift war kleiner als auf jeder Medikamenten-Packungsbeilage.

Justus fand sich problemlos auf dem Gerät zurecht. Er tippte etwas herum, dann nickte er ihr zu. »Da sind viele Nummern«, sagte er. »Geschäftsführung. Ärztlicher Direktor. Chefärzte. Apotheke.«

»Keine ›Zentrale‹? Oder steht oben etwas von ›Standort‹ oder ›Adresse‹?«

»Nein.«

Sie blickte auf das Display und ärgerte sich, dass sie beim besten Willen nichts erkennen konnte.

»Oder doch, hier. Hier ist eine Nummer«, sagte Justus.

Er diktierte, und Louisa wählte. Das Freizeichen ertönte. Sie schaltete den Lautsprecher des Mobilteils an, damit die Kinder mithören konnten. Zuerst nahm niemand ab, und sie wurde auf einen Anrufbeantworter weitergeleitet, doch beim zweiten Versuch landete sie an der Zentrale, wurde erst in die Notaufnahme weiterverbunden, dann in die Chirurgie. Wieder vergingen Minuten, bis ein Pfleger den Anruf annahm, anschließend brauchte es nur Sekunden, bis Matt am Apparat war.

»Wie gut, euch zu hören!«, sagte er und erzählte von seinen unzähligen Versuchen, während der Fahrt zum Krankenhaus die Schwiegereltern anzurufen, doch nie war jemand an den Apparat gegangen.

»Das macht nichts, ich bleibe hier, bis du wieder da bist«, versprach Louisa. »Aber viel wichtiger: Wie geht es dir?«

Ihm ging es gut, er war geröntgt worden und der Knochen unverletzt, die Wunde bereits genäht. »Ich warte nur noch auf die

Entlassungspapiere, nehme mir dann ein Taxi und komme zurück.«

Mit jedem Wort, das aus dem Lautsprecher des Telefons erklang, hellten sich die Mienen der Kinder auf. Als Matt erklärte, wo Louisa welche Lebensmittel für das Abendessen finden würde, waren die zwei schon aufgesprungen und in die Küche vorangelaufen.

»Ist es okay für dich, wenn du die beiden schon ins Bett bringst, falls es bei mir doch noch etwas dauern sollte?«, fragte Matt.

»Kein Problem, das macht mir nichts aus. Hetz dich nicht, ich komme zurecht«, sagte sie.

»Sicher hast du anderes zu tun, als auf die Kinder aufzupassen ...«

»Es ist in Ordnung, ich mache das gern!«

Sie lauschte seinem Atem am anderen Ende der Leitung, den sie trotz all der Hintergrundgeräusche gut hörte. »Ich weiß gar nicht, wie ich mich jemals bei dir revanchieren kann!«

»Matt, nimm dir einfach die Zeit, die du brauchst. Ich bin da und gehe auch nicht weg«, sagte sie und verabschiedete sich.

Als sie aufgelegt hatte, hielt Louisa das Telefon noch eine Weile in der Hand und strich darüber, während sie aus dem Fenster sah. Was für eine Erleichterung, dass es Matt so gut ging! Gleichzeitig dachte sie an Anton, hoffte, dass auch er nicht schwer verletzt war.

»Louisa, kommst du?«, rief Amanda.

»Ja!« Sie stand auf, ging die Treppe hinunter und legte das Mobilteil auf die Ladestation, dann wandte sie sich an Justus und Amanda. »Ich koche euch Grießbrei. Was haltet ihr davon? Grießbrei mit viel Zucker.« Sie wusste aus den Tagen, in denen sie während der Renovierungsarbeiten gekocht hatte, dass sich eine ungeöffnete Grießpackung im Schrank befand.

Die beiden sahen sie fragend an. Die erwartete Begeisterung blieb aus, doch Louisa war sich sicher, dass sich die bald einstellen würde. Grießbrei mit eingelegten Kirschen oder anderem Obst, darüber Zucker gestreut, das hatte für sie noch immer etwas Beruhigendes. Ihre Großmutter hatte es früher als Trostessen gekocht, wenn Louisa oder Clara eine schlechte Klassenarbeit geschrieben oder Liebeskummer gehabt hatten. Es war für diesen Abend genau das Richtige, da war sich Louisa sicher.

15.

*E*ingelegte Kirschen entdeckte Louisa nirgends im Schrank, dafür aber in der Tiefkühltruhe einen Beutel Himbeeren. Das war sogar noch besser, so würden die gefrorenen Früchte den fertigen Grießbrei schnell herunterkühlen, sodass die Kinder mit dem Essen nicht warten mussten. Schon nach wenigen Minuten füllte sich die Küche mit warmem, heißem Dampf.

Es dauerte nicht lang, und die Portionen waren fertig. Beim Auftauen überzogen die Himbeeren den Brei mit ihrem roten Saft. Zufrieden stellte Louisa zwei gefüllte Schüsseln auf den Tisch. Sie begnügte sich damit, den Topf auszukratzen und etwas zu naschen.

»Brei?«, fragte Justus. Er kräuselte die Nase und zog skeptisch die Augenbrauen zusammen. Er steckte seinen Löffel in den Grießbrei und zog ihn wieder heraus. Dann rührte er in seinem Essen, ohne zu probieren. »Ich bin doch kein Baby mehr!«

Amanda ließ sich vom Nörgeln ihres Bruders nicht abhalten. Sie aß schnell, blickte dabei immer wieder auf Justus' Schüssel, in der deutlichen Hoffnung, auch seinen Brei zu bekommen. Sie wollte wohl sichergehen, fertig zu sein, bevor er es sich anders überlegte.

»Das hat doch nichts mit dem Alter zu tun«, sagte Louisa. »Ich glaube, selbst wenn ich eine alte Frau bin, mag ich Grießbrei noch genauso gern wie früher als Kind.«

»Wenn du alt bist, musst du ja auch Brei essen. Dann hast du ja keine Zähne mehr.« Justus grinste und schob die Schüssel ein

Stück von sich weg. »Ich will Pizza. Oder Pommes. Oder Burger.« Er zog seine Lippen zu einer Schnute. »Nudeln sind auch okay.«

Louisa hatte eher damit gerechnet, dass es schwer wäre, mit Amanda zurechtzukommen, weil sie das Mädchen kaum kannte. Sie schüttelte den Kopf.

»Es ist keine Tiefkühlpizza da. Und auch keine abgepackten Pommes.«

»Dann eben einen Burger.« Justus rückte vom Tisch ab.

Nun geschah, was Louisa bereits erwartet hatte: Amanda zog mit einem Lächeln Justus'·Schüssel zu sich heran. »Du musst das nicht essen. Ich will es.«

Justus beugte sich so ruckartig und mit solcher Heftigkeit über den Tisch, dass der ein Stück zur Seite rutschte und sein Stuhl mit einem Quietschen über den Boden schrammte.

»Nein! Das ist meins!« Justus zog die Schüssel wieder zu sich heran. Nun, da er wusste, dass Amanda sich nach einer zweiten Schüssel sehnte, waren seine vorherigen Argumente von einer Sekunde auf die nächste nicht mehr von Bedeutung.

Amanda liefen die Tränen übers Gesicht, dabei presste sie die Lippen aufeinander.

»Gleich habe ich für euch noch einen Nachtisch.« Louisa strich ihr über den Rücken, woraufhin Amanda sie ansah und wieder lächelte.

»Was ist es denn?«

»Eine Überraschung.« Mit dieser Antwort konnte Louisa Zeit gewinnen, denn sie selbst hatte gar nicht überlegt, was sie noch anbieten konnte. *Eis* war ihr erster Gedanke, aber sie hatte keins in der Truhe entdeckt.

Justus aß so schnell, als hätte er den ganzen Tag gehungert.

»Na, schmeckt doch, oder?«, fragte Louisa.

»Geht so. Kann man essen.«

Louisa biss sich auf die Zunge, um nicht laut loszulachen über

Justus' Stolz, der es ihm verbot, zuzugeben, dass auch er Grießbrei mochte. Sie sammelte die leeren Schüsseln und die Löffel ein und trug sie zusammen mit dem Topf zur Spülmaschine.

»Was gibt es denn zum Nachtisch?«, fragte Justus.

»Wartet nur ab.«

Um Zeit zu gewinnen, stellte Louisa die Gläser im oberen Teil der Maschine näher zusammen, um Platz für das neu hinzugekommene schmutzige Geschirr zu schaffen. Sie überlegte fieberhaft. Weil ihr keine Idee kam, öffnete sie noch einmal den Kühlschrank. Dort gab es nur Milch, Butter, Eier, Salami, Tomatenmark und Senf. Im Schrank entdeckte sie eine Packung Alkoholpralinen in einer Geschenkpackung, die sie den beiden natürlich nicht geben wollte.

»Jetzt kommt die Überraschung«, sagte Louisa. »Ihr dürft noch fernsehen oder an der Playstation oder dem Computer spielen. Und zwar, solange ihr wollt. Heute bestimmt ihr selbst, wann ihr ins Bett geht. Das ist ein ganz besonderer Nachtisch.« Die Kinder würden nach dem Schrecken, nach dem, was sie auf der Weide beobachtet hatten, sowieso schwer einschlafen können, solange Matt nicht zurückgekehrt war.

»Wirklich?«, fragte Justus. »Wow!« Er rannte zum Fernseher, als hätte er Sorge, Louisa würde es sich anders überlegen, nahm die Playstation und schaltete ein Autorennspiel ein. Laute Motorengeräusche drangen durch die Räume.

Amanda blieb unschlüssig im Flur stehen. Kurz beobachtete sie Justus beim Spielen, dann blickte sie zu Boden.

»Justus lässt dich bestimmt mitspielen«, sagte Louisa. »Geh doch zu ihm.«

»Das geht nicht!« Justus presste die Fernbedienung näher an seinen Körper. Auf dem Regalbrett entdeckte Louisa eine zweite Fernbedienung, aber ehe sie darauf hinweisen konnte, kam Amanda auf sie zu und drückte Louisas Hand.

»Liest du mir ein Buch vor?«, fragte sie.

Bei der Frage entspannte sich Justus sichtbar, seine Hände mit der Fernbedienung sanken auf seinen Schoß zurück. Er lächelte. Jedes Mal, wenn sie die Konkurrenz und die Spannungen zwischen den Geschwistern beobachtete, spürte Louisa eine Enge in ihrem Magen. Was für ein extremer Gegensatz zu der Beziehung, die sie als Kind zu Clara genossen hatte! Sie beide waren so unzertrennlich gewesen, dass Außenstehende sie häufig für Zwillinge gehalten hatten.

»Nicht nur eins, auch zwei oder drei oder noch mehr Bücher, wenn du willst«, sagte Louisa.

Amanda strahlte.

»Wir sind oben«, rief Louisa und wandte sich zur Treppe, doch Justus registrierte die Außenwelt und auch ihre Worte gar nicht mehr, zu versunken war er in das Spiel.

»Aber erst die Zähne putzen«, sagte Amanda. »So ist die Papa-Regel.«

Amanda verschwand im Bad und schloss die Tür hinter sich ab. Louisa wartete und lauschte dem Wasserrauschen, dann dem Surren der elektrischen Zahnbürste, während Justus unten die Lautstärke seines Spiels weiter erhöhte.

Nach einigen Minuten öffnete Amanda die Tür. Sie trug nun ihren Schlafanzug, Zahnpasta klebte an ihrem Kinn. »Warte hier«, sagte sie und ging ins Kinderzimmer. Nach einer Weile kam sie mit einem Stapel Bücher zurück, die sie in Matts Schlafzimmer trug.

»Können wir hier lesen?«, fragte Amanda. »In Papas Bett? Du kannst dich auch hinlegen, wenn du willst. Es ist genug Platz da.«

Die Fahrgeräusche, die von unten heraufdrangen, waren nun so laut, dass Louisa Amanda kaum verstehen konnte. Sie zögerte, dann ging sie in den Flur und rief durchs Treppenhaus:

»Justus, mach bitte etwas leiser!«

Justus reagierte nicht.

Louisa überlegte kurz, dann ging sie nach unten, nahm die Fernbedienung und schaltete den Ton ganz aus. Justus öffnete den Mund, doch bevor er protestieren konnte, hob Louisa die Hand.

»Das ist so laut, dass ich Amanda keine Geschichte vorlesen kann. Ich sehe nur zwei Möglichkeiten. Entweder wir regeln die Lautstärke runter, oder du verschiebst dein Autorennen auf morgen.« Ihre Stimme bebte. In der Schule hatte sie keine Probleme, mit Justus umzugehen. Doch nun ... sie war hier weder seine Mutter noch seine Lehrerin, sondern einfach nur Louisa.

Justus stieß geräuschvoll die Luft aus, und Louisa befürchtete schon, er legte es auf einen Streit an. Doch dann sagte er: »Okay. Dann eben leiser.« Er nahm die Fernbedienung und stellte den Ton deutlich leiser, dann spielte er weiter.

Erleichtert kehrte Louisa zu Amanda ins Schlafzimmer zurück. Sie zog die Vorhänge zu und zündete die Kerze im Glas auf dem Nachttisch an, streifte ihre Schuhe ab und setzte sich auf die Matratze. Der Tag hatte sie so erschöpft, dass sie Angst hatte, noch vor Amanda einzuschlafen.

Die kleine Hexe. Amanda zog das Buch aus dem Stapel hervor und reichte es Louisa.

»Die Geschichte habe ich als Kind auch gelesen«, sagte Louisa. Das Buch war trotz des festen Einbandes so zerfleddert, dass es an mehreren Stellen mit Tesafilm geklebt war, der sich schon dunkel verfärbt hatte und sich teilweise ablöste. Vorsichtig schlug Louisa den Buchdeckel auf und las in ungelenker Kinderschrift auf der ersten Seite:

Das is main Buch.
Anne

Das I war nicht mit einem Punkt, sondern mit einem kleinen Kringel versehen. Auf der Seite waren noch unzählige Blumen und eine Sonne gezeichnet.

»Das ist von meiner Mama«, sagte Amanda, doch in ihrer Stimme klang keine Trauer mit, sondern nur Vorfreude auf das Vorlesen. Trotzdem versetzte die Signatur Louisa einen Stich. Es war, als könnte sie für einen kurzen Moment die Anwesenheit des kleinen, unbeschwerten Mädchens spüren, das einmal die mit Buntstiften ausgemalten Blumen gezeichnet hatte, später zur Frau gereift und dann Mutter geworden war. Eine Mutter, die eigentlich an ihrer Stelle jetzt an der Bettkante sitzen sollte, um vorzulesen.

Louisa schob den Gedanken beiseite. Sie schlug die Seiten dort auf, wo das Lesezeichen steckte, und begann zu lesen. Von unten drangen weiterhin leise Motorengeräusche herauf. Bereits nach kurzer Zeit merkte Louisa, wie müde sie wurde von dem gleichmäßigen Atem des Mädchens, den sie an ihrer Seite spürte, von der Wärme, die von Amandas Körper ausging. Nun legte auch Louisa ihren Oberkörper zurück und rückte sich ein Kissen zurecht, woraufhin Amanda sich in Louisas Armbeuge kuschelte. Noch immer zwickte der Muskelkater von der ungewohnten körperlichen Arbeit bei der Renovierungshilfe in Louisas Oberarmen, im Rücken und in den Beinen. Sie musste sich zwingen, ihre Stimme stärker zu modulieren, nicht um die Spannung zu steigern und Amandas Aufmerksamkeit zu wecken, sondern um sich selbst wach zu halten. Sie sehnte sich danach, sich ein warmes Bad zu gönnen und früh schlafen zu gehen. Die Buchstaben begannen, vor ihren Augen zu tanzen und zu verschwimmen. Noch reichte es, wenn sie kurz blinzelte, dann hatte sie wieder einen klaren Seheindruck.

Ein zufriedenes Seufzen von Amanda ließ Louisa innehalten. Die Motorengeräusche von unten klangen jetzt wie das Tuckern eines Traktors. Louisa unterbrach ihr Vorlesen und blickte neben sich. Amanda hatte die Augen geschlossen. Sie lächelte. Ihr Atem ging noch ruhiger und gleichmäßiger.

»Amanda?«, flüsterte Louisa, dann merkte sie, dass das Mädchen längst eingeschlafen war.

Langsam und vorsichtig, weil Amanda direkt in ihrer Armkuhle lag, legte Louisa das Buch beiseite und zog ihren Arm unter Amandas Kopf hervor. Es gelang ihr, ohne dass Amanda durch die Bewegung aufwachte.

Nur fünf Minuten, sagte sich Louisa. Länger wollte sie sich nicht ausruhen, dann würde sie ins Wohnzimmer gehen und nach Justus schauen. Wie aus der Ferne, als befände sie sich gar nicht mehr im eigenen Körper, registrierte sie, dass ihr die Augen zufielen.

Von einem lauten Knacken wachte Louisa auf. Zuerst wusste sie nicht, wo sie sich befand. Noch immer brannte die Kerze in ihrem Glas auf dem Nachttisch und hatte den Raum bereits mit Vanilleduft erfüllt. Zwei schlafende Kinder lagen an ihr, links Amanda, rechts Justus. Langsam kehrte die Erinnerung zurück. Draußen war es inzwischen dunkel geworden, kein Lichtstrahl drang durch die Ritzen der Vorhänge. Aus dem Flur schien nun kein Licht mehr ins Kinderzimmer herein, nur das Feuer der Kerze warf einen flackernden Schein an Wände und Decke. Wie in allen alten Häusern des Dorfes brannte auch hier die Flamme niemals ruhig. Man konnte die Fenster noch so sorgsam abdichten, es wehte doch immer ein leichter, oft unmerklicher Luftzug herein. Louisa lauschte in die Stille und fragte sich, ob sie das Knacken nur geträumt hatte.

Sie hörte nichts als das Rauschen ihres eigenen Blutes in den Ohren und den tiefen, gleichmäßigen Atem der Kinder.

Nach einer Weile der Stille bemerkte sie Schrittgeräusche. Langsam richtete sie sich auf und schob sich an das Fußende des Bettes, in dem Versuch, die Matratze so wenig wie möglich zu bewegen, um die Kinder nicht zu wecken. Doch am Fußende angekommen, stieß sie mit dem Bein gegen die Bedienung der Playstation, die halb unter der Decke verborgen war. Mit einem Scheppern fiel das Plastikteil auf den Boden. Es war ein solch lautes Geräusch, dass Louisa sicher war, die Kinder wären nun aufgewacht. Doch Amanda seufzte nur und drehte sich von der Seite auf den Rücken. Ihre langen blonden Haare breiteten sich wie ein heller Schleier um ihren Kopf aus.

Justus setzte sich, öffnete die Augen und starrte in die Dunkelheit. »Warum willst du den Computer nicht haben?«, fragte er, sank zurück, schloss die Augen wieder und schlief bereits, noch bevor Louisa den Sinn seiner Worte erfassen konnte, die er im Traum gesprochen hatte.

Leise stand Louisa auf. Nun verursachte sie kein weiteres Geräusch. Im Flur angekommen, schloss sie die Schlafzimmertür hinter sich und schaltete im Treppenhaus das Licht an. Sie strich sich ein paar verschwitzte Haarsträhnen aus dem Gesicht und lauschte. Erst war alles still, dann hörte sie ein Räuspern.

»Matt?«, fragte sie.

»Hier unten. In der Küche.«

Langsam und leise ging sie treppab. Ein heller Lichtschein strahlte in den dunklen Flur. Matt stand vor dem Kühlschrank und hielt in jeder Hand eine Weinflasche. Zwei Krücken lehnten an der Wand. Matts Fuß war dick verbunden und geschient, die Reste der Desinfektionsflüssigkeit glänzten orange zwischen seinen herausragenden Zehen.

»Auch ein Glas?«, fragte er. »Eher trocken oder halbtrocken?«

»Für mich keinen Wein.«

»Es tut mir leid, wenn ich dich geweckt habe. Als ich euch drei oben gesehen habe, wie ihr geschlafen habt, bin ich extra leise wieder nach unten gegangen. Ich habe mich nicht einmal getraut, die Tür zum Schlafzimmer zu schließen.«

Louisa sah zu Boden. Die Vorstellung, dass er sie schlafend gesehen hatte, war ihr unangenehm.

»Du glaubst nicht, wie erleichtert ich war, dass du dich um die Kinder kümmerst«, fuhr Matt fort und goss sich ein halbes Glas Wein ein. »Das ist der Worst Case für jeden Alleinerziehenden, vor dem ich mich immer gefürchtet habe. Wenn selbst die Schwiegereltern nicht erreichbar sind. Es kann ja jederzeit wieder passieren, das liegt außerhalb meines Einflussbereichs: Was, wenn mir irgendetwas passiert, wenn die Kinder dann auf mich warten und ich nicht zurückkomme?« Er blickte auf die Wanduhr, anschließend auf das halb gefüllte Weinglas in seiner Hand. »Wobei es ja schon nach zwei ist, eigentlich zu spät, um etwas zu trinken, vor allem Alkohol. Ob sich der Alkohol auch mit den Schmerztabletten verträgt, die sie mir gegeben haben?« Er kippte den Wein in die Flasche zurück, um sie wieder in den Kühlschrank zu stellen. »Meine Güte, ich rede die ganze Zeit und halte dich vom Schlafen ab. Du solltest wieder hochgehen und dich hinlegen. Ich würde dich ja zum Rosenhof fahren, aber ...« Er hob seinen verletzten Fuß ein Stück. Mit einem Stöhnen nahm er die Krücken und humpelte mühsam den halben Meter zurück auf den Stuhl. »Natürlich kannst du auch meinen Wagen nehmen, wenn du willst. Kalt ist es draußen nachts geworden, richtig ungemütlich.«

Unschlüssig stand Louisa noch immer im Türrahmen. »Ich weiß nicht.« Sie war zu müde, um einen klaren Gedanken zu fassen. Sie wollte einfach nur weiterschlafen, aber gleichzeitig bei Matt sein. Sofort ihren Kopf auf ihr eigenes Kissen sinken lassen, aber nicht so spät noch zum Rosenhof aufbrechen, weder zu Fuß noch mit Matts Wagen.

»Wenigstens haben sie mir die Entlassungspapiere ausgestellt und nicht darauf bestanden, dass ich bleibe«, sagte er. »Anton hat es deutlich schlimmer erwischt. Zwei Stunden lang wurde er operiert, er hat viel Blut verloren durch seine Verletzungen am Brustkorb und an den Oberschenkeln. Dazu hat er noch eine Gehirnerschütterung. Die Tiere sind nicht ohne, das habe ich ja immer gesagt. So gern ich vor Gericht recht bekomme, in diesem Fall hätte ich lieber darauf verzichtet, dass sich meine Vorhersagen bewahrheiten. So weit hätte es nie kommen dürfen. Aber die Hauptsache ist: Die Ärzte sagen, dass auch Anton wieder vollständig gesund wird.« Er humpelte auf Krücken zur Anrichte und holte eine Mineralwasserflasche und zwei Gläser aus dem Schrank. »Kannst du mir helfen, das hier ins Wohnzimmer zu transportieren?«

»Sicher.« Sie nahm Flasche und Gläser entgegen und ging voran, um ihm die Türen zu öffnen und hinter ihm wieder zu schließen. Im Wohnzimmer stellte sie die Gläser und die Flasche auf den Couchtisch. Sie fragte sich, wie es ihm gelingen sollte, die Kinder zu versorgen, wenn es schon eine Unmöglichkeit war, ein paar Gegenstände von einem Raum in den anderen zu transportieren.

»Morgen geht es mir bestimmt besser. Du musst nicht bei mir bleiben«, sagte er, als hätte er ihre Gedanken gelesen. »Du kannst dich, wie gesagt, gern wieder hinlegen oder nach Hause aufbrechen.«

»Willst du mich loswerden?«

»Alles, nur das nicht.« Er lachte. »Aber du hast dich schon genug mit den Kindern abgemüht. Ich kann mir nur zu gut vorstellen, was sie für ein Theater veranstaltet haben, als sie ins Bett gehen sollten. Mehrere Haushälterinnen haben sich an ihnen die Zähne ausgebissen und alle nach einigen Wochen gekündigt. Die beiden können sehr …« Er überlegte. »Sie sind wohl um einiges eigensinniger als andere Kinder.«

Louisa schüttelte den Kopf. »Ich bin ja keine Fremde, sie kennen mich. Es war wirklich kein Problem. Gerade Amanda ist ein sehr pflegeleichtes Kind. Ich glaube eher, dass du einfach Pech mit deinen Haushälterinnen hattest.«

Louisa setzte sich neben ihn und schenkte in beide Gläser ein. »Eine besondere Mühe war es auch nicht, ich habe es gern getan«, sagte sie. Und das war nicht gelogen. Als Amanda neben ihr eingeschlafen war, hatte sie zum ersten Mal seit dem tödlichen Unfall ihrer Eltern wieder ein Gefühl der Vollständigkeit gespürt, nach dem sie sich all die Jahre gesehnt hatte. Amanda war nicht einmal ihre eigene Tochter, doch Gefühle waren weder logisch noch vorhersehbar, sie traten genau dann unvermittelt auf, wenn man am allerwenigsten damit rechnete. Wenn sie sich an die Situation beim Vorlesen erinnerte, spürte Louisa die Entspannung noch einmal ganz deutlich, zusammen mit dem Gedanken, dass alles genau so gut ist wie in diesem Moment.

Gleichzeitig führten Louisa und Matt ihre Gläser zum Mund, was sie beide lächeln ließ. Sie betrachtete ihn. Zum ersten Mal fiel ihr auf, dass sich an der Stelle des Kopfes, wo Mönche ihre kreisrunde Tonsur trugen, sein Haar lichtete, dass sich zwischen dem Dunkelbraun über den Ohren bereits silberne Haare verbargen. Doch es störte sie nicht, im Gegenteil. Bei ihren ersten Begegnungen war er ihr gerade mit seinem perfekten Haarschnitt und der eleganten Kleidung, an der nicht ein Fleck oder eine Falte zu entdecken war, und mit seiner Hornbrille unnahbar und kalt erschienen. Zwar hatte sie ihre Meinung, dass er sich für überlegen hielt und auf sie alle herabblickte, längst geändert. Auch den Gerüchten, die anfangs im Dorf kursiert waren, hatte sie nie geglaubt. Doch erst jetzt konnte sie sich wirklich den Menschen hinter seiner Fassade vorstellen.

Wieder bewegten sie sich synchron und stellten ihre Gläser ab.

»Was ich …«, begannen sie gleichzeitig, schwiegen dann und lachten schließlich los.

»Pst … die Kinder«, sagte Louisa und presste die Lippen zusammen, um ihr lautes Kichern unter Kontrolle zu bekommen.

»Die schlafen fest.« Matt lehnte sich zurück in die Polster. »Justus und Amanda sind längst nicht so schwach und hilflos, wie wir Eltern von unseren Kindern alle glauben. Sie sind viel selbstständiger und stärker, als es den Anschein hat. Das habe ich auch erst langsam lernen müssen«, sagte er. »Sie lassen sich nicht so schnell stören, weder nachts im Schlaf noch tagsüber. Sie wissen oft besser, wo es langgeht, als wir Erwachsenen und lassen sich kaum von ihrem Weg abbringen. Häufig sind sie diejenigen, die uns etwas lehren können, nicht wir sie.«

Seine Hand wanderte über das Polster zu ihrer. Sanft strich er über ihre Finger. Sie spürte seine Berührung in der Hand, wie ein Kribbeln, das den Arm zu ihrem Rücken hochlief. Dann drückte er ihre Hand fester, als hätte er Sorge, sie könnte sich ihm gleich wieder entziehen.

Louisa rückte ein Stück näher zu ihm. Sie roch das herbe Aftershave an seinem Hals, vermischt mit dem Geruch von Schweiß, weil er noch immer das Hemd trug, in dem er den Bullen von einem weiteren Angriff auf Anton abgehalten hatte. Sein weißes Hemd war an einer Stelle zerrissen und mehr grün als weiß, doch auch das störte sie nicht, im Gegenteil.

Er strich ihr über die Haare und küsste sie auf die Schläfe, dann wanderte sein Mund weiter abwärts, bis sich ihre Lippen berührten. Alle Anspannung des Tages fiel von Louisa ab, es war, als gäbe es nichts mehr auf der Welt außer Matt und ihr. Sie schloss die Augen und stellte sich vor, sie nie wieder zu öffnen, dann hielt sie inne und schaute sich um.

Sie blickte zur Tür und überlegte, was Amanda oder Justus wohl denken würden, wenn einer von ihnen plötzlich im Flur stünde. Besonders wenn Justus sie so sehen würde, wüsste am nächsten Morgen die gesamte Schule von diesem Kuss, und spätestens am Nachmittag hätte es auch der letzte Bewohner des Dorfes erfahren.

Matt knabberte an ihrem Ohr, dabei kitzelte sein Atem an ihrer Haut, was bei ihr einen angenehmen Schauder bis in die Zehenspitzen auslöste. Langsam schob sie ihn zur Seite, sodass sie sich mit dem Kopf auf seine Oberschenkel legen konnte. Seine Küsse wurden intensiver, mit beiden Händen umfasste er ihren Kopf und zog ihn zu sich heran. Nun schloss sie die Augen und ließ es zu, dass die Gedanken an die Kinder, an den kommenden Schultag und an den Unfall mit Jockel weit in den Hintergrund rückten, dass es nur noch ihn und sie gab, sonst nichts. Sie spürte seine Haut an ihrer, seine Lippen, seine Hände, die sich unter ihr Shirt schoben.

»Was macht ihr da?«

Die helle Kinderstimme ließ Louisa den Atem anhalten. Ruckartig setzte sie sich auf, und Matt tat es ihr nach.

Abwechselnd blickte Amanda zu Matt und Louisa. Dann sagte sie: »Ich kann nicht mehr einschlafen.«

Matt zuckte mit den Schultern. »Ich bringe dich in dein Bett zurück und bleibe eine Weile bei dir«, sagte Matt zu Amanda, ohne auf Amandas Frage einzugehen. Er stand auf, nahm seine Krücken, humpelte umständlich um den Tisch, bis er Amanda erreichte. Sanft strich er ihr über den Kopf und bückte sich. »Huckepack«, sagte er und nickte in Richtung seines Rückens.

Amanda sprang auf, wie sie es wahrscheinlich schon unzählige Male getan hatte.

»Und jetzt klammer dich gut fest, kleine Reiterin«, sagte Matt. »Ich kann dich nicht halten. Nicht, dass du fällst.«

»Ich falle doch nicht!«

»Dann gehen wir mal hoch.« Er zwinkerte Louisa zu in einer Mischung aus Trost und Bedauern.

»Stopp«, sagte Amanda auf einmal. »Ich will nicht mehr schlafen. Ich bin wach. Ich will bei euch sein. Hier unten.« Amanda strampelte, bis Matt sie wieder absetzte, wobei er fast das Gleichgewicht verlor.

»Ich muss sowieso nach Hause gehen«, sagte Louisa, weil sie wusste, dass Amanda nicht nachgeben würde. »Dann kann ich wenigstens ein paar Materialien für den Unterricht zusammensuchen, mich duschen und umziehen, bevor die Schule beginnt. Und am Nachmittag wollten wir uns ja wieder alle treffen, um deinen Hof weiter zu renovieren.«

16.

Trotz der kurzen Nacht bemerkte Louisa am nächsten Morgen den fehlenden Schlaf erst nicht. Noch immer war ihr Körper voller Adrenalin, wenn sie an die Geschehnisse auf der Weide zurückdachte, und das geschah regelmäßig. Mehrfach ploppten Bilder von Jockel, Anton und Matt, von den Krankenwagen und dem Blut auf dem Gras vor ihrem inneren Auge auf. Die Bilder waren so intensiv, dass sie die Erinnerung an all das Positive, an ihre Annäherung, seine Zärtlichkeiten, wie er an ihrem Ohr geknabbert hatte, verdrängten.

»Lasst uns das Theaterstück proben«, sagte sie nach den ersten zwei Unterrichtsstunden, als ihre Anspannung nachließ und sie doch langsam spürte, wie sie müde wurde und wie schwer es ihr zunehmend fiel, sich zu konzentrieren. Hinter ihrer Stirn setzte ein Ziehen ein, von dem sie nur hoffte, dass es sich nicht in heftige Kopfschmerzen auswachsen würde.

Begeistert schlüpften die Kinder in ihre Kostüme und schminkten sich gegenseitig, während Louisa ihr Handy an die Lautsprecher anschloss.

Dann startete die Musik.

Die Kinder brauchten trotz der Unterbrechung durch die Ferien kaum noch Unterstützung. Jeder kannte seine Aufgabe, niemand war unsicher. Und wenn doch einmal ein Kind den Text vergaß, halfen die anderen darüber hinweg, indem sie improvisierten. Aber Louisa wusste, dass die Sicherheit, die sie alle nun spürten, noch nicht ausreichte. Bei gefülltem Saal würde die Anspannung schon im Vorfeld steigen, und die Schwierigkeit wäre deutlich erhöht. Obwohl sie bei der Probe selten eingreifen musste und auch der anschließende Kunstunterricht wie von selbst lief, sehnte sich Louisa nach einem Glas Rotwein zum Mittagessen, das ihr die nötige Bettschwere für einen ausgiebigen Mittagsschlaf geben würde.

Nachdem sie alle Kinder verabschiedet und nach Hause geschickt hatte, gönnte sie sich fünf ruhige Minuten auf dem Mauervorsprung vor dem Gemeindehaus. Der Himmel über ihr war wolkenlos, die Sonne strahlte wie im Hochsommer. Nur der feuchte Geruch von Erde und die Süße der umstehenden Apfelbäume, die in der Luft lagen, erinnerten an den Herbst. Louisa ließ sich die Sonne ins Gesicht scheinen, schloss die Augen und genoss die Ruhe, die sich um sie herum ausbreitete. Um die Mittagszeit nach Schulende waren die Straßen wie ausgestorben, wenn alle zu Mittag aßen.

Ein Krachen, das aus Richtung des Müllershofs kam, ließ Louisa zusammenfahren. Ein Klopfen und Hämmern setzte ein, ein Sägen und ein hoch sirrender Bohrer. Louisa schüttelte den Kopf. Das ergab keinen Sinn, hatten sie doch zu sechst auf dem alten Hof inzwischen so viel renoviert, dass dort nur noch wenig zu tun war. Sie lauschte. Was sie hörte, waren eindeutig Baustellengeräusche – auch wenn von ihrer Position aus nichts zu sehen war und keine fremden Wagen vor Matts Einfahrt parkten. Verwundert ging Louisa mit schnellen Schritten auf Matts Haus zu, dann wurde ihr klar, dass die Arbeiten nicht am Müllershof stattfanden, sondern auf der Weide hinter dem Gebäude. Fünf Kleintransporter, die niemandem aus dem Dorf gehörten, parkten neben Antons Weidegrundstück.

Ein Traktor mit Pflug grub die verwilderte Gartenfläche hinter der Weide um. Dahinter stand der Lkw einer Fachfirma. Zwei

Männer zogen die verrotteten Stützpfähle aus der Erde, während andere Löcher in den Boden gruben und wegen des felsigen Untergrunds teils hämmerten, um Betonfundamente für neue Stützpfeiler zu gießen.

Dann bemerkte Louisa, dass sich die Arbeiten nicht nur auf die Weide beschränkten, sondern dass auch Matts Garten umgegraben und von Unkraut befreit war, dass selbst die tote Birke gefällt worden war und in Stücke zerlegt neben einem der Transporter lag. Auf Matts Terrasse stand ein großer Container mit Schutt. Männer gingen durch die Kellertür bei ihm ein und aus und füllten krachend weiteren Schutt in die Container.

Kartons waren als provisorische Tritthilfen ausgelegt, damit man auf dem umgegrabenen Boden vom Weg aus auf die Terrasse gelangen konnte. Louisa musste springen, um sich von Karton zu Karton zu bewegen.

Mit einem Lächeln kam Matt Louisa auf Krücken entgegen durch die Terrassentür. Er drückte sie an sich. Wegen des Lärms verstand sie nicht, was er sagte.

»Was ist denn hier los?«, brüllte Louisa gegen den einsetzenden Presslufthammer an. Verwirrt blickte sie sich weiter um und nickte in Richtung des Gartens und des Schuttcontainers.

»Das ist der feuchte Putz aus dem Keller. Es ist enorm, welche Mengen abgetragen werden! Und wie es staubt, obwohl der Putz so stark durchnässt ist!«

»Ich dachte, die Arbeiten im Keller wollten wir auf nächstes Jahr verschieben. Das wird dich ein Vermögen kosten.«

Immer wieder kamen Männer die seitliche Kellertreppe herauf und verschwanden auf demselben Weg im Innern.

»Du glaubst nicht, was passiert ist! Acht …« Matt blickte zur Weide, wo nun auch ein Presslufthammer auf dem Fels angesetzt wurde. »Acht Männer hat mir Anton geschickt, die restlichen sind auf seiner Weide beschäftigt. Um sie zu erweitern und einen neuen Elektrozaun zu errichten. Ich habe nicht einmal Getränke für alle da, im Keller steht gerade mal ein halb voller Wasserkasten.«

»Noch mal langsam.« Louisa konnte nicht glauben, was sie hörte. »Anton hat dir Helfer organisiert? Für den Keller?«

»Er hat heute Morgen früh angerufen. Seine Stimme klang noch benommen von der Narkose. Das ist sein Dank dafür, dass ich ihn vor Jockel gerettet habe. Um die Facharbeiter zu bezahlen, will er sogar einige seiner Pferde verkaufen. Außerdem hat er sich entschuldigt, dass er mir den Start hier so schwer gemacht hat. Und er hat sich nach den Renovierungsarbeiten erkundigt.« Matt strahlte über das ganze Gesicht. »Dass ich gut zurechtkomme, dass wir keine Unterstützung brauchen – davon wollte er nichts hören. Das ist seine Art und Weise, sich zu bedanken und gleichzeitig zu entschuldigen. Er hat darauf bestanden, dass er für den Keller eine Fachfirma schickt. Es ist unfassbar, wen er als Bürgermeister alles kennt und wie viele Leute bereit sind, ihm einen Gefallen zu tun. Ich hätte vielleicht damit gerechnet, dass in zwei Wochen jemand kommt, um das Haus zu begutachten, aber das hier ...«

Das Krachen der Putzstücke auf Metall verschluckte seine restlichen Worte.

Louisa nickte. Anton war stur, aber wenn er einmal einsah, dass er sich getäuscht und jemandem unrecht getan hatte, unternahm er alles, um es wiedergutzumachen.

»Es ist schon seltsam, nur zuzusehen, wie die Arbeiten vorwärtsgehen, und nicht selbst zu helfen. Aber das funktioniert ja nicht.« Matt hob seine Krücken an. »Übrigens: Zu Claras Vertrag wegen des Geschäfts in Asien habe ich leider noch keine Rückmeldung bekommen. Ich melde mich, sobald ich etwas weiß.«

Der Lieferwagen eines Catering-Services blieb an der Straße stehen und hupte.

»Das Essen, das ich bestellt habe, kommt. Wenn du willst, kannst du mit uns essen, es wird mehr als genug für alle sein.«

Louisa zögerte. »Nee, lass mal.« Sie umarmte und küsste ihn. »Nach der gestrigen Nacht will ich nur eins: schlafen.«

»Aber nur, wenn du am Abend vorbeikommst, wenn hier alle Arbeiter wieder weg sind und die Kinder im Bett.« Er zwinkerte ihr zu. »Gegen neun? Dann habe ich eine Überraschung für dich.«

※

Louisa schloss die Haustür am Rosenhof auf und warf ihre Tasche in die Ecke des Flurs. Zuerst dachte sie, Clara hätte Besuch, weil neben der Stimme ihrer Schwester eine andere Frauenstimme aus dem Wohnzimmer zu hören war. Doch dann erkannte sie, dass Clara mit dem Handy in der Hand und eingeschaltetem Lautsprecher auf und ab lief. Clara war so in das Gespräch vertieft, dass sie Louisas Ankunft gar nicht bemerkt hatte. Die Stimme am anderen Ende der Leitung klang aufgebracht und durch ein Hintergrundknacken so verzerrt, dass Louisa eine Weile brauchte, um zu erkennen, dass Clara mit Jennifer telefonierte.

Louisa blieb im Flur stehen, unentschlossen, weil sie nicht stören wollte. Tränen standen in Claras Augen, gleichzeitig hatte sie die Lippen fest aufeinandergepresst, während sie zuhörte. Ihre Augenbrauen zogen sich immer weiter zusammen, eine steile Falte entstand über der Nase.

»Es ist schon okay«, sagte Clara, doch ihr Gesichtsausdruck verriet, dass das nicht stimmte. Gar nichts war okay.

»Du ... suchst das runterzuspiel ...«, klang es aus dem Lautsprecher. Jennifers Stimme war nur unterbrochen zu hören, immer wieder waren minimale Lücken in der Übertragung, sodass einzelne Buchstaben in einem Rauschen verschwanden. »Es ist ei... absoluter Vertrauensbruch! Ich hätte ja verstand..., wenn du den

Vertrag dei… Schwester zeigst. Ich weiß ja, wie dicke … miteinander seid. Aber einem Anwalt? Der es… noch an einen ander… Anwalt weiterreicht?«

Claras Schritte beschleunigten sich. Wie ein gefangenes Tier ging sie im Wohnzimmer auf und ab, zur Terrasse, dann ins Esszimmer und wieder zur Couch. Terrasse, Esszimmer, Couch, Terrasse, Esszimmer, Couch, so schnell und zackig, dass es einem Sportprogramm gleichkam. Weiterhin starrte Clara geradeaus, ihr Blick glitt über Louisa hinweg, ohne dass sie sie im Schatten des Flurs bemerkte.

Langsam trat Louisa zu ihrer Schwester heran. Vorsichtig legte sie ihre Hand auf Claras Schulter. Deren T-Shirt war verschwitzt, ihr Oberkörper fühlte sich so heiß an, als hätte sie hohes Fieber.

Clara zuckte kurz zusammen, blieb dann stehen, schüttelte den Kopf und legte den Zeigefinger auf die Lippen.

»Ich weiß ni…, ob … dir das jemals verzeihen kann«, sagte Jennifer.

»Du mir?«, fragte Clara. »Das ist doch lächerlich. Es geht hier um eine geschäftliche Angelegenheit, nicht um unsere Freundschaft. Das eine hat mit dem anderen gar nichts zu tun. Der Kredit ist mein persönliches Risiko, und den gibt es nicht geschenkt. Weißt du überhaupt, was das für mich, Manuel und Louisa bedeutet? Ich könnte alles verlieren, was ich mir hier aufgebaut habe, wenn dein Plan scheitert. Kapierst du das?«

»So, es geht … nicht um unsere Freundschaft. Was bin ich denn für dich? Was bedeutet … unsere Freundschaft überhaupt noch? Oder hast du … längst zu den Akten gele…?«

»Freundschaft hat nichts mit dem Kreditvertrag und nichts mit dem Geschäft zu tun. So eine Summe, um die es geht! Freunde leihen sich mal ein paar Euro für Bus oder Taxi. Das ist okay. Aber sie riskieren nicht ihre Lebensgrundlage füreinander. Das ist zu viel verlangt. Das hat nichts mehr mit Freundschaft zu tun. Hör auf, mich so unter Druck zu setzen. Würde ich den Vertrag nicht prüfen, wäre das kein Vertrauensbeweis, sondern pure Dummheit!«

»So, du meinst …, ich hätte das nicht längst geprüft? Ich hätte nicht wochen… verhandelt, um das Bes… für uns rauszuschlagen? Den größtmöglichen Gewinn? Vertraust du mir nicht?«

»Hast du mir überhaupt zugehört? Das hat auch nichts mit Vertrauen zu tun. Es ist ein Geschäft. Nicht mehr und nicht weniger. Wie du reagierst, so verschnupft, das ist einfach nur unprofessionell!«

»Ich kann mit diesem Misstrauen nicht leben. … kann nicht so tun, als hätten wir … nichts miteinander zu tun, als wären wir Fremde. Und das willst … Als hätte es unsere Reise nicht gegeben.«

»Du willst es nicht begreifen, oder?« Clara wechselte einen Blick mit Louisa.

Die schüttelte den Kopf, ballte eine Hand zur Faust und reckte einen Daumen hoch. Sie war ganz Claras Meinung und stolz auf ihre Schwester, dass die sich traute, ihre Position so offensiv zu vertreten.

Clara hielt das Telefon kurz von sich weg und atmete lautstark und tief durch.

»Weißt du …, wo mitten auf der Wüstenpiste die Autobatterie wegen der Hitze den Geist aufgegeben … und wir immer … auf Bergkuppen anhalten konnten, damit eine von uns beim Anfahren lenkt und … andere schiebt, bis der Motor wieder anspringt? Hätten wir uns nicht aufeinander verlassen können, hätte eine von uns gesagt: ›Du kannst mich mal‹, dann wären wir … nicht mehr am Leben.«

»Jennifer, so hat das keinen Sinn. Der Vertrag ist beim Anwalt. Und ich unterschreibe nicht, bis ich eine Rückmeldung habe. Ich brauche Sicherheit. Darauf bestehe ich, und damit musst du dich abfinden. Daran ändern auch irgendwelche sentimentalen Erinnerungen nichts. Ja, wir haben viel erlebt auf unserer Afrikareise. Es war wahrscheinlich für uns beide das größte Abenteuer unseres Lebens. Aber Freundschaft ist Freundschaft, und Geschäft ist Geschäft.«

»Du hast dich verändert, Clara. Ich erkenne ... nicht wieder.« Jennifer schluchzte. »Das liegt alles nur an ...«

Eine Zeit lang sagten weder Jennifer noch Clara etwas. Louisa wusste genau, was Jennifer meinte: Es lag alles nur an ihr, an Louisa. Ihr Leben lang hatte sie die Rolle der Besonnenen übernommen.

Louisa wollte ihrer Schwester das Telefon aus der Hand nehmen, um Jennifer die Meinung zu sagen, wie unfair sie sich verhielt, unter welchen Druck sie Clara setzte. Sie nickte Clara zu und griff nach dem Mobilteil. Doch Clara hielt das Gerät noch fester in den Händen und schüttelte den Kopf.

»Wir drehen uns im Kreis«, sagte Clara. »Sag einfach deinen Geschäftspartnern, ich brauche drei Tage, dann gebe ich dir definitiv Bescheid.«

»Das werde ich nicht ... Die Chance ... vorbei. Ich bin hiermit raus aus dem Geschäft. Ich kann mit niemandem zusammenarbeiten, der ... misstraut, wie du es tust. Es ist vorbei. Und vergiss unsere Freundschaft. Die hat ... nie gegeben, und ich habe sie mir nur eingeredet. Ich kenne dich ... nicht mehr wieder. Was ist nur aus dir geworden, Clara?«

»Das ist doch ...«, sagte Clara und schwieg, als nur noch ein Tuten am anderen Ende der Leitung erklang.

Louisa stöhnte laut. »Das kann sie nicht machen!« Sie nahm ihrer Schwester das Telefon aus der Hand, öffnete den Nummernspeicher und wählte die zuletzt angezeigte Nummer. »Das können wir nicht so stehen lassen.«

Jennifer ging nicht dran.

Nachdem die Mailbox ansprang, probierte Louisa es noch mehrere Male. Schließlich klingelte es nur noch einmal am anderen Ende der Leitung, gefolgt von einem Besetztzeichen und der automatischen Bandansage »Der Teilnehmer ist zurzeit nicht erreichbar«.

»Lass mich mal.« Clara schrieb eine Nachricht mit einer Rückrufbitte. Kein Häkchen erschien. »Gesperrt«, sagte Clara. »Sie hat mich einfach blockiert! Ist das denn zu fassen? Sie meint es wirklich ernst.« Clara legte das Handy auf den Wohnzimmertisch. Eine Weile blieb sie stehen und blickte aus dem Fenster. Dann bewegte sie sich langsam zum Sofa und setzte sich hin. Wie betäubt starrte sie auf das Handy.

»Vielleicht ist es besser, dass es so gekommen ist«, sagte Louisa. Sie nahm neben Clara Platz, rückte näher zu ihr heran und strich ihr sanft über den Rücken. Erst dadurch merkte Louisa, wie Clara vor Wut und Anspannung zitterte, während sie äußerlich ganz ruhig schien.

Clara antwortete nicht.

»Du hast völlig recht mit dem, was du gesagt hast.« Louisa nahm Claras Hand. »So ein Risiko, das du für Jennifer eingehen würdest – das hat mit Freundschaft gar nichts mehr zu tun. Das ist Erpressung, was sie macht. Unfairer geht es nicht. Und dann die Mitleidstour.« Louisa wartete, dass Clara etwas antwortete, doch als diese weiter schwieg, fuhr Louisa fort: »Du hast keinen Fehler gemacht. Du hattest keine Wahl. Du musstest so handeln. All die Zeit, die du in den Rosenhof gesteckt hast, wie wir uns es hier perfekt eingerichtet haben ... das zu riskieren für einen Vertrag ...«

»Trotzdem fühle ich mich mies! Wie eine Verräterin.« Clara schloss die Augen. »Du weißt, wie viel mir Freundschaft bedeutet, dass ich finde, dass es wichtig ist, sich zu unterstützen und sich Halt zu geben. Wie es Hannes und Lena für mich im letzten Jahr getan haben.«

»Genau darauf hat Jennifer doch spekuliert. Dass du deswegen einknickst, wenn sie dich so unter Druck setzt. Dass sie so kriegt, was sie will. Aber heißt Freundschaft nicht auch, dass man sich mal streiten kann, ohne sich zu verletzen und ohne direkt die Freundschaft zu beenden? Dass man Meinungsverschiedenheiten und die Ängste und Sorgen des anderen akzeptieren muss?«

Clara stand mit einem Ruck auf. »Du hast ja recht. Aber das eine ist der Verstand. Das andere ist das Gefühl. Und es tut verdammt weh, dass es so gelaufen ist. Da helfen auch alle Argumente nicht.« Sie rieb sich über das Gesicht, sodass es sich an der Stirn rötete, und seufzte. »Ich lege mich jetzt hin. Obwohl ich sowieso nicht schlafen kann. Ich muss erst mal runterkommen. Heute wäre ich mit dem Kochen am Mittag dran gewesen, ich weiß. Tut mir leid, ich habe es nicht auf die Reihe gekriegt. Und nach dem Gespräch eben ist mir auch der Appetit vergangen. Aber wenn du willst, koche ich noch etwas für dich.«

»Lass mal. Geh hoch und tu dir was Gutes. Es ist Kartoffelsalat von gestern da, das reicht.«

»Danke!« Clara umarmte Louisa und bewegte sich dann langsam wie eine alte Frau die Treppe in den ersten Stock hoch. Louisa aß in der Küche ein paar Bissen von dem Kartoffelsalat direkt aus der Schüssel. Dann ging auch sie in ihr Zimmer, um sich eine Portion Schlaf zu gönnen.

Einmal wachte sie kurz auf, als ein rötlicher Schimmer durch das Panoramafenster warm auf ihr Gesicht leuchtete. Sie blickte nach draußen, wo die Farben des Himmels wie so oft an den Herbstabenden so intensiv strahlten, als wollte der Herbst noch einmal alle Kraft des Sommers bündeln, bevor die Farben dann während der nebeligen Tage verschwanden. An diesem Spätnachmittag wurde der Himmel erst in ein leuchtendes, helles Rot getränkt, dann tauchte mehr Violett auf, das immer dunkler wurde.

Louisa sagte sich, dass sie aufstehen und den Unterricht für den nächsten Tag vorbereiten sollte, und erinnerte sich daran, dass sie sich noch mit Matt treffen wollte. Verschlafen nahm sie ihr Handy.

Können wir unser Treffen auf morgen Abend verschieben? Zur selben Zeit?, schrieb sie eine Nachricht an Matt.

Schade, aber ja, klar, morgen geht auch, kam wenig später die Antwort.

Sie überlegte, welche Unterrichtsmaterialien sie schnell erstellen konnte. Arbeitsblätter aus ihrem neuen Buch kopieren? Oder etwas zum Basteln heraussuchen? Doch bevor sie dazu kam, ihre Pläne umzusetzen, war sie wieder eingeschlafen.

17.

So lange hatte Louisa noch nie geschlafen. Als sie aufwachte, war am Horizont bereits ein silbern leuchtender Streifen der aufgehenden Sonne zu sehen. Sie erinnerte sich grob an all die wirren Träume von gefährlichen Kühen und von Stierkämpfen, die sie mehrfach verschwitzt hatten aufwachen lassen. Um ihren Kreislauf in Schwung zu bringen und die Bettschwere zu vertreiben, verließ Louisa nach der Dusche und dem Frühstück den Rosenhof eine Viertelstunde eher als gewöhnlich. Vielleicht würde sie auch noch Matt treffen, wenn sie nicht den kurzen Schulweg durchs Dorf wählte, sondern die längere Strecke außen um die Häuser herum.

Inzwischen waren die restlichen Heuwiesen und Felder abgemäht, sodass die Landschaft wieder mehr Weite bekam. In der Ferne entdeckte Louisa grasende Rehe, die zu fünft etwas abseits des Dorfes standen, bewegungslos, als würden sie warten. Dann stoben sie auseinander und rannten in Richtung Wald. Dass es nachts geregnet hatte, bemerkte Louisa erst jetzt, als das Gras ihre Schuhe und Hosenbeine streifte und den Stoff ihrer Hose durch die Nässe dunkel färbte. Das noch nicht gebündelte, feuchte Heu auf den gemähten Wiesen verströmte einen Geruch nach Marzipan. Nie zuvor war ihr dieser Geruch so deutlich aufgefallen wie an diesem Morgen. Die Sonne schien so intensiv, dass sie die Kühle der Nacht schnell vertrieb. Die Bodenfeuchte löste sich auf und bildete eine durchsichtige Decke von Nebelschwaden, die kniehoch über dem Boden waberten und manchmal zwischen

Bäumen gestalthaft an ihr vorbeizogen. Der Morgennebel tauchte die Welt um sie herum nach und nach in Pastellfarben und ließ die Konturen verschwimmen. Auch dämpfte er die Geräusche, sodass die Fahrzeuge auf der entfernten Hauptstraße zwar zu sehen, aber nicht zu hören waren.

Louisa liebte diese herbstliche Atmosphäre, die zwar hintergründiger war als der Sommer mit all seiner Farbenpracht und den süßen Gerüchen, wenn Blüten und Beeren überreif waren, aber dafür nicht weniger schön.

Beim Überqueren der Hauptstraße begegneten ihr zwei Kleintransporter mit der Aufschrift »Bausanierung«, die in Matts Einfahrt einbogen. Sechs Männer stiegen aus und liefen in Arbeitskleidung auf den Müllershof zu.

Matt öffnete, sah sie und winkte, dann hob er sein Handy hoch, um ihr zu signalisieren, dass sie später telefonieren würden. Hinter den Männern schloss sich die Tür wieder. Louisa war enttäuscht, dass er sich keine Zeit für eine Begegnung nahm, andererseits zeigte ihr der Blick auf ihre Armbanduhr, dass sie auf dem Weg getrödelt und bereits fünf Minuten länger für die Strecke gebraucht hatte als geplant. So sehr sie sich für Matt freute, dass er nun genügend Unterstützung bekam, dass er die Kellerrenovierung schon in diesem Jahr erledigen konnte, so bedauerte sie es auch, dass durch die professionellen Helfer weitere Hilfe von Clara, Manuel, Lena, Hannes und ihr überflüssig geworden war. Die Arbeiten gingen nun so schnell voran, dass es kaum mehr eine Rolle spielte, ob Louisa noch mithalf oder nicht. Wenn sie Matt in Zukunft treffen wollte, mussten sie sich bewusst verabreden. Die gemeinsamen Mittagessen und die Tagesausklänge nach getaner Arbeit, die kurzen Ruhepausen, in denen sich immer wieder unerwartet intensive Gespräche ergeben hatten – auf all das müsste sie verzichten.

Sie schob den unsinnigen Gedanken beiseite, für Matt nicht

mehr wichtig zu sein. Inzwischen war er ihr so wichtig geworden, dass sie zunehmend Angst verspürte, dass sie ihm nicht genauso viel bedeutete wie er ihr.

Als sich die Haustür vom Müllershof erneut öffnete und die Kinder herausstürmten, wurden Louisas trübe Gedanken endgültig vertrieben. Justus und Amanda rannten auf Louisa zu, nahmen sie bei der Hand und plapperten munter drauflos. Von der anderen Seite kamen noch weitere Schüler dazu, sodass Louisa bald von Kindern umringt war. Jeder wollte ihr etwas erzählen, hatte Spannendes zu berichten. Von einer Traube aus Kindern belagert, näherte sich Louisa dem Gemeindehaus.

Sie schloss auf, woraufhin die Schüler ins Innere strömten. Amanda blieb stehen, umarmte Louisa zum Abschied, dann rannte sie zurück nach Hause.

An den anfänglichen Trubel und das Chaos im Klassenzimmer hatte sich Louisa längst gewöhnt. Stühle schabten geräuschvoll über den Boden, Fenster wurden geöffnet, Schüler rannten durcheinander und diskutierten lautstark, wer sich heute neben wen setzte. Irgendwo im hinteren Bereich der Klasse polterte etwas. An ihrem Zusammenzucken bei jedem Knall, an der Sehnsucht, besonders schnell Ruhe in das Getümmel zu bringen, merkte Louisa, dass sie doch müder war als gedacht. Hinter ihrer Stirn begann es zu pochen. Auch der lange Schlaf hatte keinen wirklichen Ausgleich bieten können für den Chaostag, der für Matt und Anton im Krankenhaus geendet hatte.

Sie sammelte sich und konzentrierte sich darauf, mit beiden Füßen fest auf dem Boden vor dem Pult zu stehen. Dann klatschte sie in die Hände und begrüßte die Schüler. An diesem Tag war sie allein vor der Klasse. Ihre Kollegin Sabine befand sich auf einer Fortbildung, und Referendar Frank hatte sich bereits in der vergangenen Woche krankgemeldet. Doch das störte sie kaum. So brauchte sie das, was sie tat, vor niemandem zu rechtfertigen.

Louisa zog das Buch von *Wir Kinder aus Bullerbü* aus der Tasche, das in ihrer Kindheit eins ihrer Lieblingsbücher gewesen war. Sie erzählte der Klasse, wie sehr sie sich früher darauf gefreut hatte, wenn Oma und Opa ihr und ihrer Schwester abwechselnd daraus vorgelesen hatten.

»Kennt jemand von euch die Geschichte?«, fragte sie.

Doch niemand meldete sich, auch wussten die Kinder nichts über die Autorin. So erzählte Louisa von Schweden, von Småland, wie Kinder früher dort aufgewachsen waren. Dann begann sie zu lesen. Eine halbe Stunde später durften die Schüler die Szene, die ihnen am besten gefallen hatte, zeichnen.

Um halb elf blickte Louisa das nächste Mal auf die Uhr und bemerkte, dass sie vollständig vergessen hatte, die erste lange Pause auszurufen.

Im Laufe des verbliebenen Vormittags schien die Zeit immer langsamer zu verstreichen. Während der letzten Unterrichtsstunde blickte sie alle fünf bis zehn Minuten auf die Uhr. Inzwischen war Louisa so müde, dass sie sich nicht gestattete, sich hinzusetzen, weil sie befürchtete, dass ihr Kopf dann auf die Tischplatte sinken und sie schlichtweg einschlafen würde. Die Albträume und das häufige Aufwachen hatten sie mehr erschöpft, als sie anfangs gedacht hatte. Und langsam wurde ihr klar, wie schrecklich es doch gewesen wäre, wenn der Bulle Matt ernsthaft verletzt hätte. Er war ihr viel wichtiger geworden, als sie sich bisher hatte eingestehen wollen.

Auf dem Weg nach Hause kam sie sich vor wie eine Schlafwandlerin.

Manuel hatte für alle gekocht, so setzte sich Louisa zu Clara und Manuel an den Tisch, während sie sich vorstellte, wie sie in wenigen Minuten die Ohrstöpsel nehmen und ins Bett fallen würde.

Als sie sich schließlich hinlegte, schlief sie komplett angezogen ein, noch bevor sie sich zugedeckt hatte.

※

Von lautem Stimmengewirr wachte Louisa auf. Draußen wurde es bereits dunkel. Weil die Sonne nicht mehr durch das große Panoramafenster hereinfiel und das Fenster gekippt war, hatte es sich im Raum abgekühlt. Über ihr verschwitztes Gesicht strich ein kühler Windzug. Die Luft roch nach nahendem Regen, feuchter Erde und Laub – nach Herbst.

Louisa brauchte eine Weile, um zu sortieren, was sie hörte. Von unten klangen die Stimmen von Manuel und Clara herauf. Weil ihre Zimmertür einen kleinen Spalt geöffnet war, hörte sie das Gespräch zwangsläufig mit. Entweder hatte sie selbst die Tür nicht richtig zugezogen, oder Clara oder Manuel hatten zwischendurch nach ihr gesehen.

»Ich bin so sauer«, sagte Clara.

»Hey, die Sache ist die Aufregung nicht wert.«

»Dass sie mich blockiert hat … Sie hat mich wirklich blockiert!«

Eine kurze Pause trat ein, in der nur der Wind von draußen zu hören war, der durch das gekippte Fenster wehte, dann fügte Clara leiser hinzu: »Und wenn ich den Vertrag unterschreibe und ihr zuschicke?«

»Das tust du nicht!«

»Es tut einfach so weh, dass sie so reagiert. Weißt du, für mich war sie seit über zehn Jahren wie eine zweite Schwester. Ich war immer die Vernünftige. Jennifer die Mutige. Die hinauswollte in die Welt. Ohne die ich so vieles nicht gewagt hätte. Ohne Jennifer, ohne die gemeinsame Weltreise wäre ich nicht die, die ich heute bin. Sie packt einfach an, ohne zu zögern. Sie bricht aus. Pfeift auf

Konventionen. Ohne die Zeit mit ihr hätte ich mich nie an so ein Riesenprojekt rangewagt, wie den Rosenhof zu renovieren. Ich hatte ja nicht mal den Mut, selbstständig eine Schreinerwerkstatt zu eröffnen!« Ein kurzes Schluchzen war zu hören, dann trat wieder Stille ein.

Bei Louisa meldete sich das schlechte Gewissen. War es richtig, dass sie als Schwester sich eingemischt hatte? Oder hätte sie sich besser rausgehalten? War sie im Grunde schuld daran, dass sich Jennifer und Clara so weit voneinander entfernt hatten? Jahrelang waren Jennifer und Clara beste Freundinnen gewesen – und nun das.

Langsam richtete Louisa sich auf. Noch immer befanden sich Clara und Manuel im Flur, sodass ihre Stimmen durchs Treppenhaus hallten.

»Was mich erschreckt«, sagte Clara, »ist, dass ich überhaupt nicht mit einer solchen Reaktion gerechnet habe. So eine Enttäuschung.«

»Dann weißt du wenigstens, woran du bei ihr bist, und machst dir keine Illusionen. Jede Enttäuschung ist auch ein Ende der Täuschung.«

»Falls wir uns einmal so in die Wolle kriegen ... falls wir uns nicht einigen können ...«

»Das hat doch mit uns beiden nichts zu tun. Hey, ich bin immer für dich da.«

»Ich rufe sie jetzt an und entschuldige mich. Von einem anderen Handy aus. Deine Nummer kennt sie nicht, die kann sie nicht gesperrt haben.« Claras Schritte erklangen auf der Treppe. Sie war so aufgebracht, dass sie zwei Stufen auf einmal nahm. Jeder Schritt klang wie ein Paukenschlag.

Louisa ging zur Tür und öffnete sie ganz. Kurz musste sie sich an der Wand festhalten, weil ihr schwindelig wurde. »Clara, warte«, rief sie und eilte treppab, auch wenn vom schnellen Aufstehen noch immer die Umgebung vor ihren Augen verschwamm. Doch sie kannte die alte, unregelmäßige Treppe und die Abstände zwischen den einzelnen Stufen gut genug, dass sie sie blind laufen konnte.

Clara hielt Manuels Smartphone in der Hand, ging zurück ins Wohnzimmer und öffnete die Terrassentür, um draußen zu telefonieren, wo der Empfang besser war. Louisa folgte ihr weiter und legte ihrer Schwester die Hand auf die Schulter.

»Tu es nicht. Nicht jetzt«, sagte Louisa. »Lass die Entscheidung noch sacken. Warte bis morgen, das ist das Einzige, worum ich dich bitte. Du bist aufgebracht. Das verstehe ich ja. Aber das ist keine gute Basis für so eine weitreichende Entscheidung. Die sollte man nicht aus einer Laune heraus treffen. Es geht um den Rosenhof, den du aufs Spiel setzt.«

»Aber ...«

»Kein Aber. Es ist unfair von Jennifer, dich so unter Druck zu setzen. Sie weiß, welche Knöpfe sie bei dir drücken muss, um ihren Willen zu kriegen.«

»Es ist meine Entscheidung. Meine allein.« Clara entsperrte das Display.

Louisa drückte den Ausschaltknopf, woraufhin das Display wieder dunkel wurde. »Ich will dich gar nicht davon abhalten. Ich rede nicht mehr dagegen.« Louisa biss sich auf die Unterlippe, weil sie nicht wusste, ob sie dieses Versprechen würde halten können. »Warte einfach bis morgen, bis du ausgeschlafen hast. Und komm rein. Es ist zu kalt, um ohne Jacke hier draußen herumzustehen.«

Manuel kam hinzu. Dankbar sah er zu Louisa und blieb im Türrahmen stehen.

Clara seufzte, dann ließ sie die Hand mit dem Smartphone sinken. »Und was ändert das, außer dass ich mir den Abend verderbe, weil ich an nichts anderes denken kann? Ich werde im Wohnzimmer sitzen und mich nicht mal auf einen Film oder ein Buch konzentrieren können. Die Sache macht mich fertig.«

Louisa überlegte. »Ich bin mit Matt verabredet, um neun, wenn er seine Kids ins Bett gebracht hat. Wir können alle drei zu ihm. Was denkst du?« Sie hatte ein schlechtes Gewissen, weil sie es einfach anbot, ohne mit Matt Rücksprache gehalten zu haben. Sicherlich wäre ihm ein Abend zu zweit lieber gewesen, aber er würde auch Louisas Situation verstehen. Sie konnte ihre Schwester jetzt nicht allein lassen. »Wir können uns bei Matt zu viert zusammensetzen. Den Abend draußen auf seiner Terrasse genießen, ein Feuer anzünden. Stockbrot backen. Dann kommst du automatisch auf andere Gedanken.«

Clara wechselte einen Blick mit Manuel.

»Eigentlich hatte ich mir einen Stapel Fachzeitschriften vorgenommen«, sagte Manuel. »Wobei mir eine Pause bestimmt guttun würde.«

»Okay.« Clara reichte Manuel sein Smartphone, auch wenn sie noch nicht überzeugt war.

Eine Viertelstunde später verließen sie zu dritt das Haus. Plaudernd gingen sie durchs Dorf zum Müllershof.

»Das ist unglaublich«, sagte Manuel, als sie in die Einfahrt traten. Zwei Container mit Putz aus dem Keller und anderem Bauschutt, die am Mittag noch nicht dort gewesen waren, standen an der Straße. Der Rasen vor und auch hinter dem Haus war umgegraben und neues Gras ausgesät, die Hecke geschnitten, das Unkraut entfernt. Eine Lieferung Fliesen stapelte sich auf Europaletten neben der Eingangstür. Ein Baugerüst ging rund um das Haus herum. Die Außenfassade war an der Wetterseite bereits ausgebessert worden und zur Hälfte gestrichen. Das Gebäude war kaum wiederzuerkennen, so viel war innerhalb der kurzen Zeit geschehen.

Ihre Bedenken, weil sie Clara und Manuel ungefragt mitgebracht hatte, verflogen in dem Moment, als Matt öffnete und Clara und Manuel herzlich begrüßte.

»Setzen wir uns hinten an den Feuerkorb«, schlug er vor, als hätte er Louisas Gedanken gelesen, und drückte sie zur Begrüßung. »Nach all dem Trubel heute freue ich mich auf einen ruhigen Tagesausklang. Übrigens ...«, wandte er sich an Clara, »habe ich Neuigkeiten.«

Leise, um die Kinder nicht zu wecken, schlichen sie durch den Flur und das Wohnzimmer auf die Terrasse. Matt nahm einen Haufen Papiere mit nach draußen, die neben dem Telefon lagen. Schon aus der Entfernung erkannte Louisa, dass es sich um den Vertragsentwurf handelte, den Jennifer geschickt hatte.

Clara setzte sich auf die Kante eines Terrassenstuhls, die Anspannung war ihr deutlich anzusehen. Sie umklammerte ihre eigenen Arme, während Manuel dünne Äste über einem zusammengeknüllten Blatt Zeitungspapier stapelte und das Feuer entzündete. Die Temperatur sank inzwischen abends zügig, sodass Louisa ihre Strickjacke enger um ihren Körper wickelte und darauf wartete, dass das Feuer seine Wärme entfaltete.

Matt setzte sich neben Clara und zeigte ihr mehrere unterstrichene Passagen in dem Vertragsentwurf, die am Rand mit Notizen versehen waren.

»Du kannst froh sein, nicht unterschrieben zu haben«, sagte er. »Vor allem diese Klausel hier ...« Er blätterte um. »Solche Bedingungen sind bei verderblicher Ware wie Lebensmitteln absolut unüblich: Der Vertrag sieht vor, dass die Ware erst nach Verkauf bezahlt wird, dass sie nur auf Kommissionsbasis abgenommen wird.«

Matt sah von einem zum anderen.

Louisa zuckte mit den Schultern. Ihr war nicht genau klar, worauf Matt hinauswollte.

»Das bedeutet, dass die Supermarktkette sich zwar verpflichtet, die Ware gut sichtbar auf einem Aktionsstand in Kassennähe zu platzieren, aber nur für die Packungen Provision an euch zahlt, die verkauft werden. Falls nichts verkauft wird, bekommt Clara kein Geld. Ihr müsst realistisch damit rechnen, dass ihr nur für einen Bruchteil der Ware bezahlt werdet. Mein Kollege schätzte, dass ihr von einem Ausschuss von mindestens einem Drittel ausgehen müsst. Selbst der Extremfall, dass sich so gut wie nichts von den Süßigkeiten verkauft, ist nicht auszuschließen, weil es keine Garantie gibt. Dann würdest du das investierte Geld verlieren.«

Matt räusperte sich. »Hinzu kommt ein Punkt, den ich persönlich anmerken möchte. Die Rosenbonbons schmecken fantastisch. Amanda und Justus mögen sie so gern. Es ist etwas Besonderes, dass sie ohne chemische Zusätze von Hand hergestellt werden, und es sind echte Spezialitäten. Aber was mir aufgefallen ist: Sie sind auch sehr feuchtigkeitsanfällig. Wenn ich die Dose einmal über Nacht nicht richtig verschließe, kleben sie zusammen. Bei einem so langen Transport lassen sich extreme Feuchtigkeits- und Temperaturschwankungen kaum vermeiden. Dann kleben die Bonbons zusammen und sind unverkäuflich. Um dieses Risiko zu mindern, müsstet ihr entweder viel mehr Verpackungen nutzen, eventuell mit einem Vakuum arbeiten, oder jedes Bonbon einzeln einwickeln, was nur maschinell umsetzbar ist. Oder die Rezeptur verändern.«

Clara nahm Matt die Papiere ab und schleuderte sie ins Feuer. Die Flammen loderten hoch auf und sprühten Funken. Dann warf Clara ein großes Holzscheit obenauf. Doch entgegen Louisas Befürchtung wirkte ihre Schwester weder frustriert noch enttäuscht, sondern eher erleichtert.

Matt wollte gerade aufstehen, aber Louisa legte ihm eine Hand auf die Schulter. »Bleib du mit deinem verletzten Fuß sitzen, ich kümmere mich um die Getränke.«

»Trinken wir darauf, dass ihr mich vor einer absoluten Fehlentscheidung bewahrt habt«, sagte Clara.

Sie stand auf und umarmte Matt. »Ich weiß nicht, wie ich mich jemals für deine Hilfe revanchieren kann.«

»Das hast du doch schon längst getan. All die Zeit, die du für meine Hausrenovierung geopfert hast ... Abgesehen davon: Hier im Dorf helfen wir einander, so ist es doch, oder?«

18.

»Lass uns nach Hause gehen, ich schlafe gleich im Stehen ein«, sagte Clara um kurz vor Mitternacht.

Wenig später verabschiedete Matt Clara und Manuel an der Haustür. Weil sie den Nachmittag und frühen Abend verschlafen hatte, spürte Louisa hingegen keine Müdigkeit, im Gegenteil. Die angeregten Gespräche hatten ihre Erschöpfung vertrieben. Das grausame Geschehen auf der Bullenweide war immer mehr in den Hintergrund getreten, sodass sie sich nun wieder entspannen konnte. Auch Matt betonte, dass er noch längst nicht müde sei und nicht ins Bett gehen müsse, da er am nächsten Tag keine festen Termine habe, nur ein paar Akten zu Hause bearbeiten wolle.

So kehrten Louisa und Matt an den Feuerkorb auf der Terrasse zurück und legten zusätzliche Holzscheite auf, während Clara und Manuel sich entfernten. Das Feuer vergrößerte sich schnell und strahlte eine solche Wärme ab, dass sie sich mit den Stühlen weiter von den Flammen wegsetzen mussten, zu heiß wurden ihre Füße und Knie. Im Hintergrund zirpten noch immer die Grillen. Irgendwo in der Ferne rief ein Käuzchen. Der Wind ließ die trockenen Blätter in den Bäumen rascheln. Das Feuer knackte in unregelmäßigen Abständen, aber kein menschlicher Laut war mehr aus dem Dorf zu hören. In allen umliegenden Häusern waren bereits die Lichter gelöscht.

Louisa nahm Matts Hand und drückte sie, woraufhin Matt so nah an sie heranrückte, bis die Stuhlbeine aneinanderstießen. Sein Knie sank zur Seite, bis es ihres berührte. Vorsichtig streichelte sie seine Stirn, als könnte er sich vor ihr wie ein Geist in Luft auflösen. Noch immer erschien es ihr wie ein Wunder, dass sie nun nebeneinandersaßen und sie seine Nähe genießen konnte. Sie nahm ihm die Brille ab und strich über seine Augenbrauen. Er zog sie zu sich heran, auf seinen Schoß. Sie entspannte sich und spürte wie beim ersten Mal, als sie sich nähergekommen waren, wie seine Berührungen ihren gesamten Körper elektrisierten, wie sie seinen Kuss als Ziehen im Bauch wahrnahm. Seine Hände auf ihrer Kopfhaut spürte sie zusätzlich als Kribbeln über dem Steißbein. Es war, als berührte er sie mit unzähligen Händen überall zur gleichen Zeit. Ihr Atem bebte, und unter ihrem Po spürte sie, wie sich sein Schritt vor Lust wölbte.

»Wollen wir reingehen?«, fragte sie, obwohl sie es bedauerte, dass sie beide aufstehen und sich voneinander lösen mussten, um ins Hausinnere zu gelangen. Doch der eine Stuhl auf der Terrasse für sie beide, durch den hellen Schein des Feuers von den Nachbarhäusern einsehbar, war kein perfekter Ort für das, was sie vorhatte.

Er stand auf und hob sie dabei hoch, presste sie an sich, als hätte er Angst, dass sie es sich anders überlegte.

»Wenn wir ins Wohnzimmer wollen, musst du mich aber runterlassen«, sagte sie scherzhaft, weil sie wusste, dass er sich kaum mit ihr auf dem Arm auf einem Bein vorwärtsbewegen konnte.

»Aber nur, wenn du nicht wegläufst.« Er grinste, setzte sie ab und nahm seine Krücken.

Eng umschlungen ging sie mit ihm ins Wohnzimmer. Louisa schloss die Terrassentür und zog die Vorhänge vor. Küssend ließen sie sich auf dem Sofa nieder. Er zog ihr das Shirt aus und streichelte ihren Bauch. Louisa unterdrückte ein Stöhnen. Als sie kurz die Augen öffnete und die kleine, bleiche und regungslose Gestalt im Türrahmen erblickte, erstarrte sie. Amanda stand dort, mit kalkweißem Gesicht. Schnell schob sie Matt etwas weg und hob sich das Shirt vor den Oberkörper.

»Ich habe wieder von den Robotern geträumt«, sagte Amanda und blickte abwechselnd zu ihrem Vater und zu Louisa.

»Es tut mir leid.« Matt strich Louisa bedauernd über den Kopf, nahm seine Krücken und ging zu Amanda, um sie auf den Arm zu nehmen. »Ich bringe dich wieder ins Bett, Mäuschen.« Er hob sie hoch.

»Die Roboter kommen immer in mein Zimmer. Bei dir sind sie nie. Die warten auf mich.«

»Was hältst du davon, wenn du dann neben mir in meinem Bett einschlafen darfst?«

»Ja!«

»Klammere dich an mir fest, mein kleines Äffchen, ich muss jetzt meine Krücken nehmen.« Er hob sie von vorn auf seinen Rücken, wo sie sich mit Beinen und Armen festhielt.

»Bin gleich zurück«, sagte er in Louisas Richtung.

Ohne Protest ließ sich Amanda die Treppen hochtragen. Auf dem Weg plapperte sie immer munterer, während Matt sie wegen ihres Traums beruhigte.

Mit einem Mal kam sich Louisa lächerlich vor, wie sie dort im Wohnzimmer saß mit ihrer Lust auf Matt, wie sich vor Kälte eine Gänsehaut auf ihrem nackten Oberkörper ausbreitete. Schnell zog sie ihr Shirt wieder über. Sie überlegte, das Feuer auf der Terrasse zu löschen, doch es gab keinen Gartenschlauch und auch keinen Eimer, mit dem sie Wasser hätte transportieren können. Sie ging nach draußen und erstickte die Flammen, indem sie den metallenen Deckel der Regentonne auf den Feuerkorb legte.

»Louisa!« Matt stand in der Terrassentür. Seine Stimme klang gehetzt. »Ich bleibe noch zehn Minuten bei Amanda, dann schläft sie bestimmt wieder. Es tut mir leid, dass jedes Mal, wenn wir uns näherkommen ...«

»Du musst dich nicht entschuldigen.« Sie wusste nur zu gut, wovon er redete, ging es ihr während des Unterrichtens an der

Schule oft ähnlich. Selten lief alles wie geplant. Kinder waren keine Maschinen, die man programmieren konnte. Trotzdem konnte sie ihre Enttäuschung nicht verbergen.

»Ich warte im Wohnzimmer«, sagte sie, auch wenn die erotische Stimmung vollkommen verflogen war.

»Nicht weggehen, hörst du?«

»Versprochen.« Sie hörte dem Klacken seiner Gehstützen zu, als er sich wieder in den ersten Stock bewegte.

Eine Weile blieb Louisa unschlüssig im Raum stehen, dann setzte sie sich auf die Couch. Neben sich entdeckte sie eine Fleecedecke, die sie sich über die Schultern legte. Sie spürte den Luftzug der kühlen Nachtluft trotz geschlossener Terrassentür und trotz der zugezogenen Vorhänge. So wickelte sie die Decke enger um ihren Oberkörper, drapierte zwei Sofakissen übereinander, um sich hinzulegen und ein paar Sekunden die Augen zu schließen. Von oben hörte sie Matts leise Stimme, die Amanda eine Geschichte erzählte.

Von einem sanften Streicheln wachte Louisa auf. Zuerst wusste sie nicht, wo sie sich befand. Irritiert blickte sie auf die dunklen Balken an der Decke und den hellen Anstrich daneben. Dann nahm sie Matts Gesicht wahr, der sich zu ihr herabbeugte und sie küsste.

»Du bist wunderschön, wenn du schläfst«, sagte er. »Hat dir das schon mal jemand gesagt? Guten Morgen. Es ist halb sieben.«

Sie nahm den intensiven Geruch nach frisch aufgebrühtem Kaffee und warmen Brötchen wahr.

»Es tut mir leid, dass ich eingeschlafen bin.« Sie erwiderte seinen Kuss.

»Die Kinder haben es raus, genau dann aufzutauchen, wenn ...«

Ein Telefonklingeln ließ ihn innehalten. »Amanda, Justus, geht mal einer ran!«, rief er durchs Treppenhaus nach oben.

Schritte trappelten auf der Treppe, dann stoppte das Telefonklingeln, und Amandas helle Stimme war zu hören, als sie sich meldete.

»Scheint nichts Wichtiges zu sein, auf jeden Fall nicht für mich«, sagte Matt. Er strich ihr eine Haarsträhne aus dem Gesicht. »Ich habe uns Frühstück gemacht. Du musst dich nur noch an den Tisch setzen.«

Louisa dachte mit Wehmut daran, wie lange es dauern würde, bis die Kinder so groß wären, dass sie nicht mehr unvermittelt zu jeder Tages- und Nachtzeit auftauchten. So viele Jahre wollte sie nicht warten. Sie wollte am liebsten jetzt sofort Zeit mit Matt verbringen. Allein. Ohne Kinder. Gleichzeitig kam sie sich bei dem Gedanken schäbig vor. »Was hältst du davon«, fragte sie, »wenn Clara und Manuel mal mit Justus und Amanda einen Ausflug unternehmen? Ich könnte sie fragen. Einen ganzen Nachmittag lang – und am Abend können sie dann zum krönenden Abschluss Pizza essen gehen.« Louisa war sich sicher, dass sie ihre Schwester und Manuel überzeugen könnte, ihr diesen Gefallen zu tun. »Ich habe nichts gegen die Kinder, im Gegenteil, das weißt du. Aber ...«

»Aber manche Dinge sind nicht für ihre Augen und Ohren bestimmt«, ergänzte Matt und lachte. Er ging zur Terrassentür und öffnete sie. Frische Morgenluft wehte herein.

»Louisa heißt sie«, klang Amandas Stimme von oben.

Louisa hielt inne.

Amandas hohe Kinderstimme war so durchdringend, dass Louisa jedes Wort verstehen konnte. »Sie wird unsere neue Mama. Ich mag sie. Sehr sogar. Sie ist Lehrerin. Die Lehrerin von Justus. Und sie hat mich auch schon ins Bett gebracht. Sie kann toll Geschichten vorlesen. Und wir haben ihr alle heute Morgen Frühstück gemacht. Ich habe Orangen gepresst. Ein ganzes Netz voll.«

Stille trat ein, dann rief Amanda: »Papa. Oma Heidrun will dich sprechen.«

»Oje.« Matt schloss kurz die Augen und zuckte mit den Schultern. »Setz dich schon an den Tisch und fang am besten mit den Kindern an zu essen. Meine Schwiegermutter kann ich nicht vertrösten. Aber ich halte das Gespräch so kurz wie möglich.«

Matt bemühte sich, mit seinen Krücken so schnell wie möglich treppauf zu gelangen. Kurz darauf kamen die Kinder herunter und setzten sich an den Tisch. Louisa tat es ihnen nach.

»Oma war ganz komisch«, sagte Amanda. »Ich wollte noch länger mit ihr reden, aber sie wollte den Papa.«

Justus setzte sich zu Amanda und Louisa an den Tisch und wich Louisas Blick aus. Das Essen beachtete er gar nicht.

»Hast du keinen Hunger?«, fragte Louisa und goss den Kindern und sich von dem frisch gepressten Orangensaft ein. Auch ihr fiel es schwer, sich auf die Mahlzeit zu konzentrieren, während von oben Matts beschwichtigende Stimme zu hören war. Doch er sprach so leise, dass nicht einmal Wortfetzen zu verstehen waren. Seine Stimmlage war tiefer als üblich, und immer wieder traten lange Pausen ein, in denen er schwieg.

»Ich hätte das nicht sagen sollen, oder?«, fragte Amanda. »Das mit dir. Dass du hier übernachtet hast. Dass du mit uns frühstückst. Und den Rest. Die Oma regt sich auf, weil ich will, dass Papa und du ... dass du und wir ... Sie ist richtig wütend geworden deswegen.«

Louisa umklammerte ihr Glas mit dem Orangensaft fester.

Louisa legte sich verschiedene Antworten zurecht, doch eine schien ihr unpassender als die andere. Seit drei Jahren war Matts Frau Anne nun schon tot. Drei Jahre waren für Kinder wie Justus und Amanda eine lange Zeit. Aber Matts Schwiegereltern hatten etwas erlebt, was für Eltern grausamer kaum sein konnte und über das sie möglicherweise niemals hinwegkommen würden:

Ihr Kind war aus dem Leben gerissen worden und eher gestorben als sie. Hinzu kam, dass Matt am Steuer des Unfallwagens gesessen hatte. Dass er nun in ein neues Leben startete, während Anne gestorben war, bereitete Matts Schwiegereltern anscheinend mehr Schwierigkeiten, als alle Beteiligten erwartet hatten.

Amanda war noch ein Baby gewesen, als das Unglück passiert war, sie konnte sich nicht an ihre Mutter erinnern. Anne war für Amanda eine Frau, die sie nur aus Erzählungen kannte, und so wünschte sie sich nichts mehr als eine vollständige Familie, weshalb sie mehr in die Beziehung zwischen Matt und ihr hineininterpretierte, als dort in Wirklichkeit war.

Louisa konnte das gut nachvollziehen. Sie kannte diese Sehnsucht nach Normalität von sich selbst, sie war bei ihr damals mindestens genauso stark gewesen wie die Trauer um den Tod der Eltern. Deswegen hatte sie nichts mehr geliebt als die Weihnachtsgottesdienste mit Krippenspiel in der Kirche, die Sommerfeste in der Schule, wenn sie unbeschwert sein konnte, wenn niemand sie traurig ansah, sie, die »Waise«, sondern wenn sie sich einfach freuen konnte wie alle anderen auch.

»Hatte Anne ... hatte eure Mutter eigentlich Geschwister?«, fragte Louisa und versuchte, den Kloß in ihrem Hals mit Orangensaft wegzuspülen, was ihr nicht gelang.

»Nein«, sagte Justus, der noch immer nichts gegessen oder getrunken hatte. »Warum?«

»Nur so.« Louisa wich seinem Blick aus, nahm sich ein Croissant und bestrich es mit Marmelade. Das bedeutete für Annes Eltern, dass es niemanden gab, der Jahrzehnte später mit dem Fotoalbum in der Hand den Enkeln und vielleicht Urenkeln erzählte, was sie für Menschen gewesen waren, was sie bewegt hatte, was sie sich für ihr Leben gewünscht hatten. Dass Anne ein Einzelkind gewesen war, machte für ihre Eltern das Unglück noch unbarmherziger.

Es war Louisa unangenehm, wie intensiv Justus sie ansah. Sie musste sich zwingen, von ihrem Croissant abzubeißen und zu essen.

Erleichtert hörte sie Matts Schritte auf der Treppe.

»Ich hoffe, ihr habt mir etwas übrig gelassen«, sagte Matt betont fröhlich. Er lächelte, doch das Lächeln erreichte seine Augen nicht. Er nahm einen Stuhl und setzte sich.

»Wegen mir ist die Oma sauer. Ich hätte das nicht sagen dürfen mit Louisa«, sagte Amanda. »Es tut mir leid.«

»Mäuschen, das ist doch nicht schlimm.« Matt strich ihr über den Kopf. Schnell belegte er sich ein Brötchen mit Käse und aß es in wenigen Bissen auf.

Auch wenn sich mit Matts Ankunft am Frühstückstisch die Stimmung entspannte und Justus zu essen begann, kam es Louisa vor, als wiche Matt ihrem Blick aus. Auch die kleinen Berührungen, die sie so genoss, wenn sie zusammen waren, fielen an diesem Morgen aus.

Louisa zögerte, dann streckte sie vorsichtig ihr Bein unter dem Tisch aus, um seins zu berühren, doch er zog sein Bein zurück und sagte mit Blick auf die Uhr: »Jetzt müssen wir aber aufbrechen, sonst kommen wir alle zu spät.«

Hinter Louisas Stirn pochte es, ihre Augen fühlten sich geschwollen an. Sie hatte sich gezwungen, auch etwas zu essen, nun rebellierte ihr Bauch, als würde sich ein Magen-Darm-Infekt ankündigen. Doch was ihr so schwer im Magen lag, war nicht das Frühstück, sondern dass sie Matt immer nur als alleinerziehenden Vater mit zwei Kindern wahrgenommen hatte, dabei aber seine restliche Familie und Verwandtschaft völlig ausgeblendet hatte. Würde die Beziehung zwischen Matt und ihr ernster werden, würde sie nicht nur mit einem Schlag auch die Verantwortung für zwei Kinder tragen, sondern sich in einem Kreis von Menschen bewegen müssen, die sie womöglich als Eindringling sahen und sie an Anne maßen. War es überhaupt möglich, aus einer solchen Konstellation nicht als Verliererin hervorzugehen? Sie würde nicht mit einer realen Frau gemessen werden, sondern mit einer Erinnerung. Es trat dann derselbe Effekt auf, wie wenn alte Leute von ihrer wunderbaren Jugend schwärmten und dabei all die Gefühle ausblendeten, die integraler Bestandteil einer jeden Kindheit waren: die Machtlosigkeit gegenüber den Erwachsenen, der fehlende Gestaltungsspielraum, das Ausgeliefertsein, die kindliche Wut und der Schmerz, wenn Freundschaften zerbrachen oder das erste eigene Haustier starb.

Matt und die Kinder standen auf und zogen ihre Jacken an. Louisa tat es ihnen nach. Wie frustrierend es doch war, dass mit einem Mal die Leichtigkeit aus ihrem Zusammensein verschwunden war und sie sich in Grübeleien verlor.

»Alles gut bei dir?«, fragte Matt und umarmte sie zum Abschied. Er küsste sie auf die Wange und nicht wie sonst auf die Lippen.

»Ja«, sagte sie und erwiderte die Frage bewusst nicht, weil sie sicher war, dass auch er auf ihre Gegenfrage hin lügen würde.

Nichts war gut. In den Wochen, in denen sie sich kennengelernt hatten, hatte das gemeinsame Tun im Vordergrund gestanden, nun war es, als gäbe es nur noch einen Haufen Zweifel und Bedenken. Sie wollte nicht grübeln, sondern ihn an die Hand nehmen, seine Berührung spüren und gemeinsam Pläne für den Abend schmieden.

Matt half Justus, den Schulranzen aufzuziehen, dann öffnete er Amanda die Autotür und wartete, bis sie eingestiegen war, um sie anschließend für den Weg in den Kindergarten anzuschnallen.

Louisa blickte auf die Uhr. Sie hatte es mehr als eilig, weil sie noch ihre Unterrichtstasche vom Rosenhof holen und dann pünktlich zum Gemeindehaus gelangen musste. Eigentlich sollte sie loslaufen, sagte sie sich, stattdessen blieb sie neben Matt stehen und nahm seine Hand.

»Was hältst du davon, wenn wir am Wochenende einen Ausflug unternehmen?«, fragte Louisa. »Wir alle vier zusammen?«

Sie brauchte einen gemeinsamen Plan, eine Verabredung. Sie wollte wieder Zuversicht in seinem Blick erkennen, bevor sie sich verabschiedeten. Der Gedanke, er würde nun einfach in seinen Wagen einsteigen, Amanda in den Kindergarten fahren und dann den Tag in seiner Kanzlei verbringen, war für sie unerträglich.

»Wir könnten eine Wanderung unternehmen oder auf dem Maar ein Ruderboot mieten«, sagte sie. »Dem Wetterbericht nach soll es noch einmal richtig warm werden am Mittag und frühen Nachmittag. Das gilt für den Samstag wie für den Sonntag.«

»Das geht nicht.« Matt seufzte. »Meine Schwiegereltern haben sich angekündigt. Und da ist es besser ... da wäre es erst einmal gut ...« Er räusperte sich.

»Wenn ich mich fernhalte«, sagte Louisa. *Frustrierender geht es ja nicht,* ging ihr durch den Kopf. So sehr sie auch wünschte, Matt widerspräche ihr oder relativierte ihre Aussage zumindest – er tat es nicht.

Stattdessen kontrollierte er noch einmal den Sitz von Amandas Sicherheitsgurt, gab ihr ein Bilderbuch in die Hand und schloss die Hintertür des Wagens. Dann öffnete er die Fahrertür, stieg ein, winkte in ihre Richtung, setzte im Rückwärtsgang zügig auf die Hauptstraße zurück und gab Gas.

Sie sah seinem Wagen nach, wie er immer kleiner zu werden schien und schließlich nicht mehr sichtbar war.

»Wir müssen los«, erinnerte Justus sie.

Beim Blick auf die Uhr beschleunigte sich Louisas Atem. Fünf vor acht, viel zu spät, um noch pünktlich ihre Tasche mit den Unterrichtsmaterialien zu holen.

»Kannst du mir einen Gefallen tun?«, fragte Louisa.

Justus blickte sie voller Erwartung an.

»Läufst du für mich zum Rosenhof und holst meine Tasche?

Die Ledertasche, die ich immer in der Schule dabeihabe? Du kennst sie ja. Wenn du klingelst, sagst du Clara oder Manuel, sie sollen dir die Tasche geben. Sie liegt entweder oben am Schreibtisch oder an der Garderobe. Kannst du dir das merken?«

»Die Tasche holen. Oben am Schreibtisch oder an der Garderobe«, wiederholte Justus und nahm seinen Ranzen ab. »Dann bin ich schneller«, sagte er, gab Louisa den Ranzen und rannte los.

Nun setzte sich auch Louisa in Bewegung. Vom Gemeindehaus her klang schon ein Stimmengewirr herüber, sie wollte die Schüler nicht länger warten lassen.

19.

*D*as Wochenende kam. Louisa zwang sich, nicht zu häufig aus dem Fenster ihres Schlafzimmers oder von der Terrasse aus zum Müllershof zu schauen. Trotzdem bekam sie mit, wie ein hellgrauer Mercedes-Oldtimer an der Hauptstraße neben Matts Hof parkte. Es wurde Samstagabend, und der Mercedes stand noch immer dort. Auch die Nacht verbrachten die Schwiegereltern bei Matt, obwohl es für sie wahrscheinlich einfacher gewesen wäre, in die Stadt nach Hause zu fahren.

Als sie spät am Samstagabend sah, dass überall bei Matt das Licht gelöscht wurde, nahm sie ihr Handy – in der Hoffnung, dass sich Matt nun, da im Haus Ruhe einkehrte, die Zeit nehmen würde, mit ihr zu sprechen.

Ihr Handy klingelte nicht.

Mit dem Smartphone in der Hand saß sie auf dem Bett und überlegte, ob sie ihn noch anrufen oder ihm eine Nachricht hinterlassen sollte. Doch sie tat es nicht.

Am Montag stand der Mercedes endlich nicht mehr vor Matts Haus.

In den folgenden Tagen begegnete Louisa Matt ein paarmal im Dorf, auf der Straße, vor dem Gemeindehaus, beim Bäcker.

Ihre Unterhaltungen – wenn man sie überhaupt so bezeichnen konnte – waren wie die von Fremden.

»Wie geht es dir?«, fragte sie.

»Danke, und dir?«

Oder Matt fragte: »Ist es nicht toll, dass die Renovierungsarbeiten kurz vor dem Abschluss stehen?«

Und sie antwortete: »Ich freue mich für dich.«

Nach jeder Begegnung fühlten sich ihre Augen dick und geschwollen an, als hätte sie geweint.

Am Donnerstag, als sie am Nachmittag im Garten Laub rechte, sah sie, dass die Handwerker, die Anton geschickt hatte, das Baugerüst abbauten, die restlichen Arbeitsgeräte einpackten und schließlich abfuhren. Damit waren die Renovierungsarbeiten des Müllershofs anscheinend abgeschlossen. Doch auch das war nur eine Spekulation. Was sie sicher wusste, weil sie es von verschiedenen Seiten gehört hatte: Anton war noch nicht aus dem Krankenhaus entlassen worden, aber er befand sich auf dem Weg der Besserung.

※

Auch die folgende Woche ging vorbei, ohne dass Matt und Louisa etwas gemeinsam unternahmen.

Ihr Leben lang hatte Louisa die Lage des Rosenhofs genossen, wie er über dem Dorf aufragte und einen Überblick über die Häuser und auch einen Blick in die weite Ferne bis zum Maar erlaubte. Doch jetzt wünschte sie, in einem der kleinen Häuser am Bach zu wohnen oder am Dorfrand, um nicht immer wieder Matts Hof sehen zu müssen und daran erinnert zu werden, dass er sich von ihr zurückzog.

Um nicht weiter zu grübeln, gönnte sich Louisa nach einem anstrengenden Arbeitstag mit morgendlichem Unterrichten und Unterrichtsvorbereitungen am Nachmittag ein heißes Bad und ein Glas Rotwein, dann legte sie sich mit einem Buch früh ins

Bett. Schnell merkte sie, dass sie von dem, was sie las, nichts behielt, weil ihre Gedanken immer wieder zu Matt abschweiften. Trotzdem las sie weiter, bis ihr die Augen schwer wurden.

※

Am nächsten Samstag kamen Matts Schwiegereltern wieder zu Besuch. Am Sonntagfrüh, als sie die Fensterläden öffnete, fuhr der graue Mercedes gerade ab. Schon wieder hatten die Schwiegereltern bei Matt übernachtet, registrierte Louisa.

Sie schloss kurz die Augen. Wenig später war das Auto nicht mehr zu sehen. Endlich!

Sie eilte ins Bad und wartete beim Duschen nicht, bis das Wasser warm geworden war, sondern wusch sich kalt. Dass sie eine Gänsehaut bekam und zitterte, dass sich das Ausspülen des Shampoos wie unzählige Nadelstiche anfühlte, störte sie nicht. Sie trocknete sich nachlässig ab, trug etwas Lippenstift auf, verzichtete darauf, sich einzucremen oder ausgiebig zu schminken, zog Unterwäsche, T-Shirt und Jeans an, schlüpfte in ihre Sneakers, nahm die Jacke vom Haken, die eigentlich ihrer Schwester gehörte, und eilte aus dem Haus. Sie hatte lange genug abgewartet. Wenn Matt mit ihr nichts mehr zu tun haben wollte, sollte er es ihr persönlich sagen und sie dabei ansehen.

Ein paar Minuten später läutete sie an Matts Haustür.

Er öffnete ihr noch im Schlafanzug.

»Hallo, Matt«, sagte sie.

»Hallo, Louisa, was für eine Überraschung.«

»Eine gute oder eine schlechte?«

Er lachte, und sie war unsicher, wie sie sein Lachen einordnen sollte.

»Wenn du magst, kann ich für uns zum Bäcker gehen«, sagte sie. »Dann können wir zusammen frühstücken. Ich habe auch noch nichts gegessen.« Sie lauschte. Im Innern des Hauses war es vollkommen still. »Sind die Kinder nicht vom Aufbruch deiner Schwiegereltern aufgewacht?« Sie konnte sich nicht vorstellen, dass die beiden so lange schliefen.

»Heidrun und Klaus sind mit den beiden unterwegs und kommen erst am Nachmittag wieder.«

»Dann haben wir sogar Zeit für einen ausgiebigen Brunch zu zweit!«

»Louisa ...«

»Was?« Sie stellte sich vor, ihn zu packen und die Worte aus ihm herauszuschütteln. Noch immer stand er in der Tür, die Klinke in der rechten Hand, die linke an den Türrahmen gelehnt, als wollte er ihr den Weg nach innen versperren, als wäre sie eine lästige Hausiererin, die ihm irgendein Zeitungsabo andrehen wollte.

»Du bist mir wichtig, die Kinder auch«, sagte sie. »Wenn du wüsstest, wie ich dich vermisst habe. Ich verstehe die Distanz zwischen uns einfach nicht. So plötzlich. Bedeute ich dir etwa gar nichts?« Sie sah ihm direkt in die Augen. »Dann sag es. Jetzt. Sag es mir ins Gesicht, anstatt auszuweichen: Du willst mit mir nichts mehr zu tun haben. Es ist zu Ende, bevor es richtig begonnen hat.« Sie dachte, dass sie sich nur demütigte, dass sie umdrehen und zum Rosenhof zurückkehren, sich in ihre Arbeit stürzen und die Gedanken an ihn vorerst verdrängen sollte. Doch die Worte platzten aus ihr heraus. »Was habe ich falsch gemacht? Warum der Sinneswandel? Oder ging es dir nur darum, kostenlose Renovierungshelfer zu haben, die du jetzt nicht mehr brauchst, weil Anton sich um den Rest gekümmert hat, weil er dir die Handwerker geschickt hat? Oder ist es wegen des einen Gesprächs mit deiner Schwiegermutter? Dieses Telefonat vor zwei Wochen ... weil sie dir ein schlechtes Gewissen gemacht hat? Hast du etwa keine eigene Meinung?«

»Nicht so laut, es müssen nicht alle Nachbarn hören.«

»Mich stört das nicht. Hier kriegt doch sowieso jeder alles vom anderen mit. Wenn du Geheimnisse bewahren willst, bist du hier ...«

Er nahm ihren Arm und zog sie zu sich in den Flur, anschließend schloss er die Tür. Er öffnete den Mund, als wollte er etwas sagen oder sie küssen, drehte sich dann aber weg, ließ sie dabei los und ging in die Küche.

»Dann setz dich«, sagte er. »Ich brauche einen Kaffee.«

Sie folgte ihm in die Küche und blieb neben ihm stehen, während er die Kaffeemaschine bediente.

»Auch einen für dich?« Er sah sie an.

Sie stellte sich vor, ihm zu antworten, dass sie keinen Kaffee wollte, sondern ihn. Stattdessen sagte sie mit einem Schulterzucken: »Okay. Ja. Okay.«

Mit ihren gefüllten Kaffeetassen in der Hand gingen sie ins Wohnzimmer. Sie nahm auf der Couch Platz und wartete, dass er sich neben sie setzte. Doch er stellte seine Tasse auf dem Tisch ihr gegenüber ab und wählte den Sessel als Sitzplatz. So befand sich der Tisch wie eine Barriere zwischen ihnen, als hätte Matt Angst vor zu viel Nähe oder befürchtete, dass sie ihn berühren könnte.

»Es ist alles nicht so einfach«, sagte er. »Ich denke viel nach. Über die Vergangenheit. Über mich. Dich. Über uns. Ich will dich nicht damit belasten, muss mir erst einmal selbst über so viele Dinge klar werden. Manchmal denke ich, wir kennen uns kaum.«

»All die Zeit, in der ich dir bei der Renovierung geholfen habe. Die Kinder ins Bett gebracht. Du mich berührt hast, geküsst ...« Sie lachte laut auf, obwohl sie lieber geweint hätte. »Und jetzt fällt dir ein, dass du mich nicht kennst?« Das Traurige daran war, dass es stimmte, was er sagte: Sie hatten sich erst im Sommer kennengelernt, obwohl es Louisa vorkam, als wäre er schon jahrelang ein Teil ihres Lebens, so nah fühlte sie sich ihm. Sie hatten nur zwei

Wochen während der Renovierung näher miteinander verbracht. Aber trotzdem. Spürte er nicht, was sie wahrnahm? Oder war sie nur eine hoffnungslos Verliebte, die die Realität ignorierte?

»So habe ich das nicht gesagt und auch nicht gemeint. Louisa ...«

»Ja, so heiße ich!«

»Warum machst du es uns so schwer?«

Sie suchte sein Gesicht nach Anzeichen ab, dass er es nicht ernst meinte. *Ich mache es ihm schwer?* Doch weder in seiner Mimik noch in seiner Stimmlage war ein Hinweis auf Ironie zu entdecken.

»Erklär mir, wo das Problem liegt. Ich habe mich in dich verliebt. So ist das eben. Was ist so falsch daran?«, fragte sie und trank ihren Kaffee in einem Zug aus, obwohl er dafür noch zu heiß war. Durch das Brennen im Mund und im Magen kam es ihr vor, als nähme sie ihre Umgebung und ihre Gedanken viel deutlicher wahr. »Und du kannst mir nicht weismachen, dass du plötzlich nichts mehr für mich empfindest, dass ich dir egal bin. Los, dann sag es: Du bist mir egal.«

»Durch das Gespräch mit meiner Schwiegermutter ist mir klar geworden ... Ich weiß, dass es für dich so klingen muss, als wüsste ich nicht, was ich will, aber so ist es nicht. Du bedeutest mir viel, mehr als jede Frau seit Anne.«

»Eine tolle Begründung, warum du mir jetzt aus dem Weg gehst!« Sie lachte laut und hielt sich den Bauch, der von dem Kaffee auf nüchternen Magen schmerzte. Die Wut in ihr fühlte sich an, als hätte sie ein Knäuel Wolle verschluckt.

»Du bist jung«, sagte er.

»Du gerade mal sieben Jahre älter.«

»Du kannst dein Leben unbeschwert leben und kannst so einen Haufen emotionale Altlasten, den ich mit mir herumtrage, nicht gebrauchen.«

»Komm jetzt nicht mit der Masche: ›Du bist viel zu gut für mich, deshalb müssen wir es beenden‹, weil du denkst, du machst es so leichter. Das ist totaler Schwachsinn.« Ihr Gefühl und der Schmerz, dass er sie plötzlich von sich gestoßen hatte, weigerten sich, das zu akzeptieren, was ihr Verstand nur zu gut wusste: Ja, er war ein Mann mit »Altlasten«, wie er es ausdrückte, auch sie hatte darüber nachgedacht und deswegen gezögert.

Sie stand auf, ging um den Tisch herum und setzte sich auf den Couchtisch, damit sie ihm direkt ins Gesicht blicken konnte. Dann nahm sie seinen Kopf zwischen ihre Hände, sodass er nicht anders konnte, als sie auch anzusehen.

»Ich weiß ja, dass es nicht so einfach ist«, sagte sie. »Dass es vernünftig ist, eine Beziehung wohlüberlegt anzugehen. Aber was ist mit deinem Herz? Was sagt es dir? Vernunft und Angst sind das eine. Dann gibt es aber noch eine andere Seite.«

Sie wartete darauf, dass er antwortete, doch er schwieg.

»Die Kinder mögen mich«, fuhr sie fort, »und ich mag sie. Sie schrecken mich überhaupt nicht ab, im Gegenteil. Von Anfang an habe ich gewusst, dass du vor mir schon einmal verheiratet warst und Kinder hast.« Sie überlegte. »Darüber habe ich lange genug nachgedacht. Oder hast du Angst, dass ich irgendwann auch noch ein oder zwei eigene Kinder haben möchte? Ist es das? Weil du dich dann noch mehr überfordert fühlen würdest, wo es dir jetzt schon zu viel ist, wie du gerade gesagt hast?« Sie ließ sein Gesicht los.

Er antwortete nicht, doch als er mit dem Kopf schüttelte und seine Augen zu glänzen begannen, wusste sie, dass ihn die Vorstellung von drei oder vier im Haus herumspringenden Kindern weder ängstigte noch in anderer Weise störte.

Sie verschränkte die Arme vor dem Körper. »Ich bleibe hier im Wohnzimmer sitzen, bis du mir einen nachvollziehbaren Grund nennst, warum du nichts mehr mit mir zu tun haben willst. Einen

Grund, der nicht nur mit Zweifeln und Logik zu tun hat.« Sie stand auf, kehrte zum Sofa zurück, setzte sich und wartete. Langsam wurden ihre Bauchschmerzen weniger. »Nach all der gemeinsam verbrachten Zeit bist du mir zumindest Offenheit schuldig. Denkst du nicht?«

Er schloss für einen Moment die Augen. »Der Besuch meiner Schwiegereltern und die Gespräche mit ihnen sind nicht der Grund für meinen Rückzug. Aber der Auslöser. Mir ist klar geworden, dass alles noch so präsent ist: Annes Tod. Unsere Streitereien davor. Wir standen kurz vor der Trennung, als der Unfall passiert ist. Im Auto haben wir gestritten, dann war sie tot. Sie war diejenige, die gehen wollte.«

Louisa fiel es schwer, zu schweigen. Sie spürte seine Schuldgefühle so intensiv, dass es ihr den Atem nahm. Alles in ihr drängte danach, ihm zu sagen, dass er keine Schuld hatte, dass es Schicksal war oder Pech oder einfach nur Zufall, dass ihm jemand beim Überholvorgang auf der eigenen Spur im Nebel entgegengekommen war.

Eine Weile war es so still im Haus, dass sie ihr eigenes Blut wie ein Flirren in den Ohren hörte.

Dann sprach er weiter. »Ich habe mir immer wieder gesagt, dass es normal ist, dass die Unzufriedenheit in der Beziehung wächst, wenn Kinder kommen, reine Statistik. Dass es nichts mit Anne und mir zu tun hat, sondern am Schlafentzug liegt, an der vielen Arbeit, dass wir uns immer mehr entfremden. Amanda war kein leichtes Baby, sie ist fünf- bis siebenmal in der Nacht aufgewacht. Wenn Babys im Haus sind, gibt es eben nicht viel Zeit für Zweisamkeit. Abends wollten wir beide nur noch unsere Ruhe haben. Ich dachte, dass sich die Situation mit der Zeit automatisch ändert, dass wieder eine Zeit kommt, in der wir uns näher sind. Dass es eben nur eine Phase ist, der Stress, das Kindergeschrei, unsere Entfremdung.

Anne hat lang funktioniert. Dass sie vom Alltagstrott die Nase voll hatte und sich trennen wollte, kam für mich aus heiterem Himmel. Ich bin aus allen Wolken gefallen. Wie ich schon sagte: An dem Tag, an dem der Unfall passiert ist, haben wir viel gestritten. Auch im Auto haben wir uns angeschrien, obwohl Justus uns zuhören konnte. Dann ist der Wagen plötzlich vor uns aufgetaucht, wie aus dem Nichts. Ob ich ohne Ablenkung durch den Streit schneller reagiert hätte? Möglich. Es gab polizeiliche Ermittlungen. Was meinst du, wie das ist, wenn plötzlich der Vorwurf der fahrlässigen Tötung im Raum steht? Als Jurist weiß ich gut genug, dass der Ausgang solcher Verfahren Glückssache ist und ich mit Pech fünf Jahre ins Gefängnis wandere.

Ich dachte, ich wäre darüber hinweg. Bereit für einen Neuanfang. Deswegen sind wir umgezogen. Aber ich merke, dass ich mir da was vorgemacht habe. Es ist nicht nur eine Sache des Verstandes, sondern ich brauche Zeit, all das hinter mir zu lassen, auch vom Gefühl her. Ich kann nicht weitermachen, als wäre nichts, mich nicht unbeschwert verlieben. Es ist wie eine innere Barriere in mir.

Immer wieder frage ich mich: Was wäre ohne den Streit passiert? Was wäre gewesen, wenn wir uns ein Hotelzimmer genommen hätten, anstatt so spät von der Feier nach Hause zurückzukehren?« Er rieb sich die Stirn. »Ich möchte nicht, dass sich so etwas wiederholt. Damit meine ich nicht den Unfall. Das passiert nur einmal im Leben. Ich meine das Scheitern der Beziehung. Ich hätte irgendetwas anders machen müssen, nur weiß ich nicht, was. Ich habe solche Angst, dass so etwas noch mal passiert und ich es wieder nicht kommen sehe und nicht aufhalten kann.«

Louisa schwieg. Zuerst dachte sie, er würde weiterreden, doch er saß nur da und vergrub sein Gesicht in den Händen.

Die Erinnerung an seine Worte war wie ein Rauschen in ihrem

Kopf, als befände sie sich tief unter Wasser, wo es nur Dunkelheit gibt.

Louisa blickte nach draußen. Sein Garten sah nach dem Umgraben wie ein abgeerntetes Feld aus. Auf der Terrasse stand noch der Feuerkorb mit den verkohlten Holzresten, wo sie gemeinsam gesessen hatten. Beim Gedanken an den harmonischen Abend mit Clara und Manuel kämpfte sie mit den Tränen. Es schmerzte, zu begreifen, dass sich zwischen ihnen eine Distanz wie eine Trennwand aufgebaut hatte, die immer höher und dicker wurde und die sie nicht hatte sehen wollen.

»Aber weißt du was?«, fragte sie. »Wir haben unsere Zukunft selbst in der Hand. Wir sind nicht ausgeliefert.« Früher, auch gegenüber Anton, hatte sie oft geschwiegen, aber nun hielt sie ihre Meinung nicht mehr zurück. »Wir können aus dem Kreislauf ausbrechen, weil wir nicht alles hinnehmen müssen. Wir sind frei in unserer Entscheidung, wie wir die Zukunft angehen. Du bist nicht allein! Du musst nicht als einsamer Wolf Entscheidungen treffen und durchziehen.«

Sie schwiegen so lange, dass Louisa schon nicht mehr mit seiner Antwort rechnete.

Dann fragte er: »Hast du keine Angst vor einer Beziehung mit mir?«

»Nein – oder … doch, ja. Ich will nicht wieder so eine Schlappe erleben wie mit Anton. Und natürlich habe ich auch gezögert, weil du Witwer bist und Vater. Aber die Angst hält mich nicht davon ab, das zu tun, was ich mir wünsche. Und ich will mit dir zusammen sein.«

Der Milchschaum hatte sich inzwischen als Belag auf Matts Kaffee abgesetzt. Er nahm einen Schluck und verzog den Mund. Die Sonne wurde immer kräftiger und schien warm durch die großen Terrassenfenster, obwohl es draußen im Wind unangenehm kalt war.

»Vielleicht hast du recht«, sagte er, und sie merkte, wie schwer es ihm fiel, das zuzugeben. »Wir können ja später noch einmal darüber reden. Sollten wir auch. Aber du musst jetzt gehen. Meine Schwiegereltern können jeden Moment mit den Kindern zurückkommen.«

Sie lachte. »Und wenn ich bleiben will?«

Er zuckte mit den Schultern. »Du bist unverbesserlich. Willst du das? Bei allem, was du sagst oder tust, mit Anne verglichen werden? Für Heidrun und Klaus sind die Enkel das Wichtigste überhaupt. Die beiden sind etwas eigen. Es gibt keine Frau auf der Welt, die es mit ihrer Tochter aufnehmen und für ihre Enkel als Mutter genügen könnte. Willst du dir das antun? Von ihnen beäugt zu werden wie eine Wachsfigur bei Madame Tussauds?«

»Warum nicht? Würde ich als Wachsfigur etwa kein gutes Bild abgeben?«

Er lachte laut auf, und auch sie prustete los. Mit ihrem Lachen löste sich all die Anspannung, die sich zwischen ihnen aufgestaut hatte.

»Es ist mir egal, mit wie viel Skepsis sie mich betrachten«, sagte Louisa. »Geht es bei unserer Beziehung nicht um dich und mich und nicht um deine Schwiegereltern? Wenn wir warten wollen, dass uns alle Beifall klatschen, können wir ewig warten.«

»Das ist die Stärke, die ich von Anfang an dir bewundert habe.« Er stand auf, dann setzte er sich neben sie aufs Sofa, beugte sich zu ihr und küsste sie. »Bleib, wenn du willst. Aber du musst dir das nicht antun.«

»Ich weiß, dass ich es nicht muss. Ich will es. Weil du mir wichtig bist.«

20.

Matt stand auf und begann aufzuräumen. Er sammelte Bonbonpapiere vom Wohnzimmertisch, stellte das Mobilteil auf die Ladestation, sortierte Post. Er war nervös, das war unübersehbar. Langsam tauchten bei Louisa immer mehr Zweifel auf, ob sie nicht doch zum Rosenhof aufbrechen oder noch einmal im Gemeindehaus die bisherigen Vorbereitungen für die Aufführung kontrollieren sollte. Matts Unruhe hatte nun auch sie erfasst.

»Ich glaube, ich gehe doch besser«, sagte sie und stand auf. Sie hoffte, dass er versuchen würde, sie aufzuhalten, doch er nickte nur und sah zu Boden. »Ich will dich nicht zu etwas drängen, was du nicht willst«, sagte sie. »Aber falls es mit uns etwas Ernsteres werden sollte …«

Sie biss sich auf die Zunge. Was erzählte sie da? Die Beziehung war für sie ernst. Er bedeutete ihr bereits so viel! Doch inzwischen war sie sich unsicher, ob das Gleiche auch für ihn galt.

»So, wie es jetzt ist, kann es nicht endlos mit uns weitergehen. Das ist doch Mist, dieser Eiertanz.« Louisa wollte keine weitere Grundsatzdiskussion starten und keinen Streit beginnen, trotzdem musste sie ihre Gedanken aussprechen, weil ihr der Ärger die Luft abschnürte. »Willst du bei jedem Telefonklingeln an den Apparat stürzen, um schneller zu sein als die Kinder, damit sie bloß nicht ausplappern, ob wir gemeinsam gegessen haben, ich ihnen vorgelesen habe oder ob wir nur zusammen spazieren gegangen sind? Meine Güte! Wir sind erwachsen. Sind wir für solche Versteckspiele nicht zu alt?«

Als er nichts erwiderte, ging sie zur Haustür und öffnete sie. In dem Moment fuhr ein Wagen durch die Toreinfahrt – der hellgraue Mercedes. Er fuhr so langsam und gleichmäßig, dass der Kies unter den Rädern kaum ein Geräusch von sich gab. Die Hintertüren öffneten sich, und die Kinder stürmten ihr entgegen.

Amanda erreichte sie als Erste, umarmte Louisa und strahlte über das ganze Gesicht. »Wir wollten in den Tierpark, aber der war zu«, sagte Amanda. Sie sprach so schnell, dass sich ihre Stimme fast überschlug. »Dann haben wir ein Zirkuszelt gesehen. Wir sind hingefahren und haben Karten gekauft. Opa hat zuerst gedacht, da wären Elefanten. Löwen und Tiger. Ganz viele Tiere aus Afrika, hat er gesagt, gibt es da zu sehen. Tiere, die Kunststücke können. Aber es war ganz anders. Löwen gab es nicht. Keine Tiger. Keine Elefanten. Nicht mal eine Katze oder einen Hund.« Amanda lachte. »Aber viele Clowns und Akrobaten. Das war toll. Du glaubst nicht, was die ...«

»Du musst vom Zauberer erzählen, der war der Beste!« Justus kam hinzu und drängte Amanda beiseite.

Die Kinder nahmen Louisa links und rechts an den Händen und zogen sie ins Hausinnere. Justus und Amanda plapperten munter drauflos über die Kunststücke, die die Akrobaten, Clowns und der Zauberer vorgeführt hatten.

Matts Schwiegereltern hielten sich im Hintergrund. Sie gingen mit Matt in die Küche und sprachen dort so leise, dass Louisa kein Wort verstehen konnte. Doch niemand klang aufgeregt oder wütend.

»Bleibst du zum Mittagessen bei uns?«, fragte Justus. Er wartete Louisas Antwort gar nicht ab, sondern rannte in die Küche und rief: »Louisa soll zum Mittagessen bleiben. Bitte, Papa!«

»Louisa wollte eigentlich gerade gehen, als ihr gekommen seid«, sagte Matt.

»Also, uns stört es nicht, wenn sie bleibt.« Eine hochgewachsene Frau mit kurzen, rötlichen Haaren trat ins Wohnzimmer. Sie war schlank und elegant gekleidet. Obwohl sie Louisas Berechnungen nach zwischen sechzig und siebzig Jahre alt sein musste, wirkte sie wie Mitte fünfzig. Sie strich die Falten ihres Rocks gerade und reichte Louisa die Hand. »Die Kinder haben mir während unserer Telefonate schon viel von dir erzählt. Ich darf doch Du sagen, oder? Am Telefon höre ich immer nur noch ›Louisa … Louisa … Louisa‹.« Sie lachte. »Ich bin Heidrun.«

Der Händedruck war warm und herzlich. Louisa mochte die Frau sofort, und alle ihre Bedenken waren verschwunden. Trotz des Todes ihrer Tochter strahlte Heidrun Lehmann nichts Verzweifeltes aus, sondern schien das Motto »Zusammen sind wir unschlagbar« verinnerlicht zu haben. Sie war eine Frau, der bestimmt viele ihre Sorgen anvertrauten, überlegte Louisa. Und Heidrun fand Lösungen, da hatte Louisa keine Zweifel. Sie begriff nicht, warum Matt sie von den Schwiegereltern ferngehalten hatte, und umgekehrt. Matt blickte mit weit geöffneten Augen zwischen Louisa und Heidrun hin und her. Es war ihm anzusehen, dass auch er perplex war, wie Heidrun auf Louisa reagierte.

Matts Schwiegervater blieb im Türrahmen stehen. »Lehmann«, stellte er sich vor. »Dr. Klaus Lehmann. Meine Frau hat sich ja schon bekannt gemacht.« Er ging an ihr vorbei und setzte sich mit verschränkten Armen in den Sessel an der Terrassentür – einen Ort, von dem aus er das gesamte Zimmer überblicken konnte, sein eigenes Gesicht durch das Gegenlicht des großen Fensters im Hintergrund bei der tief stehenden Herbstsonne jedoch kaum zu erkennen war. Im Gegensatz zu seiner Frau war er nicht nur schlank, sondern sein Körper wirkte asketisch wie der eines Langstreckenläufers. Gleichzeitig schien ihm jede Bewegung schwerzufallen, so langsam bewegte er sich.

»Sie haben den gleichen Nachnamen? Ich meine, Matt … Matthias und Sie …?«, fragte Louisa. In Gegenwart des Schwiegervaters kam sie sich wie eine Idiotin vor, wie ein kleines Mädchen, das nach vorn an die Tafel gerufen wurde, um vom Lehrer abgefragt zu werden, aber nicht gelernt hatte.

»Lass uns doch beim Du bleiben«, sagte Heidrun. Sie nahm Louisas Hand, als wären sie alte Freundinnen, und führte Louisa zum Sofa, wo sich beide Frauen setzten. »Die Situation ist für uns alle ungewohnt. Klaus und ich haben viele Gespräche geführt. Natürlich wünschen wir uns Unterstützung für Matt, eine neue Mutter für unsere Enkel. Andererseits ist dort die schmerzvolle Erinnerung an unsere Tochter. Es sind zwei Seelen in unserer Brust, mal kommt die eine, dann wieder die andere zum Vorschein, je nachdem, ob der Blick in die Zukunft oder der Blick in die Vergangenheit überwiegt.«

Nun, da sie dem Schwiegervater schräg gegenübersaß und die Sonne nicht mehr so stark blendete, konnte sie seine Gesichtszüge genauer erkennen. An seiner Wange befand sich eine lang gezogene Narbe. Sie zwang sich, wegzusehen, doch er hatte ihren Blick bereits bemerkt.

»Ein Souvenir aus der Zeit der Studentenverbindung«, sagte er. »Und ja, Matthias hat unseren Nachnamen angenommen, weil es sich schon unter geschäftlichen Gesichtspunkten angeboten hat. So brauchte bei meinem Ausscheiden aus der Kanzlei der Name Dr. Lehmann und Partner nicht abgeändert zu werden.«

»Hm«, sagte Louisa und nickte, auch wenn sie das Argument nicht nachvollziehen konnte. Wo lag das Problem darin, einen Kanzleinamen zu wechseln?

Die Kinder setzten sich zu ihren Legosteinen in der Ecke des Wohnzimmers. Amanda und Justus nahmen die bunten Steine in die Hand, ohne jedoch etwas damit zu bauen.

Stille trat ein, selbst die Kinder schwiegen nun.

»Matt, komm doch auch zu uns«, rief Heidrun.

Matt kam aus der Küche, blieb aber im Türrahmen stehen. »Ich dachte, ihr esst auswärts, deshalb sichte ich gerade die Vorräte, um uns etwas zu kochen.«

Heidrun stand auf, ging zu ihm und strich ihm über den Rücken. »Es ist doch nicht Sinn der Sache, dass du jetzt in der Küche stehst und arbeitest. Bestellen wir irgendetwas und lassen es liefern. Was wollt ihr essen?«

Jeder nannte sein Lieblingsgericht, dann nahm Matt das Telefon und ging in den Flur, um in Ruhe zu telefonieren.

Beide Kinder ließen Legosteine von einer Hand in die andere gleiten.

»Wollt ihr nicht nach oben gehen und dort spielen?«, fragte Matts Schwiegervater.

Die Kinder blickten unsicher abwechselnd zu Louisa und ihren Großeltern, dann sahen sie sich an und liefen aus dem Zimmer.

»So, Sie sind also Justus' Lehrerin«, sagte Dr. Klaus Lehmann.

Matt kehrte zu ihnen zurück und zwinkerte Louisa aufmunternd zu. Sie wünschte sich so sehr, er würde zu ihr kommen und ihr Rückendeckung geben. Doch er ging weiter in die Küche, wo er Gläser und Getränke auf einem Tablett bereitstellte.

»Unter anderem bin ich Justus' Lehrerin.« Louisa hoffte, dass Matt sich beeilte und gleich käme. Die Situation war ihr unangenehm, und sie ärgerte sich, dass sie überhaupt geblieben war und sich nicht frühzeitig verabschiedet hatte, wie Matt ursprünglich gewollt hatte. Doch nun war es zu spät, sie konnte nicht einfach aufstehen und gehen, ohne unhöflich zu wirken.

»Sie haben meine Tochter nicht gekannt«, sagte der Schwiegervater und verstummte. Es war kein Angriff, sondern eine einfache, zutreffende Feststellung, aber was Louisa aus seinen Worten heraushörte, war: Du gehörst nicht hierher. Eigentlich sollte meine Tochter mir gegenübersitzen.

Louisa zwang sich, ihre Selbstzweifel und Unsicherheiten beiseitezuschieben und einen Schritt von ihren Gefühlen zurückzutreten. »Das stimmt«, sagte sie. »Ich kannte Anne nicht. Doch manchmal, wenn ich mit den Kindern zusammen bin, frage ich mich, ob es Charakterzüge der Mutter sind, die bei ihnen zum Vorschein kommen.«

»Wann zum Beispiel?« Die Stimme des Schwiegervaters klang weniger schneidend. Er löste die Arme, die er bisher vor seinem Körper verschränkt hatte, und legte sie entspannt auf die Lehne.

»Zum Beispiel bei der Rollenwahl unseres Theaterstücks«, sagte Louisa, »das wir im Advent in der Schule aufführen. Justus hat ein Gespür für die Besonderheiten der kleinen Rollen. Er ist eher zurückhaltend, doch wenn ihn etwas packt und bewegt, geht er mit Leib und Seele darin auf. Wir haben nicht nur Menschen- oder Tierrollen besetzt, sondern Justus war es wichtig, dass er am Anfang ein Baum sein darf. Er bekommt dafür ein Kostüm, seine Arme sind die Äste. Wenn er die Hände wie im Wind wiegt und dabei mit beiden Beinen so fest auf der Erde steht, als wäre er verwurzelt, dann ist er in seiner Fantasie wirklich zum Baum geworden. Niemand anderes füllt die kleinen Rollen mit so viel Intensität. Und einen besseren Löwendarsteller kann ich mir nicht vorstellen.«

»Das stimmt, Anne war als Kind genauso. Sie hatte einen besonderen Blickwinkel und hat uns auf vieles aufmerksam gemacht, das wir ohne sie nie wahrgenommen hätten. Das hat sie an Justus weitergegeben. Nur hat Justus auch etwas Aufbrausendes, Ungeschicktes, das ihn in Schwierigkeiten bringt. Das hat er nicht von unserer Tochter.« Er blickte in Richtung Matt, der die Gläser bereits mit Getränken gefüllt hatte, das Tablett aber wegen seiner Gehstützen nicht tragen konnte. Louisa wollte aufstehen, um ihm zu helfen, doch Heidrun kam ihr zuvor.

»Das stand zwar in seinen früheren Schulzeugnissen, aber dem kann ich gar nicht zustimmen«, sagte Louisa.

»Sondern?« Der Schwiegervater richtete den Oberkörper auf

und lehnte sich vor. Es war ihm sichtlich unangenehm, wenn er Widerspruch erfuhr.

»Er ist im Vergleich zu anderen eher zurückhaltend und verschlossen, und so staut sich in ihm manchmal so viel an, dass es irgendwann hervorbrechen ...«

»Aufbrausend also. Wie ich schon gesagt habe. Oder wie würden Sie das sonst bezeichnen?«, unterbrach er sie.

Louisa versuchte, ruhig zu bleiben. »Justus braucht viel Ermunterung, damit er sich öffnet. Und er braucht Zeit, um sich zu sammeln. Er möchte niemanden enttäuschen, deshalb macht er sich zu viele Gedanken über mögliche Fehler, während andere Kinder ihre Aufgaben ausführen, ohne groß darüber nachzudenken.«

»Wenn ich da an den Vorfall auf dem Schulhof denke ... Hätte Amanda uns nicht davon erzählt, hätten wir es gar nicht erfahren. Die Narbe ist noch immer zu sehen.« Missbilligend sah er in Matts Richtung, der aus der Küche kam und neben Louisa Platz nahm, während seine Schwiegermutter Gläser und Getränke auf dem Couchtisch verteilte.

Matt umfasste Louisas Hand und drückte sie. Heidrun setzte sich auf die Lehne des Sessels neben ihren Mann und strich ihm sanft über den Rücken.

»So etwas kommt vor«, sagte Louisa und zuckte mit den Schultern. »Solange sich die Schüler auf dem Hof nicht duellieren ...« Sie unterdrückte ein Grinsen beim Blick auf die vernarbte Verletzung durch den Degen im Gesicht des Mannes ihr gegenüber.

Die Gesichtszüge des Schwiegervaters entspannten sich weiter. Er nahm eins der Gläser vom Tisch und trank daraus. »Justus kann froh sein, dass Sie seine Lehrerin geworden sind«, sagte er. »Wir alle sind während seiner ersten Schuljahre fast verzweifelt, weil es ihm nicht gelungen ist, Fuß zu fassen, was ja auch verständlich ist nach einem solchen Schicksalsschlag. Er wirkte wie deplatziert in seinem eigenen Leben. Heute im Zirkus haben auch wir ihn zum ersten Mal richtig gelöst und glücklich erlebt. Es lässt sich nicht leugnen, dass er sich zum Positiven entwickelt hat, seit er hier lebt und zur Schule geht.«

»Das stimmt.« Heidrun blickte mit einem Lächeln in die Runde. »Er ist wie ausgewechselt. Doch das trifft nicht nur auf Justus zu.« Sie zwinkerte in Matts Richtung, woraufhin sich seine Miene aufklarte. Er nickte, drückte Louisas Hand fester.

In dem Moment begriff Louisa, dass sich die Vorbehalte der Schwiegereltern zerstreut hatten. Die beiden betrachteten sie nicht mehr skeptisch, sondern lächelten ihr zu. So weit, ihr das Du anzubieten, ging Dr. Klaus Lehmann zwar nicht, aber Louisa wusste, dass es nicht an ihr lag, sondern dass es einfach seiner Persönlichkeit entsprach.

»Du bleibst doch zum Essen?«, fragte Heidrun.

»Gern! Danach muss ich allerdings noch einmal ins Gemeindehaus, um die Theatervorstellung morgen vorzubereiten.«

21.

*E*ndlich war es so weit! So lange hatte sie mit ihren Schülern auf diesen Tag im Advent hingearbeitet. Auf der Bühne herrschte aufgeregtes Gewusel, während sich der Saal so sehr füllte, dass es für die nun einströmenden Besucher keine Stühle mehr gab. Zwar hatte Louisa die Anmeldungen lange im Vorfeld gesammelt, doch nun waren auch viele Menschen gekommen, die sich nicht angekündigt hatten, aber »mal vorbeischauen« wollten. Bald gab es für die Zuschauer nur noch die Möglichkeit, vom Gang aus durch die geöffnete Flügeltür auf die Bühne zu blicken oder einen Stehplatz an den Fenstern zu ergattern. Es war unglaublich, dass selbst draußen vor den gekippten Fenstern Menschen standen und zuschauten, obwohl es an diesem Tag richtig kalt war. Mit einem solchen Andrang hatte Louisa nicht gerechnet.

Louisas Herz raste, immer wieder wischte sie ihre feuchten Handinnenflächen an der Hose ab. Nicht nur außergewöhnlich viele Verwandte und Freunde der Schüler von auswärts waren gekommen, auch war es Matt nun doch gelungen, seine Gerichtstermine einem Kollegen zu übertragen und auch das Interesse der Presse zu wecken. Neben einem Radioteam und zwei Vertretern der Lokalzeitung war sogar ein Kamerateam des Lokalsenders präsent. Im Mittelgang war eine Kamera auf einem Stativ montiert worden, was Louisas Aufregung noch steigerte.

Auf dem Weg hinter die Bühne zu ihren Schülern stolperte Louisa fast über Matt, der auf dem Klavierhocker neben dem Podest saß.

»Wie hast du das nur geschafft?«, fragte sie und nickte in Richtung der drei Männer vom Fernsehteam. »Ich habe so viele Pressemeldungen verschickt – alles vergeblich.«

»Das war ich dir schuldig. Es ist das Mindeste, was ich tun kann, um mich für all deine Unterstützung zu revanchieren! Bei der Renovierung. Mit Justus. Sogar Klaus ist inzwischen hin und weg von dir. Und das will etwas heißen! Du bist mein persönliches Wunder.«

Louisa merkte, wie ihr die Hitze ins Gesicht stieg. »Du bist ein Schatz!«, sagte sie und kam noch näher zu ihm. Erst wollte sie ihn an sich drücken, doch dann senkte sie mit Blick auf die Zuschauer die Arme. Jetzt und hier war weder der richtige Ort noch der richtige Zeitpunkt dafür.

»Dank mir nicht zu früh«, sagte er und zuckte mit den Schultern. »Dass etwas aufgezeichnet wird, heißt nicht, dass sie es senden. Gerade im Fernsehen werden die Beiträge bei der Ausstrahlung auf wenige Sekunden zusammengeschnitten. Wahrscheinlich wird es nur eine kurze Mitteilung in den Lokalnachrichten.«

Louisa nickte. Möglicherweise würde auch gar nicht über die geplante Schulschließung berichtet werden, sondern nur über die Aufführung. Sie schob den Gedanken beiseite. Darüber wollte sie jetzt nicht grübeln, lag es doch sowieso nicht in ihrer Hand, was nach der Vorstellung folgte. Zuerst ging es darum, den Kindern die Aufregung zu nehmen und ihnen Mut zuzusprechen. Louisa drückte Matts Hand, dann bahnte sie sich den Weg zwischen weiteren Stühlen und stehendem Publikum hindurch bis hinter die Bühne.

Als sie hinter den schwarzen Vorhang trat, der den Bereich der Aufführenden von den Zuschauern trennte, atmete sie auf. Sobald sie sich inmitten der Schüler befand, senkten sich ihre Schultern, ihr Atem wurde ruhiger. Hier fühlte sie sich sicher. Die Aufregung und das Chaos in ihren Gedanken legten sich.

Das Ankleiden und Schminken hatten sie so oft geübt. Je zwei Schüler taten sich zusammen, um sich gegenseitig zu helfen.

Schnell verschaffte Louisa sich einen Überblick über das bunte Treiben. An diesem Tag musste sie niemanden ermahnen, keine Hinweise mehr geben. Die Zweiergruppen hatten bereits zusammengefunden und mit ihrer Arbeit begonnen, ohne dass sie irgendetwas sagen musste.

Fünf Minuten vor der Aufführung waren die Schüler in ihren Kostümen und hatten ihre Plätze eingenommen. Während im Publikum das Gemurmel anschwoll, standen die Kinder ruhig da, als könnten sie nicht fassen, wie viele Menschen gekommen waren, um ihnen zuzusehen. Louisa nickte ihren Schülern zu und schaute auf die Uhr. Noch vier Minuten, doch da Zuschauer und auch Schüler bereit waren, entschloss sie sich, zu starten.

Louisa atmete tief durch, richtete ihren Oberkörper auf, trat mit ihrem Mikrofon nach vorn und versuchte, nicht auf die Kamera in der Mitte des Gangs zu starren, die sie wie ein riesiges Auge zu fixieren schien. Stattdessen konzentrierte sie sich auf Clara und Manuel, die ihr von der ersten Reihe aus zunickten, auf Matt, der nun neben der Bühne stand und fotografierte. Sogar Anton war gekommen. Noch immer trug er eine Bandage um die Brust, sein Fuß war geschient. Als sich ihre Blicke begegneten, reckte er aufmunternd einen Daumen in die Höhe.

Louisa nahm das Mikrofon und klopfte vorsichtig darauf. Ein lautes Ploppen ertönte. Es war eingeschaltet. Sofort wurde es still im Saal.

»Guten Abend«, begann Louisa. Ihre Stimme zitterte nun doch. Aber von Satz zu Satz gewann sie während ihrer Begrüßungsansprache an Sicherheit. Ihr Atem ging tiefer und langsamer, ihre Schultern senkten sich, und ihre Stirn entspannte sich. Auch gelang es ihr immer besser, die Kamera im Mittelgang zu ignorieren.

Ihre Begrüßung wurde mit lautem Applaus quittiert.

Dann trat sie zurück und nickte den beiden Schülern zu, die die Aufgabe des »Tontechnikers« übernommen hatten. Leon erwiderte das Nicken, schaltete den Soundtrack ein, der erst zu leise erklang, doch Leon regelte ohne Aufforderung die Lautstärke in den richtigen Bereich. Dann trat Tim, der Erzähler, mit seinem Samtumhang und dem Zylinderhut seines Großvaters auf dem Kopf nach vorn. Nach all den Proben waren seine Worte nicht mehr undeutlich, sondern laut und klar. Er sprach mit tiefer Stimme: »Es war einmal ein Mann, der hatte einen Esel.«

Justus und drei andere Kinder trugen selbst gebastelte Baumkostüme. Mit geschlossenen Augen wiegte Justus seine Arme, die die Äste darstellten, im Wind.

»I-A-I-A«, brüllte es, und Julia in ihrem Eselskostüm trottete auf allen vieren hervor, hinter ihr Louis mit einer Gerte in der Hand. Er tat so, als würde er den Esel antreiben, während der an der Leine zog, die um den Brustkorb gewickelt als Halfter diente.

»So viele Jahre hatte der Esel dem Mann treu und zuverlässig ...«, sagte Tim und stutzte beim Blick auf Louis und Julia, den Mann und den Esel.

Julia stand auf und packte die Leine, dann motzte sie: »Hast du sie noch alle? Jetzt zieh nicht so fest an der Leine. Das tut weh.«

»Das ist keine Leine. Das ist das Halfter.«

»Ist mir egal. Lass endlich los!« Sie zog Louis die Kordel aus der Hand.

»Hör auf, Esel«, versuchte Louis die Rolle zu retten, doch er traute sich nicht mehr, die Leine zu fassen. Er griff danach, dann zuckte er zurück, als hätte er sich verbrannt. »Du bist alt und bockig geworden. Und du hinkst. Ich sollte dich schlachten.«

»Der Mann beschloss, den Esel fortzujagen«, unterbrach nun der Erzähler.

»Ich werde dich schlachten«, sagte Louis.

Vergeblich versuchte Louisa, zu den beiden Blickkontakt aufzunehmen, um sie daran zu erinnern, bei ihrer Rolle zu bleiben.

Julia lachte laut auf. »Schlachten? Dabei hast du heute Morgen noch zu uns allen gesagt, dass du jetzt Vetarier bist.«

»Vegetarier heißt das«, sagte Louis.

Die Zuschauer brüllten vor Lachen. Louisa schwitzte so, dass ihr kalter Schweiß den Rücken hinunterlief.

Endlich erwiderte Tim, der Erzähler, Louisas Blick. Sie nickte ihm zu und bedeutete ihm, nach vorn zu gehen und weiterzusprechen.

Tim ging nach vorn und rezitierte: »Der Esel hatte Lasten getragen, Säcke, Koffer, Kisten. Aber nun war er alt und müde geworden. Er musste immer öfter Pausen machen.«

Louisa atmete auf. Tim brachte die Ruhe zurück, die verloren gegangen war. Nun übernahmen die Schüler die Regie, die lange eingeübte Kette aus Handlungen nahm ohne weitere Abweichungen ihren Lauf. Louisa konnte sich zurücklehnen, das Geschehen wie eine Zuschauerin verfolgen. Es reichte, hin und wieder aufmunternd in Richtung Bühne zu nicken. Staunend beobachtete sie, wie inzwischen auch die Unsicheren an Sicherheit gewonnen hatten, wie die Einzelgänger sich einfügten, wie sich am Ende beim gemeinsamen Schlusschor »Freude schöner Götterfunken« alle an den Händen hielten und stolz ins Publikum blickten, während sie sangen. Die Panne zu Beginn war längst vergessen.

Louisa stand auf, rief »Bravo« und klatschte so laut, dass ihre Hände schmerzten. Einige Zuschauer trampelten vor Begeisterung mit den Füßen. Der Applaus war wie eine Begeisterungswelle, die sie alle mit sich trug.

Eigentlich hatte Louisa zum Abschluss noch einmal ans Mikrofon treten und ein paar Worte zum Abschied sprechen wollen, auf das abgebrannte Schulgebäude und die geplante Schulschließung hinweisen, dass alle gemeinsam versuchen müssten, die

Auflösung der Zwergschule zu verhindern. Doch das Publikum war bereits aufgestanden. Lautes Gemurmel und Stimmengewirr erfüllten den Saal. In ihren Kostümen stürmten die Kinder nun zu ihren Eltern, ließen sich beglückwünschen und feiern. Das Fernsehteam packte die Kamera zusammen, räumte sie mitsamt Stativ so schnell wie möglich in Richtung Bühne, damit sie von dem herausströmenden Publikum nicht beschädigt wurde.

Es gab keine Zeit für abschließende Worte. Die Veranstaltung löste sich auf, alle strömten nach draußen, mit einem so lauten Geplapper, dass Louisa kein Gehör gefunden hätte. Kurz überlegte sie, das Mikrofon zu nehmen und den Verstärker voll aufzudrehen, doch dann verwarf sie den Gedanken wieder. Die Schüler wie auch die Zuschauer waren begeistert von der Aufführung, nach den Anfangsschwierigkeiten hatte alles perfekt geklappt. Das musste reichen.

In der Nähe des Ausgangs entdeckte sie Matt gemeinsam mit seinen Schwiegereltern, die sich zu ihr vorkämpften, um sie zu beglückwünschen und ihr zu gratulieren.

Louisa freute sich von ganzem Herzen über das Lob, darüber, dass nun alle Zweifel und Skepsis ihr gegenüber verschwunden waren. Sie umarmten sich zum Abschied.

Als jemand ihr von hinten einen Arm über die Schulter legte, zuckte sie zusammen und drehte sich um. Clara. Hinter ihr stand Manuel. Mit seiner rechten Hand formte er ein Victory-Zeichen.

»Du kannst so stolz auf dich sein«, sagte Clara. »Nie hätte ich für möglich gehalten, dass die Aufführung so perfekt gelingt – und das mit Grundschulkindern! Es ist unglaublich. So etwas würden sie niemals in den so teuer ausgestatteten Schulen in der Stadt zustande bringen. Hier gibt es kein Whiteboard, nicht einmal einen Overheadprojektor oder eine richtige Tafel. Ein einziger Raum, um alle Schüler zu unterrichten. Dafür müsstest du eine Auszeichnung bekommen.«

»Am Ende habe ich ja nichts mehr getan, außer zuzusehen. Und im Vorfeld ...« Louisa durchsuchte mit den Augen den Raum nach dem Fernsehteam und der Reporterin der Lokalzeitung, doch sie waren bereits verschwunden. »Ich habe es leichter, weil ich die Kinder ja kenne und sie mich auch, längst vor der Einschulung.«

Nun blickte sich Clara um. »Sind die Reporter etwa schon gegangen?« Clara schüttelte den Kopf. »Ich versuche, noch jemanden von ihnen zu finden. Das darf doch nicht wahr sein!« Clara drängte sich durch die Menschenmenge, die am Ausgang verharrte und plauderte, kurz danach war sie nicht mehr zu sehen.

Louisa beobachtete das Geschehen von der Bühne aus. Die Stühle standen kreuz und quer, einzelne Requisiten lagen verstreut herum. Louisa schob den Gedanken an das nachfolgende Aufräumen beiseite.

Inzwischen hatte sich der Saal vollständig geleert. Louisa setzte sich auf den Rand der Bühne und vergegenwärtigte sich noch einmal, dass es nun geschafft war! Ein Riesendruck wich von ihr.

Um nicht tatenlos auf Claras Rückkehr zu warten, schaltete Louisa erst die Stereoanlage aus und zog den Stecker des Verstärkers, dann setzte sie sich wieder vorn auf die Bühne. Inzwischen zerstreuten sich auch die letzten Grüppchen, die im Eingangsbereich gestanden hatten. Schritte erklangen auf der Treppe, noch waren leise Stimmen vom Hof zu hören, doch wenig später war alles so ruhig, dass ihr der eigene Atem überlaut erschien.

Mit einem Seufzen, weil Clara nicht zurückgekommen war, stand Louisa auf, schloss die gekippten Fenster, sammelte die herumliegenden Requisiten ein und löschte das Licht. So oft hatte sie sich während der Wochen zuvor diese Aufführung ausgemalt, wie sie am Ende auf der Bühne stünde und sich verbeugte, wie glücklich sie wäre, stolz, wie sie eine tiefe Zufriedenheit packte. Doch nun blickte sie zurück in den dunklen Saal. Auch von draußen schien kein Licht mehr durch die Fenster, die Sonne war längst untergegangen. Nur die Straßenlaternen warfen einen fahlen Schein ins Innere. Die Gerüche der vielen Menschen hingen im Saal, trotz der geöffneten Türen war die Luft im Gemeindesaal schwül und verbraucht. Statt Freude fühlte Louisa in erster Linie Erschöpfung und Müdigkeit. Kurz überlegte sie, mit dem Aufräumen zu beginnen, doch es herrschte ein solches Chaos, dass es doch besser war, auf das Team der Eltern zu warten, das ihr bei dieser Arbeit helfen wollte.

Louisa genoss es, im Dunkeln zu warten und nichts tun zu müssen. Alles, was getan werden musste, war getan. Sie konnte einfach auf der Bühne sitzen und in das Halbdunkel des Saals starren, während sie ihren Gedanken nachhing. Die Sekunden und Minuten, die verstrichen, kamen ihr so lang vor! Als würde die Zeit sich dehnen und sich der Messung durch die Uhr verweigern.

Irgendwann richtete sie sich mit einem Schulterzucken auf. Da Clara noch immer nicht zurückgekommen war, ging Louisa aus dem Raum, löschte im Flur das letzte Licht, schloss die Eingangstür ab, schaute sich vergewissernd, dass alles in Ordnung war, um, dann wandte sie sich in Richtung Rosenhof. Niemand war mehr zu sehen auf der Straße, nicht einmal ein Wagen fuhr an der Hauptstraße vorbei.

In den Fenstern der Häuser brannte Licht. Von der Straße aus konnte sie durch das weit geöffnete Holztor seiner Einfahrt auf Matts Haus blicken. Das Tor war mit Raureif bedeckt, die Hagebutten leuchteten unwirklich rot in der Dunkelheit. Die frisch gestrichenen, grünen Fensterläden waren noch offen. So konnte sie durch Matts Küchenfenster in seine hell erleuchtete Küche sehen, wie er und seine Schwiegereltern sich zuprosteten. Obwohl sie den Müllershof schon so oft in renoviertem Zustand gesehen hatte, kam ihr der Anblick noch immer wie ein Wunder vor. Das

Haus war ein Prachtstück geworden, mit dem intensiven Grün der Fensterläden, den frisch gestrichenen Fachwerkbalken und der in hellem Gelb getönten Fassade – auch dank Anton und der Handwerker, die er beauftragt hatte.

Das abgebrannte Schulhaus hingegen stand wie ein dunkles Gerippe vor dem nächtlichen Himmel. Noch immer war es nicht abgerissen worden. Wie ein Mahnmal ragte es empor. Obwohl sie wusste, dass ihre Sinne sie täuschten, glaubte sie, von der Ruine her kommenden Geruch nach verbranntem Holz wahrzunehmen. Die Scheiben waren damals von der Hitze geborsten. Wie hohle Augen schienen die Löcher der Fensteröffnungen im ersten Stock in die Nacht zu starren, hinter denen sich früher einmal ihre Lehrerwohnung befunden hatte.

Louisa zwang sich, den Blick von dem zerstörten Gebäude und auch von Matts erleuchteter Küche abzuwenden und nach vorne zu schauen. Hoch über dem Dorf auf dem Hügel thronte der Rosenhof, der bei Dunkelheit an eine Burg erinnerte. Dort brannten keine Lichter, dementsprechend waren weder Clara noch Manuel zu Hause.

Schrittgeräusche hinter ihr ließen Louisa innehalten.

»Warum hast du nicht gewartet?«, rief Clara außer Atem. »Ich habe noch Manuel verabschiedet, der kurzfristig zum Dienst aufbrechen musste.«

»Ich dachte, du hast dich schon auf den Weg zum Rosenhof gemacht.«

Clara legte einen Arm um Louisas Schulter, strich ihr dann über den Rücken und trat anschließend einen Schritt zurück. »Hey, höre ich da etwa Traurigkeit? Du wirst doch jetzt nicht Trübsal blasen?«, fragte Clara. Sie umarmte Louisa und hakte sich unter.

»Hast du noch jemanden vom Radio, vom Fernsehen oder von der Presse erreicht?«

Clara sah zu Boden, dann schüttelte sie den Kopf. »Ich habe es versucht. Aber sie waren schon weg.«

»Es ist mein Fehler. Die Vorstellung lief am Ende wie von selbst, deshalb habe ich mich zurückgenommen und war einfach nur noch erleichtert. An das, was danach folgt, habe ich gar nicht mehr gedacht. Schon zu Beginn des Schlussapplauses hätte ich auf die Bühne gehen müssen, um zu verhindern, dass die Veranstaltung sich auflöst. Ich war einfach zu verpennt.«

»Hör auf zu grübeln und freu dich, wie gut es gelaufen ist! Es war eine Riesenleistung, von den Schülern und auch von dir. Und jetzt lass uns nach Hause gehen und die gelungene Aufführung feiern. Machen wir uns einen Mädelsabend, nur wir beide. Wie früher.«

Louisa versuchte, Claras positive Sichtweise zu übernehmen, doch es gelang ihr nicht. So viele Hoffnungen hatte sie mit dieser Aufführung verbunden. Dass die Medien auf die Situation der Dorfschule aufmerksam werden würden. Dass möglicherweise überregional Gelder für den Wiederaufbau des Schulgebäudes gespendet würden. Doch manche Ziele ließen sich nicht mit einer Hauruckaktion lösen. Manchmal war es auch einfach nur Pech, wenn ein Plan nicht aufging.

»Wir werden einen anderen Weg finden, damit die Schule nicht geschlossen wird«, sagte Clara.

»Und welchen?«

»Uns wird etwas einfallen. Wenn nicht jetzt, dann später.«

»Woher nimmst du die Hoffnung?« Nebel kam auf und verdichtete sich schnell. Die Häuser im Hintergrund wurden unschärfer, die Konturen lösten sich auf, bis sie nicht mehr sichtbar waren. Es war, als blickte sie durch ein Kameraobjektiv und jemand veränderte konstant die Schärfeneinstellung.

Am Rosenhof angekommen, hatte der Nebel dieses hoch gelegene Gebäude noch nicht erreicht, weil er sich jeden Abend zuerst um den Bach im Tal herum ansammelte. Inzwischen hatte er sich so ausgebreitet, dass es schien, als wäre der Rosenhof das einzige Haus weit und breit. Alle anderen Häuser waren im Dunst verschwunden. Nur hin und wieder tauchten durch das Wabern des Nebels einzelne Lichter wie Irrlichter auf, wenn jemand die Hauptstraße entlangfuhr.

»Ich nehme die Hoffnung nirgendwoher. Ich suche nicht nach Argumenten, sondern es ist mehr ...« Clara hielt inne, während sie den Haustürschlüssel hervorkramte. »Ich konnte auch nicht wissen, dass ich es schaffen würde, den Rosenhof in einem knappen halben Jahr zu renovieren. Ich fühle es. Das mag mancher jetzt für naiv halten, für kindisch. Aber es ist mir egal. Vertraue einfach.«

Claras Zuversicht war so intensiv, dass Louisa nicht anders konnte, als zu lächeln. »Ich versuche es.«

22.

*W*ährend die Schwestern nebeneinander im Wohnzimmer auf der Couch aßen, beide ein Glas Cabernet Sauvignon in der Hand hielten, das Feuer im Kamin knackte und prasselte, breitete sich der Nebel noch weiter aus. Inzwischen umhüllte er sogar den Rosenhof.

Oft hatte sich Louisa als Kind bei diesem Wetter gefürchtet, weil sie fand, die winterlichen Nebelschwaden wirkten wie Geister, die sich durch den Garten bewegten. Durch das Licht, das von innen nach außen strahlte, schien ein Leuchten von den Dunstwolken selbst auszugehen.

Mehr und mehr gelang es Louisa, das Grübeln über die Märchenaufführung abzustellen. Sie genoss die trockene, mollige Wärme und den Geruch des Feuers, die weichen Polster, in die sie sich hineinsinken lassen konnte. Und sie war froh über Claras Gegenwart. Sie mussten nicht reden, dafür war Louisa auch zu erschöpft nach der Vorstellung im Gemeindehaus und all den Vorbereitungen während der Wochen davor. Stattdessen beobachtete sie, wie sich der kalte Wasserdampf des Nebels außen an den Scheiben absetzte und sie eintrübte, immer weiter, bis sich von oben einzelne Wassertropfen ablösten und am Glas herunterliefen, sodass die Scheibe bald mit einem senkrechten Linienmuster überzogen war.

Doch trotz ihrer Erschöpfung war Louisa von all den Ereignissen auch aufgewühlt, sodass die Müdigkeit, die sie eigentlich erwartet hatte, ausblieb. Erst nach Mitternacht verabschiedete sie sich, um ins Bett zu gehen, während Clara noch aufbleiben und auf Manuels Rückkehr warten wollte.

Am nächsten Vormittag eilte Louisa zuerst zum Postkasten. Auch wenn sie noch nicht damit rechnete, einen Artikel über die Theateraufführung zu finden, blätterte sie die Tageszeitung zweimal durch, um nichts zu übersehen. Doch wie befürchtet, tauchte kein Artikel auf – nicht einmal eine Notiz unter der Rubrik »Gemischtes«.

Auch am nächsten Tag, am Mittwoch, wachte Louisa bereits vor dem Weckerklingeln auf, und wieder führte ihr erster Weg sie zum Briefkasten, um die Zeitung durchzusehen. Genauso wiederholte es sich am Donnerstag und am Freitag. Noch immer war es zu keiner Erwähnung der Aufführung oder der geplanten Schulschließung gekommen, weder in der Zeitung noch im Regionalfernsehen oder im Radio, denn das hätte Louisa sicher von ihren Schülern erfahren.

Am Samstag wachte sie nach einer unruhigen Nacht wieder um kurz nach sechs auf, obwohl sie wegen des beginnenden Wochenendes bis zum Mittag schlafen konnte. Doch diesmal blieb sie im Bett liegen. Sie schaltete ihr Nachtlicht ein und las in dem historischen Roman weiter, den sie Wochen zuvor begonnen hatte. Immer wieder fielen ihr beim Lesen die Augen zu, und mit jedem Satz wurde sie müder. Bevor ihr Kopf auf das Buch sank, schob sie es neben das Kopfkissen, löschte das Licht und war Sekunden später wieder eingeschlafen.

Lautes Stimmengewirr weckte sie. Zuerst war ihr nicht klar, ob es real oder nur Bestandteil eines Traums war. Dann flog ihre Tür auf und knallte mit Schwung gegen die dahinterliegende Wand.

Clara stürmte herein. »Ein Fernsehteam ist unten. Sie wollen ein Interview mit dir!«, sagte sie und zog Louisa die Decke weg. Dann öffnete sie die Vorhänge.

Inzwischen war es draußen hell geworden, die Sonne stand bereits hoch am Himmel.

Louisa blinzelte. Sie musste die Worte ihrer Schwester in Gedanken wiederholen, um den Sinn zu begreifen. »Fernsehteam? Interview?« Louisa konnte es nicht glauben. »Warum?«

»Jetzt steh schon auf!« Clara lief unruhig im Zimmer auf und ab, ging dann wieder zum Fenster und öffnete es. Schließlich packte Clara sie am Arm und zog sie in eine sitzende Position. Louisa nahm die Decke und wickelte sie fest um sich. Das Erste, was sie tat, war, das Fenster wieder zu schließen. Draußen war es eisig!

»Ich verstehe es noch immer nicht.« Louisa blieb mitten im Raum stehen und lauschte auf die Stimmen, die durch die geöffnete Tür von unten heraufdrangen. Es war ein Gemurmel, so undeutlich, dass sie nicht einmal abschätzen konnte, wie viele Personen sich im Flur oder im Wohnzimmer aufhielten.

»In der Zeitung ist ein ganzseitiger Artikel über die Aufführung erschienen. Mit Bildern. Auch über die geplante Schulschließung haben sie berichtet. Und nicht nur das, es kommt noch besser: Gestern in den Regionalnachrichten haben sie einen Beitrag gebracht, drei Minuten lang. Und heute Morgen kam im Radio ein Bericht über Zwergschulen, in dem auch von deiner Märchenaufführung erzählt wurde.«

»Unsere Märchenaufführung«, sagte Louisa. »Nicht meine.«

Clara grinste. »Das ist so typisch für dich. Warum zögerst du jetzt, die Anerkennung anzunehmen, die du dir mehr als verdient hast? Hey!« Clara öffnete Louisas Schrank, nahm eine dunkelgraue Jeans heraus, ein Top und den dünnen, grauen Wollpullover. »Beeil dich! Zieh das an. Du kommst groß raus. Sie wollen eine Reportage drehen, stell dir das doch mal vor! Einen ganzen Dokumentarbericht, der bundesweit zur besten Sendezeit ausgestrahlt wird.«

»Ich muss erst einmal ins Bad.« Louisa tastete nach ihren Haaren, die wirr vom Kopf abstanden und sich verschwitzt anfühlten.

»Stimmt, das wäre nicht schlecht.« Clara grinste. »Aber beeil dich. Ich halte sie hin, biete ihnen Kaffee an. In zehn Minuten oder spätestens einer Viertelstunde musst du fertig sein.« Clara eilte aus dem Zimmer. Ihre Schritte polterten auf der Treppe.

Louisa raffte den Packen Kleidung zusammen, den Clara bereitgelegt hatte, und suchte zusätzlich neue Unterwäsche heraus. Dann ging sie ins Bad, entwirrte ihre Haare grob mit den Händen, bürstete sie kopfüber, steckte sie oben auf dem Kopf zusammen und sprang unter die Dusche. Zum Waschen und Trocknen ihrer langen Haare blieb keine Zeit. So benutzte sie nach dem Duschen nur etwas Haarspray, um ihre Hochsteckfrisur zu fixieren, verzichtete auch darauf, sich ausgiebig zu schminken. Mascara und Lipgloss mussten reichen.

Schnell zog sie die vorbereiteten Kleidungsstücke an, dann eilte sie aus dem Bad. Erschrocken registrierte sie beim Blick auf die Wanduhr, dass es schon halb eins war.

Ihr Magen meldete sich mit einem Knurren, doch nun blieb keine Zeit, sich in Ruhe an den Tisch zu setzen. Im Vorbeigehen trank sie den Rest Kaffee aus der Tasse, die Clara oder Manuel auf dem Esstisch hatten stehen lassen. Dann gönnte sie sich noch einen Schokoriegel, bevor sie dem Fernsehteam gegenübertrat.

Anfangs rechnete sie damit, dass sich die Kameraleute und der Reporter bald wieder verabschieden würden, denn es gab wenig, was Louisa sagen konnte – außer dass sie unbedingt die

Schließung der Schule verhindern wollte, die sie selbst als Kind schon besucht hatte. Alles, was sie erzählte, kam ihr mit einem Mal so belanglos vor, wenn sie es mit all den Katastrophen verglich, mit denen sich täglich auf der ganzen Welt die Nachrichten füllten.

»Haben Sie noch Fotos von dem ehemaligen Schulhaus, das nun abgebrannt ist?«, fragte der Reporter.

Louisa holte ihre Fotoalben. Sicher hatte sie Aufnahmen!

Der Reporter ließ nicht locker. Er filmte die Bilder von Claras und Louisas Einschulung ab, die nun schon über zwei Jahrzehnte alt waren. Sogar an den Bildern von alten Klassenausflügen zeigte er Interesse.

»Meinen Sie, wir können gemeinsam durchs Dorf gehen und ein paar Interviews führen?«, überlegte der Reporter.

Louisa blickte abwechselnd zu Clara und dem Reporter.

»Sicher«, antwortete Clara, die hinter Louisa getreten war, an deren Stelle.

Louisa spürte einen leichten Schubs im Rücken. Claras Mund war so nah an ihrem Ohr, dass das Flüstern sich wie ein Kitzeln anfühlte: »Jetzt los! Denk nicht so viel, mach einfach!«

Louisa zog sich einen Mantel und Schuhe über, dann ging sie voran nach draußen. Es war ein seltsames Gefühl, bei jedem Schritt, den sie tat, und bei jedem Wort, das sie aussprach, gefilmt zu werden. Ihre Anspannung war noch höher als bei der Schulaufführung, denn inmitten der Kinder hatte sie sich sicher gefühlt. Nun kam sie sich vor wie eine Schauspielerin in einem Film, dessen Drehbuch sie nicht gelesen hatte. Auch wusste sie nicht, was genau von ihr erwartet wurde.

Gemeinsam mit Louisa wanderte das Team durch das Dorf, wo sie Kinder, deren Eltern und sogar den alten Hufschmied Peter befragten, der von seiner Einschulung im letzten Kriegsjahr erzählte. Anschließend filmten sie die Ruine des Schulhauses und besuchten das Gemeindehaus. Louisa berichtete von ihrem Unterrichtskonzept, wie sie den Kindern früh Selbstständigkeit und Eigenverantwortung beibrachte. Wenn die Älteren den Jüngeren nicht halfen, funktionierte der Unterricht nicht.

Erst gegen halb fünf, als es draußen langsam dämmerte und ein Regenguss es unmöglich machte, weiter auf der Straße zu filmen, als die Haare des Teams in nassen Strähnen an den Köpfen klebten und alle vor Kälte zitterten, kehrten sie zum Rosenhof zurück. Der Reporter und die Kameraleute packten die Mikrofone, Stative und ihre restliche Ausrüstung in Hartschalenkoffer, warteten dann eine kurze Regenpause ab, um zu ihren zwei großen Kombis zurückzukehren.

Louisa winkte zum Abschied, eilte aber schnell zurück ins Haus, weil sich der Regen wieder verstärkte. Drinnen duftete es nach gebratenen Zwiebeln und zerlassenem Käse. Louisa betrachtete sehnsüchtig den Auflauf, der im Ofen garte. Clara und Manuel hatten es sich am Esstisch bequem gemacht. Zu Louisas Begrüßung hoben die beiden ihre Weingläser und prosteten ihr zu.

»Setz dich zu uns, das Essen ist bald fertig«, sagte Clara und ging in die Küche, um ein drittes Gedeck zu holen. »Lasst uns feiern! Bei all der Aufmerksamkeit, die das Theaterstück und die Dorfschule heute erhalten haben. Es ist unfassbar! Jetzt können sie die Schule nicht mehr schließen, ohne dass sie mit Gegenwind rechnen müssen. Eine Garantie, dass die Schule bestehen bleibt, ist das natürlich nicht, aber unsere einzige Chance.«

Bevor sie sich setzte, trat Louisa ans Terrassenfenster und blickte über das Dorf bis zum ehemaligen Schulhaus. Sie orientierte sich an den Lichtern, die aus den Fenstern des Müllershofs leuchteten, dann blickte sie auf das dunkle Gemeindehaus und auf die Ruine, die schräg dahinter lag und vom Schein der Laternen an der Hauptstraße angestrahlt wurde. Über dem Horizont klarte der Himmel wieder auf, sodass die Sterne durch die hohlen Fenster der Ruine sichtbar wurden. In der Dunkelheit hatte das Schulhaus etwas Unheimliches, fand Louisa. Sie wandte sich ab und setzte sich zu ihrer Schwester und Manuel.

Erst jetzt fiel die Anspannung der letzten Wochen vollständig von ihr ab. Die Aufführung war geschafft. Sie hatte alles in Bewegung gesetzt, was ihr nur möglich war, um die Schulschließung zu verhindern. Vielleicht würden sogar finanzielle Mittel bereitgestellt, um das Schulhaus wieder neu aufzubauen – das hoffte sie so sehr, auch wenn sie nicht wirklich daran glaubte. Noch einmal stand sie auf und schaute zum Müllershof. Sie stellte sich vor, wie Matt hinter den beleuchteten Fenstern mit den Kindern spielte. Bei all dem Trubel hatte sie ganz vergessen, sich gebührlich bei ihm zu bedanken, weil er es gewesen war, der die Presse mit ins Boot geholt hatte. Doch das würde sie direkt am nächsten Vormittag nachholen. Zuerst einmal verlangte ihr Magen mit einem lauten Knurren, zu seinem Recht zu kommen.

Anfang Dezember wurde der Bericht im ZDF in gekürzter Form am Nachmittag und in ausführlicher Form am späten Abend ausgestrahlt, kombiniert mit Filmsequenzen und Interviews, die andere Zwergschulen in Deutschland betrafen. Zur geplanten Schulschließung im Ort hatte der Reporter auch im Kultusministerium eine Interviewanfrage gestellt, so trat sogar die Bildungsministerin vor die Kamera. Louisa hatte so sehr gehofft, von höchster Stelle eine definitive Zusage zu erhalten, dass der Unterricht im Ort weitergeführt werden würde wie bisher. Sie merkte erst, wie sie vor dem Fernseher die Luft anhielt, als ihr schwindelig wurde. Nur mit Mühe gelang es ihr, anschließend gleichmäßig weiterzuatmen. Ihr Hals fühlte sich eng an, während sie den Worten lauschte, die durchs Wohnzimmer drangen. Doch das Einzige, was versichert wurde, war: »Wir werden die Situation vor Ort noch einmal ausführlich betrachten und eine Lösung finden, die im Sinne aller Beteiligten liegt.«

Louisa stöhnte auf. Was sollte das heißen?

»Das ist ja so typisch«, sagte Clara.

Louisa hob den Arm, um ihre Schwester zum Schweigen zu bringen.

»Die Mühen der dortigen Lehrer zum jahrgangsübergreifenden Unterricht können nicht hoch genug bewertet werden«, klang es aus dem Fernseher.

»Bla, bla, bla«, sagte Louisa und schüttelte den Kopf.

»Was hast du gedacht?«, fragte Manuel und legte seinen Arm um Claras Hüfte, die daraufhin genüsslich die Augen schloss.

»Die besonderen Aktivitäten wie eine Theateraufführung unter Beteiligung der Schüler verdienen unser aller Aufmerksamkeit«, fuhr die Bildungsministerin fort.

Als Abschlusssequenz wurde ein Ausschnitt aus der Theateraufführung gezeigt.

»Ich werde dich schlachten«, sagte Louis mit dem Zylinderhut auf dem Kopf. Seine Stimme klang in der Aufnahme ungewöhnlich hell.

Louisa war nicht im Bild zu sehen, nur zu gut erinnerte sie sich an ihren Versuch, Louis dazu zu bringen, ihren Blick zu erwidern und bei seiner Rolle zu bleiben.

Nun hielt sich Louisa die Hand vor die Augen. Nur zu gut wusste sie, was nun folgte.

»Dass sie gerade diese Stelle ausgesucht haben. Ein perfektes Theaterstück – und dann nehmen sie diese Szene.« Louisa stöhnte.

»Die war einfach zu komisch!« Manuel prustete los.

Julia, verkleidet als Esel, lachte auf dem Bildschirm laut auf. »Schlachten? Dabei hast du heute Morgen noch zu uns allen gesagt, dass du jetzt Vetarier bist.«

»Vegetarier heißt das«, sagte Louis.

Die Zuschauer im Gemeindesaal brüllten vor Lachen. Louisa erinnerte sich noch an diese Situation, als stünde sie jetzt, in diesem Moment, wieder neben der Bühne.

Frustriert schaltete sie den Fernseher aus. Sie presste die Lippen zusammen, als sie sah, wie Clara und Manuel sich küssten. Die Laune der beiden war anscheinend blendend.

»Jetzt mach nicht so ein trübsinniges Gesicht«, sagte Clara. »Du hast alles erreicht, was du wolltest: eine gelungene Theateraufführung, die wirklich witzig war.«

Manuel nickte und fuhr fort. »Aufmerksamkeit für die Schule ist auch entstanden. Und zur Äußerung der Ministerin: So sind Politiker eben. Das hast du doch vorher schon gewusst. Da gibt es keine schnellen Zugeständnisse. Aber nach alledem sind sie so unter Zugzwang, dass ...«

Louisa schüttelte den Kopf. »Ich gehe ins Bett.« Sie wandte sich ab.

Nicht nur die Erinnerung an die Reportage frustrierte sie. Clara und Manuel gingen so liebevoll miteinander um, dass es sie immer häufiger schmerzte, weil es ihr zeigte, was sie sich tief in ihrem Innern wünschte. Es fühlte sich an wie ein dumpfes Ziehen in ihrer Magengegend, wenn die beiden sich berührten und küssten, obwohl Louisa ihrer Schwester alles Glück der Welt gönnte. Sicher war sie glücklich, dass die beiden sich gefunden hatten. Doch Claras und Manuels Liebe ließ sie jedes Mal an Matt denken und daran, dass er einerseits so nah war, dass sie sein Haus von der Terrasse aus sehen konnte, aber gleichzeitig so unendlich fern schien. Sie sehnte sich nach jemandem, der sie jetzt, in diesem Moment, in den Arm nahm und an sich drückte, der neben ihr einschlief und mit ihr am nächsten Morgen wieder aufwachte. Der da war. Sie wollte Matts Geruch wahrnehmen, seine abends kratzige Wange an ihrer Stirn spüren, seine warmen Hände ... Sie wollte jeden Morgen neben ihm aufwachen. Louisa zwang sich, die Gedanken beiseitezuschieben.

Als sie auf der ersten Treppenstufe stand, spürte sie Claras Hand an ihrem Arm. »Warte! Was ist denn nur los mit dir?«, fragte Clara. »Jetzt freu dich doch mal!«

»Was hilft alle Freude, wenn niemand da ist, mit dem ich sie teilen kann?«

»Hey, bin ich etwa niemand?« Scherzhaft legte Clara eine übertriebene Entrüstung in ihre Stimme.

»Du weißt, dass das nicht so gemeint ist.« Louisa ging zu ihrer Schwester und drückte sie an sich. »Vielleicht bin ich auch einfach nur müde. Ich hatte gehofft …« Sie schwieg und dachte an Matt. Er hatte in den vergangenen Wochen fast Tag und Nacht gearbeitet und sich viel zu oft in der Kanzlei aufgehalten. Zwar hatte er ihr regelmäßig Nachrichten geschickt, und sie hatten sich auch ein paarmal gesehen, wenn er es einrichten konnte, aber immer nur kurz und meistens im Beisein der Kinder. »Ich bin immer noch dabei, den Aktenstau abzuarbeiten, der sich in der Zeit der Renovierungsarbeiten und des Umzugs angehäuft hat«, hatte er gesagt. Louisa schloss kurz die Augen und öffnete sie wieder. Sie wollte nicht darüber reden.

»Ist auch nicht so wichtig. Ich gehe hoch.« Schnell verabschiedete sie sich.

Weil sie wusste, dass sie nicht einschlafen konnte, schaltete sie ihren Laptop ein und rief die dienstlichen Mails ab, zum ersten Mal seit einer Woche. Oder hatte sie den Eingangsordner schon seit zwei Wochen nicht kontrolliert? Sie wusste es nicht mehr. Meistens traf in diesem Postfach sowieso keine Post ein. Die Schüler und Eltern sprachen persönlich mit ihr oder riefen an.

Ihr Atem stockte, als sie vier Mails von einem Sachbearbeiter des Bildungsministeriums entdeckte. In der ersten Mail wurde eine Gratulation zur gelungenen Aufführung ausgesprochen, angehängt Terminvorschläge für eine Telefonkonferenz. Von Mail zu Mail wurde der Tonfall unfreundlicher, die letzte der vier Mails enthielt eine deutliche Rüge wegen Louisas Eigenmächtigkeit, weil sie ohne Absprache die Presse involviert hätte, »was einer konstruktiven Lösungsfindung sicher alles andere als förderlich ist«. Louisa überflog den Rest des Textes, der einen Hinweis auf die Einhaltung des Dienstweges enthielt und eine mehr oder weniger deutlich ausgesprochene Warnung davor, weitere Interviews zu geben.

Louisa überlegte zu antworten, dann notierte sie die angegebene Telefonnummer. Sie würde zurückrufen, auch an Telefonkonferenzen teilnehmen oder persönlich beim Ministerium vorsprechen. Aber eins, das schwor sie sich, würde sie nicht: sich zum Schweigen bringen lassen. Niemals würde sie zusehen, wie die Schule still und leise geschlossen wurde, ohne dass es die Menschen außerhalb des Dorfes überhaupt bemerkten.

23.

*D*as Telefonat mit dem Ministerium am folgenden Tag nach dem Mittagessen verlief noch schlechter, als Louisa es befürchtet hatte. Kein einziges Wort fiel mehr über die gelungene Theateraufführung.

Ob sie es für hilfreich halte, Druck auszuüben, indem sie die Öffentlichkeit in die Pläne der Schulschließung einbezog?

Ob sie meine, dass Eigenmächtigkeiten zum Erfolg führten?

Ob sie davon ausgehe, dass solche Umstrukturierungen unüberlegt und ohne ausführliche Interessenabwägungen stattfänden? Dass man sich im Ministerium die Entscheidung leicht mache?

Wie überhaupt all die Fotos aus dem Unterricht in die Presse gelangt seien? War das nicht ein unbefugtes Verwenden von Personenfotos? Eine Persönlichkeitsrechtsverletzung der Fotografierten?

Selbst als sie erklärte, dass sie von allen Eltern die Einwilligung zur Veröffentlichung eingeholt habe, wurde sie weiter mit Vorhaltungen überschüttet. Sie rechnete schon damit, eine Abmahnung ausgesprochen zu bekommen, doch so weit gingen ihre Vorgesetzten dann nicht, sondern beließen es bei einer mehr als deutlichen Rüge.

Nach dem Telefonat blieb Louisa noch eine halbe Stunde mit dem Telefon in der Hand am Tisch sitzen und starrte nach draußen. Das Wetter passte zu ihrer Stimmungslage. Bereits in der Nacht hatte es angefangen zu regnen, sodass das Dorf alle Farben verloren zu haben schien. Sie presste ihre Kiefer so fest aufeinander, dass ihre Backenzähne schmerzten. Sie zwang sich, die Zahnreihen voneinander zu lösen, doch Sekunden später waren sie wieder aufeinandergepresst. In ihrem Kopf hatte sich ein Druck aufgebaut, als würde sich eine Nasennebenhöhlenentzündung ankündigen. Ihr Atem ging flach, ihr Körper fühlte sich an wie gelähmt.

Es ist vorbei, sagte sie sich. Nie war sie sich in ihrem Leben hilfloser vorgekommen.

Mit dem Einbeziehen der Presse hatte sie anscheinend ihrem Projekt nichts Gutes getan. Ob sie dadurch, dass sie den Zorn auf sich gezogen hatte, dem Ende der Dorfschule zugearbeitet hatte? Weil die Entscheider im Ministerium nun beweisen wollten, dass sie sich von einer Junglehrerin nicht auf der Nase herumtanzen ließen?

Nun hatten sich die Relationen verschoben: Es ging nicht mehr in erster Linie um die Schließung an sich, sondern es ging darum, dass die Entscheider ihr Gesicht wahren wollten. Es ging um Macht, nicht mehr um die Sache.

Louisa zwang sich, nicht länger über die unsichere Zukunft nachzudenken, sondern sich nur auf diesen Tag zu konzentrieren. Sie überlegte, sich für einen kurzen Mittagsschlaf hinzulegen, verwarf den Gedanken aber wieder. Dafür war sie zu angespannt. Sie beneidete Manuel, der an seinem Schreibtisch saß und Fachbücher wälzte für eine komplizierte Operation, bei der er assistieren sollte. Er konzentrierte sich so sehr auf seine Lektüre, dass all die anderen Probleme des Lebens bedeutungslos wurden.

Auch Clara war ganz in ihre Arbeit eingetaucht, bedeutete doch die Vorweihnachtszeit, dass die umsatzstärksten Wochen des Jahres begannen. Sie konnte gar nicht so viele Rosensüßigkeiten produzieren, wie die Besucher des Ladens sie kaufen wollten.

Louisa lehnte die Stirn gegen das Fenster und starrte eine Weile in den Regen. Als sie sich wieder aufrichtete, blieb ein dunstiger

Abdruck ihres Gesichts auf der Scheibe zurück. Sie ging durchs Treppenhaus ins Erdgeschoss, um ihr Handyladegerät zu suchen. Dann blickte sie noch einmal aus dem Terrassenfenster über das Dorf. An diesem Tag wurde es durch das schlechte Wetter früher dunkel als sonst. Bei Matt brannte hinter allen Fenstern Licht. Zweifellos war er zu Hause. Der Mercedes der Schwiegereltern stand ausnahmsweise nicht vor der Tür.

Eigentlich wollte sie für den nächsten Tag noch den Unterricht vorbereiten, doch sie wusste, dass sie sich nach dem Telefonat mit dem Ministerium sowieso nicht konzentrieren konnte. So schrieb sie einen Zettel für Clara und Manuel:

Bin bei Matt. Wartet mit dem Abendessen nicht auf mich. Louisa.

Die Notiz legte sie auf den Esstisch, zog Schuhe und Jacke an, nahm den größten Regenschirm, den sie finden konnte, und verließ das Haus.

Kalter Wind blies ihr entgegen. Sofort spürte sie einen Sog, als würde ihr jemand von oben den Schirm aus der Hand reißen wollen. Bevor sie reagieren konnte, klappte der Regenschirm um. Das Metall der Kiele knackte laut, brach aber nicht. Schnell trat Louisa einige Schritte zurück, bis sie vor der Haustür wieder windgeschützt war, drückte die Metallkiele des Schirms in die richtige Richtung und klappte ihn zu. Trotz der Wolljacke und obwohl sie sich die Kapuze so weit wie möglich über den Kopf zog, fror Louisa. Ihr Blick schweifte zu ihrem Wagen. Um genug Platz für Claras Kunden zu schaffen, parkten sie ihre eigenen Autos abseits des Kiesplatzes auf der Wiese. Beim Einsteigen würden ihre Schuhe schlammig werden. Sie zögerte und überlegte kurz, dann rannte sie zum Auto, entriegelte im Laufen die Tür und flüchtete sich, so schnell es ging, ins Innere. Sofort beschlugen die Scheiben von ihrer Körperwärme und der Feuchtigkeit, die sie mitbrachte.

Louisa seufzte. Dann stellte sie die Heizung und die Lüftung so hoch, wie es nur möglich war, wartete, bis sie wieder durch die

Scheiben sehen konnte, und fuhr anschließend los, nur um wenige Meter später im Schlamm stecken zu bleiben. Die Räder drehten durch.

Louisa fluchte laut und schlug ohne nachzudenken auf das Lenkrad, sodass sie von der Hupe zusammenzuckte. Als hätte sie dadurch ein geheimes Signal ausgelöst, hörte der Regen auf. Ein paar Sekunden nieselte es, dann hing nur noch der Dunst über dem Tal. Vergeblich versuchte sie ein zweites Mal, den Motor zu starten und loszufahren. Der Boden war zu aufgeweicht.

Die Abenddämmerung hatte bereits eingesetzt, so glänzten die Pfützen auf dem Rasen im Scheinwerferlicht hell. Es hatte keinen Zweck, weiter ohne Hilfe zu probieren, den Wagen fortzubewegen. Ihre zwei Versuche hatten gereicht, um tiefe Furchen in den Boden zu graben. Also stieg Louisa aus. Sie blickte sich um und atmete tief ein und aus. Es war, als hätten sich von einer Sekunde zur anderen die Lichtverhältnisse um sie herum geändert. Louisa sah zum Himmel, ob die Wolken aufklarten, doch die hatten sich nur noch dichter zusammengeballt. Kein einziger Stern und auch nicht der Mond waren zu sehen.

Bei der Berührung an ihrem Gesicht dachte sie zuerst an ein Insekt, aber die Nächte waren so kalt geworden, dass weder Fliegen noch Wespen oder Bienen herumflogen. Sie wischte sich über die Wange, als sie wieder etwas Eisiges berührte. Louisa blickte ein zweites Mal nach oben. Schnee! Erst nur einzelne Flocken, bald immer mehr fielen herab – als wäre das Märchen von Frau Holle Wirklichkeit geworden, als säße irgendwo auf den Wolken jemand und würde seine Betten ausschütteln. Die Flocken schmolzen sofort, als sie den durchnässten Boden berührten. Louisa blieb stehen und öffnete den Mund, wie sie es früher als Kind immer getan hatte, spürte die kalten, auf ihrer Haut und ihrer Zunge schmelzenden Schneeflocken.

Mit einem Lächeln auf dem Gesicht ging sie mitten auf der

Straße den Berg hinab und dann weiter durch das Dorf. Nun kamen auch die Kinder heraus, drehten sich mit nach oben gereckten Armen im Schnee, lachten und quietschten vor Begeisterung.

Als ein Auto hinter Louisa hupte, trat sie beiseite und ließ es passieren, dann ging sie weiter auf Matts Haus zu.

In seinem Vorgarten hatte sich auf den Büschen schon eine Schneeschicht gebildet, während der Boden nur nass glänzte. Amanda und Justus kamen ihr aus dem hinteren Garten entgegengelaufen. Beide lachten und versuchten, mit den Händen so viele Schneeflocken wie möglich zu fangen, auch wenn die bei dem Kontakt mit der warmen Haut sofort schmolzen. Ihre Wangen waren gerötet, ihre Hosen bis zu den Knien durchfeuchtet, doch das störte sie nicht.

»Komm!«, rief Justus seiner Schwester zu und rannte zu den anderen Kindern auf die andere Seite der Hauptstraße.

Amanda folgte ihm, und bald waren die beiden außerhalb von Louisas Sichtweite.

Die Haustür des Müllershofs war nur angelehnt. Louisa schmunzelte. Es war eine Kleinigkeit, die zeigte, dass Matt sich eingelebt und an die Gepflogenheiten des Dorfes angepasst hatte. Anfangs hatte er den Schlüssel immer mehrfach umgedreht und ihn auch tagsüber von innen im Schloss stecken lassen. Nun hatte er keine Sorge mehr, dass jemand Fremdes hereinkommen könnte. Seit Jahrzehnten hatte es hier keine Diebstähle mehr gegeben. Schon während Louisas Kindheit hatten alle Familien die Hintertüren unverriegelt gelassen, damit die eigenen Kinder und die Nachbarskinder tagsüber frei ein und aus gehen konnten.

Louisa trat ein und zog ihre Schuhe und die Jacke aus. Eine angenehme Wärme kam ihr entgegen. Der Kamin heizte so stark, dass es auf ihrer Gesichtshaut prickelte. Es roch nach Bienenwachs und Tannenzweigen.

Inzwischen war auch die letzte Feuchtigkeit aus den alten Wänden verschwunden. Der Müllershof war von einem baufälligen Gebäude zu einem gemütlichen Zuhause geworden.

Louisa folgte dem Geräusch von Tellerklappern und dem Rauschen der Dunstabzugshaube und entdeckte Matt in der Küche, wo er das Abendessen zubereitete. Auf der Anrichte stand eine Glasschale mit Kartoffelsalat, in zwei Pfannen brutzelte Fisch.

»Hallo«, sagte sie und klopfte an die geöffnete Küchentür.

Matt umarmte sie zur Begrüßung. Obwohl sie sich so sehr nach seiner Nähe gesehnt hatte, schwanden die Gedanken an die Mails vom Ministerium nicht.

Sie zwang sich, zu lächeln. »Na, du?«, fragte sie.

»Du siehst frustriert aus. Was ist denn los?«

Ihre Gesichtsmuskeln fühlten sich vom krampfhaften Lächeln angespannt an. Sie entspannte ihre Gesichtszüge, weil es sowieso keinen Zweck hatte, ihm etwas vormachen zu wollen. »Ich möchte nicht darüber reden. Später vielleicht.« Sie strich ihm über den Rücken.

»Es ist genug Essen da, du bist eingeladen. Du bleibst doch, oder?«

Sie war ihm dankbar, dass er sie bei den Arbeiten mit einspannte, ihr vier Teller und Besteck reichte, damit sie den Tisch decken konnte. Diese Alltäglichkeit, die sie in ähnlicher Weise schon als Kind und inzwischen Tausende Male ausgeführt hatte, zeigte ihr, dass das Leben weiterging, was auch immer geschah.

Matt öffnete das Fenster und rief nach den Kindern.

Niemand reagierte.

»Die beiden sind unterwegs. Soll ich rausgehen und sie holen?«, fragte Louisa.

Matt lächelte ihr zu. Dann nahm er eine Trillerpfeife, die neben der Spüle gelegen hatte, in den Mund und ließ einen schrillen Ton erklingen.

Louisa prustete laut auf. »Eine Hundepfeife!«

»Funktioniert doch!«

Justus und Amanda kamen hereingestürmt. Ihre Schuhe hinterließen nasse, dunkle Abdrücke auf dem Holzboden. Stolz überreichte Amanda Louisa einen Schneeball, der schon zu einem festen Eisklumpen geworden war und nun in der Wärme des Hauses tropfte. Justus präsentierte seinem Vater einen größeren Eisball.

Anstatt über den Schmutz auf dem Boden zu schimpfen, nahm Matt die beiden Eisbälle und legte sie in die Spüle, dann küsste er beide Kinder auf ihre roten Wangen.

»Der Schnee schmilzt.« Amandas Mundwinkel senkten sich, dann zitterte ihr Kinn, als würde sie jeden Moment in Tränen ausbrechen.

»Da habe ich ein Gegenmittel.« Matt strich ihr übers Gesicht, dann öffnete er die Tür der Tiefkühltruhe, wo er die Eisbälle lagerte. »Und jetzt in den Flur mit euch, sonst haben wir hier gleich eine richtige Überschwemmung.«

Louisa half den beiden beim Ausziehen der nassen Kleidung und rubbelte ihre Haare mit einem Handtuch ab. Dann kehrte sie zu Matt zurück.

»Weißt du«, sagte Louisa, »dass ich genau das an dir liebe? Dass du dich nicht über Kleinigkeiten aufregst. Dass dir der nasse Boden egal ist, du dich stattdessen mit den Kindern freust.«

»Das klingt ja fast wie eine Liebeserklärung.« Matt zwinkerte ihr zu.

»Aber auch nur fast«, neckte sie ihn und spürte, wie sich all die Gedanken an das frustrierende Telefonat auflösten. Nun, inmitten der Kinder, die um sie herumsprangen und durcheinanderplapperten, sodass sie kein Wort verstehen konnte, brauchte sie sich nicht mehr zu bemühen, irgendetwas loszulassen, weil der Trübsinn und das Grübeln sie nun losließen. Bei ihrer Ankunft hatte sie noch keinen Hunger gespürt und befürchtet, keinen Bissen hinunterzubekommen. Nun konnte sie es nicht abwarten, sich zu Matt und den Kindern an den Tisch zu setzen. Sie aß mit Appetit und gönnte sich ein Glas Wein.

Verwundert blickte sie sich um. »Es ist unglaublich, wie gemütlich es hier drin geworden ist. Vor allem der unbehandelte Lehmputz!«

So oft hatte Louisa die Räume bereits gesehen, doch nun, seit Bilder an den Wänden und Vorhänge neben den Fenstern hingen, seit in der Ecke des Wohnzimmers eine große Vase voller geschmückter Tannenzweige stand und auf dem Tisch eine Kerze brannte, erschien ihr der Müllershof wie verwandelt.

Louisa lachte. »Weißt du übrigens, was Claras und mein Plan vor rund eineinhalb Jahren mit dem Rosenhof war? Wir wollten das Gebäude nach dem Tod unserer Großeltern wieder herrichten, um es anschließend zu verkaufen. Du könntest mit dem Müllershof inzwischen auch einen guten Gewinn erzielen.«

»Da behalte ich den Hof doch lieber.« Er zwinkerte ihr zu und tat ihnen allen Kartoffelsalat auf die Teller. »Weißt du übrigens, dass mein Schwiegervater einen Narren an dir gefressen hat?«

Rote Flecken bildeten sich auf seiner Stirn und seiner Wange, was sie lächeln ließ.

»Jedes Mal, wenn wir uns in der Kanzlei begegnen, spricht Klaus mich auf dich an, fragt, wie es dir geht«, sagte Matt.

»Ich finde das doof, was ihr da redet.« Justus zog eine Schnute und sah mit hochgezogenen Augenbrauen zu Amanda.

»Ja, doof. Langweilig.« Amanda rümpfte die Nase.

»Ich werde dich schlachten, schlachten, schlachten«, rief Justus und lachte laut los.

»Wolltet ihr nicht nach oben gehen und euer neues Hörspiel weiterhören?«, fragte Matt. »Eure Teller könnt ihr ja mit ins Kinderzimmer nehmen. Nur heute. Ausnahmsweise.«

Das ließen sich die beiden nicht zweimal sagen. Sie eilten so schnell die Treppe hinauf, als hätten sie Angst, dass Matt es sich anders überlegte.

Eine Weile aßen sie schweigend. Mehrfach hatte Louisa das Gefühl, Matt wolle etwas sagen. Er blickte sie an, legte sein Besteck neben den Teller, dann nahm er Messer und Gabel wieder in die Hand und aß weiter.

»Was ich eigentlich ansprechen wollte ...« Matt räusperte sich. »Wegen Weihnachten. Es ist ja nicht mehr lang bis dahin.«

Louisa nickte, um ihn zum Weitersprechen zu bringen.

Matt räusperte sich noch einmal. Dann richtete er den Oberkörper auf. »Was hältst du davon, mit den Kindern und mir Weihnachten zu feiern? Ich lade dich ein. Und zaubere uns ein festliches Menü.«

»Ein Weihnachtsfest zu viert?« Sie ahnte, dass Clara und Manuel sogar froh wären, den Rosenhof einige Zeit für sich allein zu haben.

»Meine Schwiegereltern werden auch kommen und nach der Bescherung die Kinder für ein paar Tage mit zu sich nehmen. Dann hätten wir Zeit. Nur für uns beide.«

»Ja.« Sie brauchte nicht lange zu überlegen.

»Ja?« Matt sah sie ungläubig an.

»Ja!« Sie beugte sich vor und küsste ihn, froh, dass die Kinder im ersten Stock so beschäftigt waren, anstatt ihnen zuzusehen und zuzuhören.

Matt rückte mit seinem Stuhl näher an sie heran und küsste sie am Hals, dann berührte er sanft ihren Arm. Doch die Berührung fühlte sich seltsam beiläufig an.

Louisa umfasste seine Hand mit ihrer, damit er innehielt. »Woran denkst du?«, fragte sie.

»An dich. An uns. Und ... Du wirst es ja spätestens morgen oder übermorgen sowieso erfahren ...« Er seufzte. »Ein Ausschnitt aus der Theateraufführung ist zuerst auf TikTok, dann auf Instagram viral gegangen, eben der, wo Louis sagt: ›Ich werde dich schlachten.‹«

Louisa hielt sich die Hände vors Gesicht. Es fiel ihr schwer, Matt wieder anzusehen.

»Na, super.« Louisa presste die Lippen aufeinander und seufzte. Daran ließ sich nun auch nichts mehr ändern.

»Wir könnten das für uns nutzen«, sagte Matt. »Wir könnten das Video weiter teilen mit der Bitte um einen Spendenaufruf für den Wiederaufbau der Schule. Ein Spendenkonto online einrichten. Gerade jetzt vor Weihnachten...«

»Nein.«

»Aber warum nicht? Was gibt es denn zu verlieren?«

Louisa überlegte. Ein Grund war ihre persönliche Frustration darüber, dass die Vorführung direkt am Anfang kurz außer Kontrolle geraten war. So lange hatten sie geprobt – und dann das.

»Vielleicht fehlt mir einfach der innere Abstand«, sagte sie.

»Inzwischen habe ich mich mit Tims Vater angefreundet. Wir könnten uns zusammentun und ein Konzept entwickeln.« Matts große Armbewegungen, während er redete, zeugten von seiner Begeisterung.

»Dann tut es, meinen Segen habt ihr. Allerdings unter einer Bedingung: Ich halte mich raus.«

24.

*M*anchmal fragte sich Louisa, wie die Zeit nur so schnell vergehen konnte. Die Vorweihnachtszeit schien vorbeizurasen, sodass sie erst am ersten Ferientag, einen Tag vor Weihnachten, daran dachte, in die Stadt zu fahren, um Geschenke zu kaufen.

Wieder zurück im Rosenhof, fiel ihr beim Ausziehen von Jacke und Schuhen an der Garderobe ein, dass sie vergessen hatte, sich darum zu kümmern, was sie zur Feier bei Matt anziehen wollte. Sollte sie sich noch einmal ins Stadtgetümmel stürzen?

»Nein«, sagte sie laut zu sich selbst.

Dann fiel ihr Blick auf die abgenutzten Ellbogen ihres über sieben Jahre alten Wintermantels. Zu Matt würden auch die Schwiegereltern kommen, da musste sie sich eine Alternative überlegen. Claras neue weiße Daunenjacke, ein Geschenk von Manuel, hing am Haken. Um die Jacke zu schonen, hatte Clara das Kleidungsstück erst ein paarmal getragen.

Louisa zögerte kurz, doch dann dachte sie daran, wie oft sie früher Kleidungsstücke getauscht hatten, sodass sie manchmal, wenn ihre Oma gewaschen hatte, gar nicht mehr gewusst hatten, wem denn nun welcher Pullover und welche Hose gehörte.

Die Daunenjacke knisterte beim Hochnehmen. Weich schmiegte sie sich an Louisas Körper. Die Jacke hatte etwas Elegantes, sie wäre perfekt für die Feier. Sie betrachtete sich von allen Seiten und schloss erleichtert kurz die Augen. Clara würde ich die Jacke sicher für einen Tag ausleihen. Ein Problem war also gelöst.

Anschließend durchsuchte sie ihren Kleiderschrank und schließlich den ihrer Schwester nach Kombinationsmöglichkeiten. Louisa kam sich vor wie ein unsicherer Teenager vor dem ersten Date. Sie spürte eine Nervosität, von der sie dachte, sie längst abgestreift und überwunden zu haben. Es half auch nicht, wenn sie sich sagte, dass sie Matt ja schon so oft getroffen hatte, dass sie vor ihm nichts mehr verbergen musste. Er hatte sie während der Renovierungsarbeiten in verschwitztem T-Shirt und mit ungewaschenen Haaren gesehen, insofern konnte sie ihn kaum überraschen. Zuerst dachte sie, dass die Gegenwart der Schwiegereltern sie verunsicherte. Doch als sie das rückenfreie schwarze Kleid anprobierte, das Clara beim Abschlussball der Tanzschule getragen hatte, und feststellte, dass es perfekt passte, dachte sie weder an Heidrun noch an Klaus. Sie begriff, dass es Matt war, der ihre Unsicherheit verursachte und sie zweifeln ließ.

Es hatte sich etwas verändert, ihre Gefühle für ihn waren stärker geworden, ohne dass es ihr bewusst geworden wäre. Nun musste sie sich eingestehen: Sie liebte ihn. Mehr als das. Ihre Hormone fuhren Achterbahn, und sie konnte an nichts anderes denken als an ihn. Sie wollte ihn auf keinen Fall enttäuschen.

Schlussendlich entschied sie sich für eine schlichte schwarze Hose und eine weiße Bluse mit weißen Blumenstickereien, die erst bei genauerem Hinsehen auffielen. Das war nicht die originellste Zusammenstellung, aber eine, in der sie sich sicher fühlte und in der sie keine Angst haben musste, mit den Kindern auf dem Boden kniend zu spielen. Die Bluse hatte sie vor Jahren von ihrer Großmutter geschenkt bekommen. Es war ein Oberteil, das genauso gut in die Zwanzigerjahre des letzten Jahrhunderts passte, wie es heute in der Auslage einer Edelboutique hängen könnte. Dazu schlang sie sich einen bunten Seidenschal um den Hals, der ihre Gesichtsfarbe sofort rosiger erscheinen ließ und einen guten Kontrast zu der schwarz-weißen Kombination bot.

Louisa zog die Kleidungsstücke wieder aus und legte sie sorgsam zusammen, um sie in einer separaten Schublade zu lagern. In Jogginghose und einem verwaschenen Shirt kehrte sie ins Wohnzimmer zurück. Sie packte die soeben gekauften Geschenke in buntes Papier ein und verzierte sie mit Schleifen. Dann deponierte sie die Päckchen für Manuel und Clara unter dem Baum, schaltete den Fernseher ein und suchte in der Mediathek mehrere Filme aus, von denen sie einen bei Glühwein und Sandwiches am Abend zusammen mit ihrer Schwester und Manuel sehen könnte. Das würde ihr vorgezogenes, gemeinsames weihnachtliches Beisammensein werden.

Anstelle des von Louisa geplanten Films entschieden sich die drei für einen Spieleabend. Aus Glühwein wurde Sekt. Anstatt Sandwiches bereitete Manuel alles für ein Raclette vor. Lange nach Mitternacht sagte Clara: »Ich bin so müde. Lasst uns ins Bett gehen.«

Louisa spürte überhaupt keine Müdigkeit. Ihre Aufregung vor Weihnachten war so groß wie damals in ihrer Kindheit. Während sie dem Knacken der jahrhundertealten Holzbalken über ihr und dem Pfeifen des Windes lauschte, kreisten ihre Gedanken um Matt. Weil sie glaubte, sowieso nicht schlafen zu können, nahm sie das aufgeschlagene Buch vom Nachttisch und begann zu lesen – um gegen acht Uhr bei eingeschaltetem Licht mit dem Kopf auf dem Buch aufzuwachen. Sie tastete über ihr Gesicht, wo sich in der Mitte der Wange nun eine Einkerbung befand.

Louisa eilte ins Bad, dann öffnete sie die Schublade des Kleiderschranks, in der sie ihre Kombination für diesen Tag bereitgelegt hatte. Nicht einmal eine Viertelstunde nach dem Aufstehen war sie angezogen. Hunger hatte sie keinen nach dem ausgiebigen Essen am Vorabend. So trank sie hastig eine Tasse Kaffee, nahm anschließend die drei Geschenkpäckchen für Matt und die Kinder, packte sie in eine große Einkaufstasche, zog sich Schuhe, Claras weiße Jacke und eine Mütze an und verließ das Haus. Clara und Manuel schliefen noch. Sie konnte es nicht erwarten, Matt wiederzusehen.

Im Dorf herrschte bereits reges Treiben. Autos fuhren umher, die meisten Kinder tollten trotz der Kälte draußen herum, damit die Eltern wenigstens ein paar ruhige Stunden hatten. Louisa kam sich vor wie in einem Bienenschwarm; von überallher drangen Geräusche, die Abluft der Dunstabzugshauben blies trotz der frühen Stunde schon Bratengeruch aus den Häusern. Die Wiesen um das Dorf herum waren mit Raureif überzogen, der im Sonnenlicht so sehr glitzerte, als wäre das Gras mit Diamantstaub gepudert. Die Fernsicht war außergewöhnlich gut, so konnte sie von der Höhe aus über die Hügel bis zum Maar sehen und noch weiter bis zur Burg.

Auf dem Weg zu Matt kam Louisa nur langsam voran. Sie musste aufpassen, auf dem mit einer dünnen Eisschicht überzogenen Asphalt nicht zu stürzen, außerdem wurde sie immer wieder in Gespräche verwickelt und bekam von den Eltern ihrer Schüler kleine Aufmerksamkeiten wie selbst gebackene Plätzchen und Marmeladen geschenkt, sodass sie bald zwei größere Geschenke aus ihrer Tasche nehmen und sich unter den Arm klemmen musste, um alles transportieren zu können.

Voll bepackt erreichte sie den Müllershof. Damit sie die Geschenke nicht abstellen musste, drückte Louisa mit dem Ellbogen gegen die Türklingel. Sekunden später wurde die Tür geöffnet. Hinter all den Paketen konnte sie Amanda nicht sehen, nur hören.

»Das ist alles für uns?«, fragte Amanda.

»Ein Geschenk davon ist für dich«, sagte Louisa, »aber das öffnen wir erst am Nachmittag. Wenn auch deine Oma und dein Opa da sind.«

Louisa trat ins Innere. Die Wärme ließ ihre Gesichtshaut prickeln. Vom Tragen der vielen Geschenke waren ihre Finger eisig kalt. Sie brauchte eine Weile, bis sie alles im Flur abgestellt hatte. Dann musste sie sich anstrengen, die Schnürsenkel zu öffnen, so steif fühlten sich ihre Finger an.

Amandas Mundwinkel senkten sich. »Erst am Nachmittag? Das dauert noch so lange!« Amanda wandte sich schmollend ab zum Gehen.

»Warte! Wo ist denn dein Papa?«

»Der telefoniert. Oben. Ich soll nicht stören. Und Justus lässt mich auch nicht ins Zimmer. Der spielt am Computer. Das ist ein ganz blödes Weihnachten. Und nicht einmal die Geschenke darf ich auspacken.« Amanda musterte Louisa. Dann hellte sich ihr Gesichtsausdruck auf. »Wir beide können ja was zusammen machen. Plätzchen backen. Oder Kuchen. Oder eine Torte. Ja? Ist das nicht eine tolle Idee?« Vor Begeisterung trippelte Amanda von einem Bein aufs andere.

»Lass mich erst mal die Jacke ausziehen, die Geschenke hier verstauen und ankommen, anschließend überlegen wir uns etwas. Okay? In einer Viertelstunde?«

Amanda presste die Lippen aufeinander, dann stöhnte sie. »Du bist langweilig. Wie die anderen auch. Keiner spielt mit mir.«

»Und wenn du rausgehst zum Bach? Da habe ich einige deiner Freunde gesehen. Der Bach ist zugefroren, er ist zu einer richtigen Eisbahn geworden.«

»Am Bach ist es blöd. Und es ist kalt.«

»Du könntest dich warm anziehen.«

»Keine Lust.«

Louisas Erleichterung war groß, als sie Matts Schritte auf der Treppe hörte. Die alten Stufen knarrten unter seinen Füßen.

»Du darfst fernsehen«, sagte Matt, umarmte und küsste Louisa zur Begrüßung. Amanda schob er sanft in Richtung Wohnzimmer.

»Fernsehen? Ja!« Das ließ sich Amanda nicht zweimal sagen. Sie stürmte an Louisa und Matt vorbei.

»Aber nur ausnahmsweise, weil heute Weihnachten ist«, schob Matt nach, dann küsste er Louisa noch einmal. Seine Lippen schmeckten nach Zartbitterschokolade, die Bartstoppeln kitzelten.

Er löste sich von ihr und nickte in Richtung Esstisch. Darauf befanden sich noch das Geschirr und Besteck vom Frühstück, Essensreste lagen auf den Tellern. Eine aufgeschlagene Zeitung war mit einem großen Kaffeefleck überzogen. »Das Weihnachtsgeschenk ist so fantastisch, da werde ich mit meiner Überraschung nicht mithalten können.«

Verwundert folgte sie seiner Blickrichtung, doch sie konnte nichts entdecken, das ihr verriet, was er meinte.

»Ich gratuliere ganz herzlich«, sagte Matt. »Damit kannst du dich zurücklehnen und die Ferien richtig genießen. Aber weißt du was? Ich habe es von Anfang an geahnt und an dich geglaubt, dass du es schaffst.«

Louisa schüttelte den Kopf. »Wovon redest du?«

»Du hast es noch nicht gelesen? Sie haben dich nicht informiert?« Er ging zum Tisch, raffte die einzelnen Seiten der Zeitung zusammen, durchsuchte sie und reichte ihr dann den Teil »Lokales«.

Fortbestand der Zwergschule gesichert, las sie als Überschrift. Louisa konnte es nicht glauben, doch die Fotos zum Artikel, die die Märchen-Theateraufführung zeigten, schlossen eine Verwechslung aus: Es war ihre Schule, um die es ging. Louisa war so nervös, dass sie den Text nur überflog. Die Worte verschwammen kurz vor ihren Augen.

Zusammenlegung der verschiedenen Dorfschulen wird nicht stattfinden ... Wiederaufbau geplant ... zuerst eine Übergangslösung mit Containern ... dank der vielen Spenden ist die Planung des neuen Gebäudes an der Stelle der historischen Schule in kleinerer Form ... besonderer Wert der Kleinschulen für Innovationen im Lernen ...

Louisa stockte der Atem, ihr wurde es abwechselnd heiß und kalt. »Sie wollen die Schule erhalten? Und mir schreiben sie nicht einmal eine Mail«, sagte sie mit einem Kopfschütteln. »Ich erfahre als Allerletzte davon.« Sie stockte, las den Artikel noch einmal, auch wenn sie so aufgeregt war, dass es ihr schwerfiel zu begreifen, wie weitreichend die Zusagen des Ministeriums und des Schulamts waren. »Was ich nicht verstehe ...«, überlegte sie laut und stockte. Sie las den Text noch einmal und fand wieder keine Antwort. »Was meinen sie mit den vielen Spenden und dem geplanten Neuaufbau in kleinerer Form?«

»Hast du denn in den letzten Tagen nicht mal auf Instagram geschaut? Oder auf TikTok oder der Seite mit dem Spendenkonto?«

Louisa schüttelte den Kopf. Sie hatte einen Backvormittag auf dem Rosenhof organisiert, einen Schulausflug geplant und umgesetzt. Aufsätze korrigiert. Clara bei der Produktion der Rosensüßigkeiten geholfen.

»Du meinst, das Spendenkonto, das du zusammen mit einigen Eltern einrichten wolltest ... der Link, der unter dem Video von der Theateraufführung ...« An diese Pläne von Matt hatte sie gar nicht mehr gedacht, obwohl er ihr zwischendurch eine Nachricht mit einem Link zum Spendenkonto geschickt hatte. Sie freute sich nur noch.

»Dieses eine Video hat dazu geführt, dass über zweihunderttausend Euro gesammelt wurden«, sagte Matt.

Louisa schnappte nach Luft. So viel Geld! Matts Worte klangen in ihr nach, doch sie konnte es noch immer kaum glauben. »Wirklich?«

»Soll ich die Seite des Spendenkontos aufrufen?« Er zog sein Handy aus der Hosentasche und öffnete den Browser.

Auch als Louisa die Zahl mit eigenen Augen sah – 201 674 Euro –, fühlte es sich surreal an. Sie umarmte Matt fest und spürte, wie sich die Freude in ihr ausbreitete. Es prickelte überall an ihrem Körper, wie wenn man nach einer langen Winterwanderung in ein warmes Bad eintaucht. *Geschafft*, sagte sich Louisa, *geschafft!*

Nun las sie den Zeitungsartikel ausführlich, Wort für Wort, um keinen Hinweis zu übersehen, dass es irgendeinen Haken gab oder eine Möglichkeit, dass die Entscheidung der Schulbehörde zurückgenommen werden könnte. Doch auch beim dritten Lesen entdeckte sie nichts, was Zweifel an dem Plan aufkommen ließ: Ihre Schule würde nicht nur bestehen bleiben, sie würden auch ein ganz neues Gebäude bekommen. Während der Zeit, in der der Unterricht in Containern stattfinden sollte, die mehr Platz als das Gemeindehaus boten, würde sie zumindest im Sommer mit den Schülern viele Stunden im Freien verbringen müssen, um dem Baulärm zu entgehen, doch das nahm sie liebend gern in Kauf.

»Du hast recht, das Endergebnis zählt«, sagte Louisa.

Sie holte ihr Handy hervor, fotografierte den Artikel und schickte ihn an Clara mit der Notiz: *Ist das nicht unglaublich? Einfach nur fantastisch?*

Sie kam sich auf dem Weg zum Frühstückstisch vor, als hätte sie bereits auf nüchternen Magen Alkohol getrunken. Aufgeschlagen legte sie die Zeitung vor sich hin, um während des Essens immer wieder auf den Artikel sehen zu können.

Es war geschafft. Es war wirklich geschafft!

Noch kam es ihr vor, als würde sie träumen.

Louisa half Matt bei den letzten Vorbereitungen zum Abendessen. Matt hatte die Kinder überzeugen können, draußen eine Weile zu toben, doch die Kälte hatte sie schon nach einer knappen Stunde wieder ins Haus getrieben.

Konzentriert kochte Louisa eine Soße aus dem Bratensaft, während Matt aus Biskuit, Mascarpone, Sahne, Schokoladenraspel, Vanillezucker und Kirschen aus dem Glas einen Nachtisch aufschichtete. Durch die Kristallgläser leuchteten die verschiedenen Farben des Desserts noch intensiver, wenn das Licht der tief stehenden Sonne darauf schien. Aus dem Hintergrund erklangen die quietschend hohen Stimmen von Trickfilmfiguren aus dem Fernseher. Vom Kinderzimmer hallten immer wieder Justus' Freudenschreie durchs Treppenhaus, wenn ihm bei seinem Computerspiel etwas gut gelungen war. Der Duft des Essens mischte sich mit dem der Tannennadeln und des Holzes des frisch geschlagenen Weihnachtsbaums.

Von der Küche aus konnte Louisa auf die Hauptstraße blicken, die sich nach und nach mit Menschen füllte, die auf dem Weg zur Kirche waren.

Louisa zog den Topf vom Herd und füllte die Soße in eine Sauciere aus weißem Porzellan um. Matt stellte die Desserts in den Kühlschrank.

Nun war alles vorbereitet, sodass sie sich nach der Messe direkt mit den Schwiegereltern an den großen Esstisch setzen könnten.

»Justus, Amanda«, rief Matt. »Los geht's!«

Justus reagierte nicht, und auch Amanda tat, als hätte sie ihren Vater nicht gehört.

»Auf jetzt, kommt runter«, probierte es Matt noch einmal.

»Gleich«, klang es von oben. »In einer Viertelstunde.«

»Ich will hierbleiben«, maulte Amanda.

Matt ignorierte den Protest der beiden, und weil weder Amanda den Fernseher ausschaltete noch Justus sein Computerspiel beendete, entfernte Matt kurzerhand die entsprechenden Sicherungen aus dem Sicherungskasten, woraufhin die zwei synchron aufschrien. Mit gesenkten Köpfen gingen sie in den Flur und zogen sich quälend langsam Jacken und Schuhe an. Louisa musste sich zwingen, nicht mit anzupacken und ihnen zu helfen, als wären sie Kleinkinder.

Sie seufzte, als sie endlich in der Einfahrt standen.

Matt verließ als Letzter das Haus. Unter der Fußmatte versteckte er den Ersatzschlüssel, damit seine Schwiegereltern aufschließen und die Geschenke für die Kinder unter dem Baum drapieren konnten. Dann wäre, wenn sie aus der Kirche zurückkämen, das Christkind da gewesen, an das Amanda noch glaubte.

»Es ist kalt.« Amanda verschränkte die Arme.

»Warum gehen wir hier in die Kirche? Wir sind auch sonst nicht in die Kirche gegangen«, sagte Justus.

»Genau.« Amanda wechselte einen Blick mit Justus.

»Weil es hier in der Kirche für euch eine ganz besondere Weihnachtsüberraschung gibt. Ein Krippenspiel. Ihr werdet euch bestimmt nicht langweilen.«

Es war ungewohnt, eingehakt bei Matt durch die Straßen zu gehen. Louisa hatte das Gefühl, alle würden sie anstarren, gleichzeitig wusste sie, dass es nicht so war. Erst als sie Clara und Manuel entdeckte, die vor der Kirchenpforte warteten, löste sich Louisas Unsicherheit.

Die Frustration der Kinder hielt nicht lange an. Noch bevor sie das Kirchengebäude betraten, hatten sie sich von der allgemeinen positiven Aufregung anstecken lassen. Die Helligkeit, die durch das geöffnete Kirchenportal nach außen strahlte, wirkte wie eine Einladung, wie ein Versprechen nach Wärme, Geborgenheit und Ankommen. Justus, der anfangs am meisten getrödelt hatte, drängte nun voran, als hätte er Sorge, keinen Sitzplatz mehr zu ergattern. Doch in der dritten Reihe waren noch mehrere Plätze nebeneinander frei. So setzte sich Louisa zwischen Matt und Clara.

Amanda und Justus gelang es kaum, still zu sitzen. Unentwegt rutschten sie auf der Bank hin und her, um die beste Blickposition auf den Altarbereich zu finden. Gespannt warteten die Kinder nun auf das Krippenspiel, um endlich das zu sehen, wovon ihre Freunde schon seit Wochen geschwärmt hatten. An diesem Tag kamen auch diejenigen zur Kirche, die normalerweise keinen Gottesdienst besuchten. So waren von überallher Stimmen zu hören – alte und junge, tiefe und hohe, leise und laute.

Louisa lehnte sich nach hinten, spürte wie all die Weihnachten zuvor, an die sie sich erinnern konnte, die Härte des Holzes an ihrem Rücken, trotz der dünnen Schaumstoffpolster. Tief sog sie die so bekannte Geruchsmischung aus Weihrauch, warmem Bienenwachs, Parfum und der Feuchtigkeit ein, die die alten Kirchenmauern sommers wie auch winters ausstrahlten. Dicht zusammengerückt saßen die Dorfbewohner dort vereint, wie bereits vor Hunderten von Jahren. Louisa hoffte so sehr, dass diese dörfliche Weihnachtstradition unendlich weiter bestehen würde. So unterschiedlich die Lebensentwürfe und Vorstellungen auch waren, wer mit wem Streit hatte, all das spielte an Weihnachten keine Rolle. Es war wie eine unausgesprochene Garantie, die zwischen den Dorfbewohnern galt: Weihnachten ist das gemeinsame Fest. Selbst eine Begegnung mit Anton würde sicher nicht in einen Streit ausarten.

Nun, neben Matt und Clara, fühlte Louisa sich zum ersten Mal in ihrem Leben seit dem Tod ihrer Eltern wieder komplett. Sie wünschte, genau diesen Moment noch viel länger auskosten zu können. Gäbe es doch nur einen Schalter, um die Zeit anzuhalten!

Der Priester, der diesmal von außerhalb gekommen war, trat in seinem Festgewand mit den vielen Ornamenten vor die Dorfbewohner, die sich nun erhoben.

Das Räuspern und das leise Flüstern im Hintergrund legten sich erst, als sich die verkleideten Kinder zum Krippenspiel um den Altar versammelten. Plötzlich war es so ruhig, dass Louisa unbewusst für einen Moment den Atem anhielt.

Mit vor Staunen geöffneten Mündern folgte Amanda der Aufführung. »Ich will da auch mitspielen«, flüsterte sie Louisa zu, als der Priester den Segen sprach.

Während des Schlussliedes wurden vor allem die Kinder wieder unruhig und tuschelten in Erwartung der Geschenke, die zu Hause ausgebreitet lagen.

Justus fragte: »Müssen wir etwa die ganzen Strophen mitsingen?«

»Ja, das müssen wir«, zischte Matt.

Doch Justus wartete nicht ab, bis der Schlussakkord der Orgel verklungen war, sondern griff in Matts Manteltasche, zog den klappernden Schlüsselbund heraus und stürmte durch den Mittelgang erst auf das Portal zu, dann weiter ins Freie. Amanda folgte ihm.

Matt wollte den beiden nachlaufen, um sie aufzuhalten, und richtete sich hektisch auf.

Louisa legte ihm den Arm auf die Schulter. »Lass sie. Es schadet doch keinem«, sagte sie und nahm Matts Hand. »Es stört auch niemanden hier.«

Matt seufzte, dann erwiderte er den Druck von Louisas Hand. Sie lauschten der Improvisation über »Stille Nacht« und lächelten sich zu. Gemeinsam mit allen anderen verließen sie kurz darauf das Kirchenschiff. Durch das geöffnete Portal strahlte helles Licht ins Freie, zusätzlich waren in den Ästen der umstehenden Laubbäume Lampions aufgehängt, um den Menschen den Weg zu weisen, denn auf dem Kirchhof gab es kein elektrisches Licht. Zusammen mit dem leuchtenden Schmuck des großen Tannenbaums war das Umgebungslicht zwar schummrig, trotzdem waren alle Einzelheiten zu erkennen.

Langsam füllte sich der Kirchhof. Wie jedes Jahr eilten die Dorfbewohner nicht nach Hause, sondern blieben auf dem Kirchplatz stehen und plauderten.

»Die Kinder ...«, sagte Matt und blickte in Richtung seines Hauses, doch dann kamen Hand in Hand der ehemalige Hufschmied Peter und Erna auf ihn zu.

»Ich freue mich ja so, dass wieder junge Leute in den Ort gekommen sind«, sagte Erna.

»Der Müllershof ... jetzt ist er das prächtige Gebäude, das er früher einmal war. Eine Schande, wie der Hof verkommen war. Wie auch immer. Ich habe noch gar keine Gelegenheit gefunden, euch willkommen zu heißen. Das hole ich jetzt nach.« Peter nahm Matts Hand und schüttelte sie ausdauernd.

Matts Unruhe legte sich langsam, bald konzentrierte er sich auf die Gespräche, auf all die Aufmerksamkeit, die ihm nun zuteilwurde. Er errötete bei den Komplimenten, mit denen Erna ihn überschüttete – wie es ihm gelang, die Kinder allein großzuziehen, dabei zu arbeiten und den Müllershof herzurichten.

»So etwas hätte es früher nicht gegeben«, sagte die alte Frau. »So ein stattlicher Mann und dann noch immer allein. Du brauchst eine Frau.« Sie zwinkerte in Richtung Louisa. »Vielleicht hast du sie schon gefunden?«

Louisa unterdrückte ein Grinsen. Sie war sich sicher, dass Matt diese Frau schon gefunden hatte, wie auch sie in ihm den Mann kennengelernt hatte, mit dem sie sich vorstellen konnte, ihr Leben zu teilen.

Erst dachte Louisa, irgendein kleines Blatt hätte sie an der Stirn gestreift, bis sie nach oben blickte. Es waren nur einzelne, dicke Flocken, die vom Himmel fielen, aber es schneite. Es schneite wirklich. Sie stupste Matt an und nickte himmelwärts. Auch die umstehenden Kinder bemerkten nun das Schauspiel, das die Natur ihnen bereitete. Mit hochgereckten Händen begannen sie herumzurennen, sich nach den Flocken zu strecken, als wäre es ein Goldregen. Einige Mädchen versuchten, den Schnee mit ihren geöffneten Mündern einzufangen. Lachend tollten die Kinder zwischen den Erwachsenen herum.

Hannes und Lena gesellten sich hinzu. Zu Louisas Überraschung näherten sich auch Referendar Frank und ihre Kollegin Sabine, die gar nicht im Dorf lebten.

»Die Kinder haben so viel von der Weihnachtsmesse und dem Krippenspiel erzählt, da konnte ich mir das doch nicht entgehen lassen«, sagte Frank.

Nun richtete auch Louisa ihren Blick noch einmal in Richtung Himmel, um zu beobachten, wie die Flocken immer dichter wurden und im Licht des geöffneten Portals, der Laternen und des Weihnachtsschmucks so strahlten, als würde von ihnen selbst ein inneres Leuchten ausgehen. Für einen Moment wünschte sie sich, endlos an diesem Ort stehen zu bleiben, erleuchtet und strahlend in diesem Kontrast zur Dunkelheit der sie umgebenden Felder, Weiden und Bäume. Der Himmel war nun vollständig mit Wolken bedeckt, sodass von der Landschaft in der Ferne nichts mehr zu sehen war, als wäre die Welt um sie herum mit all ihren Sorgen und Problemen gar nicht mehr vorhanden, als würde nur noch der Kirchhof mit all seiner Lebendigkeit, die auf ihm herrschte, existieren.

»Frohe Weihnachten«, hörte Louisa nun immer häufiger und »ein frohes Fest«, was ein untrügliches Zeichen dafür war, dass die Versammlung sich bald auflösen würde. Auch Louisa spürte langsam, wie sich die Kälte vom Boden ausgehend in ihr ausbreitete und sie zu frösteln begann. Nur die herumrennenden Kinder mit ihren geröteten und verschwitzten Gesichtern froren nicht.

»Frohe Weihnachten«, wünschte Louisa den Umstehenden. Noch einmal schüttelte sie Hannes, Hufschmied Peter, Erna, ihrer Kollegin Sabine, Referendar Frank und dem ehemaligen Arzt

Dr. Müller die Hand. Dann spürte sie Matts Arm um ihre Hüfte. Es war nun wirklich Zeit, aufzubrechen, doch sie beeilten sich nicht. Die friedvolle Atmosphäre war zu schön, um sie nicht auszukosten. Hand in Hand schlenderten Matt und Louisa zum Müllershof.

Als sie ankamen, stand die Haustür einen Spalt weit offen, Amandas Schuhe lagen mitten im Flur. Matt schob die Kinderschuhe mit einer Fußbewegung in Richtung Schuhregal und schloss die Tür. Seine Schwiegereltern kamen ihm aus dem Wohnzimmer entgegen und begrüßten Matt und Louisa herzlich.

»So sehr die Kinder auch gequengelt haben, mit der Bescherung haben wir natürlich gewartet«, sagte Matts Vater.

Eigentlich hatte Matt geplant, erst zu Abend zu essen und sich dann der Bescherung zu widmen, doch Amanda sprang schon jetzt so ungeduldig und aufgedreht auf der Couch herum, als wären die Polster ein Trampolin.

Louisa ahnte, was in Matt vorging. Wenigstens hatten Heidrun und Klaus die Kinder davon abgehalten, sofort zu den Geschenkverpackungen zu stürmen und sie aufzureißen.

»Ihr dürft die Geschenke auspacken«, sagte er mit einem Seufzen.

Das ließen sich Amanda und Justus nicht zweimal sagen. Mit einem Freudenschrei stürmten sie auf die Geschenkpäckchen zu, die unter dem Tannenbaum auf sie warteten.

»Oh!« Justus öffnete einen Schuhkarton und strahlte. »Danke, Papa, Blinkschuhe!« Bewundernd betrachtete er sie von allen Seiten. Mit dem Bausatz, den er anschließend auspackte, begann er sofort zu spielen.

Auch Amanda war überglücklich über die Stofftiere, die sie neu hinzubekam, doch am meisten freute sie sich über den rosafarbenen Schulranzen, den sie gleich aufzog und damit durchs Wohnzimmer spazierte. Er erschien noch viel zu groß für sie.

»Im Sommer bin ich ein Schulkind«, sang sie, stolz darauf, dass sie schon mit fünf Jahren eingeschult werden würde. Im Kindergarten war es ihr seit Monaten langweilig, und Matt freute sich darauf, Amanda nicht mehr täglich in die Stadt fahren zu müssen. Der Gedanke, dass Amanda noch zu jung für die Schule sein könnte, war Louisa nie gekommen, im Gegenteil – viele ältere Kinder müssten sich anstrengen, um mit ihr mitzuhalten.

Heidrun zog eine Packung Wunderkerzen aus ihrer Handtasche. »Was haltet ihr davon, wenn wir sie anzünden und draußen im Garten in den Schnee stecken? Na los, wo sind eure Schuhe und Jacken?«

Das ließen sich die Kinder nicht zweimal sagen. Schnell zogen sie sich an und folgten ihrer Oma nach draußen.

Louisa und Matt blieben in einer Umarmung an der Terrassentür stehen und sahen zu, wie Großeltern und Enkel ein kleines Feuerwerk entzündeten. Funken sprühten hell in die Nacht und ließen die Gesichter der Kinder noch intensiver strahlen.

So viel hatte Matt in den letzten Monaten bewegt und erreicht!

»Wir sind inzwischen wirklich hier angekommen. Weißt du, dass dieser Hof für mich zu einem richtigen Zuhause geworden ist?« Er sah einfach nur glücklich aus. Es hatte aufgehört zu schneien, aber nun wurden der Mond und die Sterne am Himmel sichtbar.

»Eine Sternschnuppe«, sagte Matt. »Du darfst dir etwas wünschen.«

»Das war ein Satellit.« Louisa schmunzelte, dann hielt sie inne. »Oder war das ...« Sie wandte sich zu Matt und stellte sich auf die Zehenspitzen, um ihn intensiv auf den Mund zu küssen. Was spielte es für eine Rolle, ob es eine Sternschnuppe oder ein Satellit war? Der Moment war einfach perfekt. Und das, was sie sich am meisten gewünscht hatte, hatte sich bereits erfüllt, da brauchte es kein Wunder mehr, keinen himmlischen Beistand. Sie fühlte sich wie der glücklichste Mensch auf der Welt, wenn sie den Kindern zusah, Matts Lippen auf ihren spürte und im Hintergrund die Wunderkerzen funkelten.

Während Heidrun und Klaus zügig hereinkamen, nachdem alle Wunderkerzen abgebrannt waren, ließen sich die Kinder erst wieder ins Haus bewegen, als sie so durchgefroren waren, dass ihre Hände sich vom Spielen im Schnee ganz steif anfühlten.

Beim anschließenden Essen waren die Geschwister außergewöhnlich still. Amanda hielt den Stoffelefanten auf dem Schoß, den sie neu bekommen hatte. Justus trug die »Blinkschuhe«, die er sich so sehr gewünscht hatte und die schon einige seiner Freunde besaßen: Jedes Mal, wenn er den Boden berührte, leuchteten an der Sohle der Sportschuhe kleine rote Lämpchen auf.

Louisa schloss für einen Moment die Augen. Das Gefühl von Geborgenheit, das sie in der Kirche schon ausgefüllt hatte, wurde nun noch intensiver. Es war, als würde sich die Nähe der anderen um sie legen wie ein Unverwundbarkeitsschutzmantel, von dem sie als Kind manchmal geträumt hatte. Als wäre alles Leid aus der Vergangenheit niemals geschehen und als könnte die Zukunft nur Gutes bringen.

Nachdem der Nachtisch verspeist war, sagte Klaus: »Wir brechen dann auch mit den kleinen Räubern auf, damit wir die Kinder rechtzeitig ins Bett verfrachten können.«

Es dauerte nur ein paar Minuten, bis die Kinder ihre Koffer und die Geschenke im Wagen verstaut hatten. Zur Verabschiedung umarmte auch Louisa erst Heidrun, dann Klaus.

Louisa und Matt winkten dem abfahrenden Wagen hinterher und kehrten anschließend ins Haus zurück. Die Stille, die sie erwartete, war so intensiv, dass Louisa das Knacken im Kamin überlaut erschien. Es war ungewohnt, dass plötzlich all das Geplapper fehlte, das Trappeln der Schritte auf der Treppe, das Knallen von Türen, die Geräusche aus dem Kinderzimmer.

»Fehlen dir die Kinder schon?«, fragte Louisa.

»Ob wir für das, was wir heute noch vorhaben, neugierige Kinderaugen brauchen können?« Er nahm ihre Hand und führte sie zum Sofa.

Statt einer Antwort drückte Louisa ihn auf die Sitzfläche und presste sich dicht an ihn. Schon seit dem Kuss an der Terrassentür hatte sie sich gewünscht, sich weiter in seine Nähe hineinfallen zu lassen. Waren es seine Lippen, die sich ihr näherten, oder ging der Kuss von ihr aus? Louisa wusste es nicht. Es war, als hätten sie beide keine andere Wahl, als sich genau hier und jetzt auf diese Weise zu begegnen.

So, wie es war, war es genau richtig, jetzt und hier, das hatte Louisa nie intensiver gespürt.

»Ich liebe dich«, wollte sie sagen, doch dafür hätte sie den Kuss unterbrechen müssen. Gleichzeitig fragte sie sich: Waren die Worte nicht schal und bedeutungslos gegenüber dem, was sie empfand? Die Wirklichkeit war viel größer, als sie es in diesem Moment beschreiben konnte, die Realität mit all ihrem Auf und Ab, den Überraschungen – all dem, was für sie Leben bedeutete. Es war ein fantastisches Wunder!

Wo Heimat und Liebe nach Rosen duften ...

HEIKE FRÖHLING

Claras Traum

Die Schwestern vom Rosenhof

Roman

Ihre Heimkehr in die idyllische Eifel hatte Clara sich ganz anders vorgestellt: Ihre Schwester will den Hof der Großeltern abreißen lassen, den sie gemeinsam geerbt haben. Clara beschließt, um den Erhalt des zauberhaften alten Fachwerkgebäudes und seines verwilderten Rosengartens zu kämpfen und bekommt sechs Monate Zeit, um alles zu renovieren.

Hilfe erhält sie von der pragmatischen Lena, dem sensiblen Hannes und dem draufgängerischen Manuel – und bald geht es zwischen den vieren um mehr als nur die alte Freundschaft. Endlich reift in Clara auch ein neuer Lebensplan: Sie möchte den Rosenhof ihrer Großmutter wiederbeleben und Spezialitäten aus den duftenden Blüten anbieten – nur wie soll sie ihre Schwester davon überzeugen?

Ein wunderbarer Wohlfühlroman mit romantischem Eifel-Setting und der erste Band um »Die Schwestern vom Rosenhof«

GABRIELLA ENGELMANN

Die Liebe tanzt barfuß am Strand

Roman

Idyllisch, charmant und ein bisschen aus der Zeit gefallen – das ist Lütteby an der Nordsee. Hier wohnt die 35-jährige Lina Hansen zusammen mit ihrer sagenkundigen Großmutter Henrikje in einem hyggeligen Giebelhäuschen am Marktplatz. Linas beste Freundin, die lebhafte Sinje, ist Lüttebys Pastorin – und verwickelt Lina gern in schräge Abenteuer, vor allem, wenn es um die alte Kapitänsvilla am Waldrand geht, in der es angeblich spukt. Eine historische Fehde entzweite einst die Kleinstädte Lütteby und Grotersum, und es geht die Legende, dass Liebende aus den beiden Orten niemals zueinander finden werden. Doch was bedeutet das für Lina, deren attraktiver neuer Chef Jonas Carstensen ausgerechnet aus Grotersum entsandt wurde? Richtig trubelig wird es, als Lina ein Glückstagebuch ihrer Mutter Florence findet, die als junge Frau einfach verschwand und Lina als Baby bei der Großmutter ließ. Und als dann auch noch Linas alte Liebe Olaf auftaucht und ihr Avancen macht, ist das Gefühlschaos perfekt.

Wie es mit Lina Hansen, Jonas Carstensen und den anderen liebenswert-eigenwilligen Bewohnern der Kleinstadt an der Nordsee weitergeht, erzählt Gabriella Engelmann in »Das Glück kommt in Wellen«.

*Ein zauberhafter Roman über die Liebe,
was sie mit uns anstellt und wie wir sie finden*

CLAIRE STIHLÉ

Wie uns die Liebe fand

Roman

Bois-de-Val am Fuß des Sonnenbergs im Elsass: Madame Nanon, 92 Jahre alt und von allen liebevoll Madame Nan genannt, hat so manches erlebt in dem kleinen Dorf mit der guten Luft. Frankreich, Deutschland, Frankreich – schon immer war ihre Region Spielball politischer Interessen und Machtansprüche. Dann kehrt endlich Ruhe ein – bis Madame Nans älteste Tochter Marie eine Erfindung macht, die der Familie nicht nur Ansehen und Geld, sondern den Dorfbewohnern auch jede Menge Liebestaumel beschert. Das Glück scheint perfekt zu sein, gäbe es da nicht die Geschichte mit Monsieur Boberschram, Madame Nans Nachbarn, in den sie sich verliebt, ohne zu wissen, dass sie eine gemeinsame Vergangenheit haben, die alles andere als verbindet.